Diogenes Taschenbuch 20407

LES TRIBULATIONS
JULES VERNE
DESSINS PAR

Jules Verne

Die Leiden eines Chinesen in China

Übersetzt von Erich Fivian
Mit einer Karte und zweiundfünfzig
Illustrationen von L. Benett

Diogenes

Titel der 1879 bei J. Hetzel in Paris
erschienenen Originalausgabe:
›Les Tribulations d'un Chinois en Chine‹
Die Illustrationen sind der französischen
Erstausgabe entnommen
Die Erstausgabe dieser Neuübersetzung
erschien 1967 im Diogenes Verlag

Veröffentlicht als Diogenes Taschenbuch, 1977

40/91/29/4
ISBN 3 257 20407 8

INHALT

DAS ERSTE KAPITEL

BRINGT UNS PERSÖNLICHKEIT UND NATIONALITÄT DER BETEILIGTEN NÄHER

»Wir wollen doch zugeben, daß das Leben seine guten Seiten hat«, rief der eine der Tischgenossen. Er stützte sich dabei mit beiden Ellbogen auf die Lehnen seines Marmorsessels und nagte an einer gezuckerten Seerosenwurzel.

»Aber auch seine schlechten!« antwortete ihm ein anderer Gast zwischen zwei Hustenanfällen; ihm war eben eine Gräte von einer Haifischflosse in den Hals geraten und drohte ihn zu ersticken...

»Sehen wir es doch vom philosophischen Standpunkt aus an!« ließ ein dritter sich vernehmen, ein älterer Herr, auf dessen Nase eine ungeheure, holzgefaßte Brille thronte. »Eben drohen wir noch zu ersticken, und morgen geht alles wieder so geölt wie dieser herrliche Nektar durch die Kehle. So ist nun einmal das Leben.« Und mit diesen Worten leerte der anpassungsfähige Epikuräer ein Glas voll herrlichen Glühweins, dessen feine Dampfwölkchen aus einem metallenen Teekessel aufstiegen.

»Wenn ihr mich fragt«, nahm ein vierter Tischgenosse das Gespräch wieder auf, »so scheint mir das Leben recht annehmbar, solange ich nichts tun muß und die Mittel zum Nichtstun habe.«

»Irrtum!« entgegnete ihm der fünfte. »Das Lebensglück liegt im Studium und in der Arbeit. Die größtmögliche Menge an Wissen zu sammeln, das scheint mir persönlich der Weg zum Glück zu sein!...«

»Um dann letzten Endes herauszufinden, daß man nichts weiß!«

»Ist das nicht der Anfang aller Weisheit?«

»Und wo hört die Weisheit auf?«

»Weisheit hat kein Ende!« antwortete ihm der

philosophische Brillenträger. »Gesunden Menschenverstand zu besitzen, das wäre höchste Befriedigung.«

Hier wandte sich der erste Sprecher direkt an den Gastgeber, der am oberen Ende des Tisches saß – dem schlechtesten Platz am Tisch also, wie das Gesetz der Höflichkeit es dort befahl. Unbeteiligt und zerstreut hatte er bis jetzt dem Tischgespräch wortlos zugehört.

»Laßt hören! Was hält unser Gastgeber von unseren weinseligen Abschweifungen? Dünkt ihn das Leben heute gut oder schlecht? Ist er dafür oder dagegen?«

Der Gastgeber kaute gleichgültig seine Wassermelonenkerne und schürzte lediglich etwas verächtlich die Lippen, wie das zu einem völlig desinteressierten Menschen so paßt.

»Phhh!«

Gerade so drückt sich ein Gleichgültiger mit Vorliebe aus. Denn das besagt alles und nichts. Dieser Laut gehört ja allen Sprachen an und sollte in jedem Wörterbuch vorkommen... Ein hörbares Schmollen!

Die fünf Geladenen, die er bewirtete, drangen nun mit ihren Argumenten auf den Gastgeber ein, jeder mit den seinigen. Sie wollten unbedingt seine Meinung hören. Erst wollte er nicht damit herausrücken, schließlich aber ließ er sich zu der Bemerkung herab, das Leben enthalte weder Gutes noch Schlechtes. Seiner Ansicht nach sei es eine recht unbedeutende ›Erfindung‹, die wenig Erfreuliches biete.

»Das ist unser Freund, wie er leibt und lebt!«

»Wie kann er so reden, wo noch nie auch nur ein Rosenfältchen seine Ruhe störte?«

»Und das bei seinen jungen Jahren!«

»Jung und gesund, wie er ist!«

»Gesund und reich!«

»Sehr reich sogar!«

»Mehr als bloß reich!«

»Vielleicht ... eben ... zu reich!«

Diese Zwischenrufe liefen hin und her wie Explosionen bei einem Feuerwerk; sie vermochten jedoch nicht das leiseste Lächeln auf das kaltblütige Gesicht des Gastgebers zu zaubern. Er zog nur leicht die Schultern hoch, wie ein Mensch, der nicht das geringste Verlangen danach hat, einmal ganz kurz im Buche seines Lebens zu blättern, ja, der noch nicht einmal die ersten Seiten dieses Buches aufgeschnitten hat. Dabei war dieser Blasierte kaum einunddreißig, es ging ihm ausgezeichnet, er besaß ein großes Vermögen, er verfügte über Geist und Kultur, war überdurchschnittlich intelligent – kurz, er war mit allem begabt, was so vielen auf Erden fehlt. Er hätte zu den glücklichsten Menschen gehören können. Warum also war er nicht glücklich? Warum?

Da ließ sich die gesetzte Stimme des Philosophen vernehmen; sie tönte wie die des Sprechers im antiken Chor:

»Freund, wenn du auf Erden nicht glücklich bist, dann einzig aus dem Grund, daß dein Glück bis heute irgendwie negativ war. Mit dem Glück verhält es sich wie mit der Gesundheit: erst wenn man ihrer dann und wann verlustig geht, kann man sie wirklich schätzen und genießen. Schau, du bist nie in deinem Leben krank gewesen. Was ich damit sagen will: du bist nie wirklich unglücklich gewesen. Das ist es, was dir fehlt. Wer könnte wahres Glück genießen, wenn er nie auch nur einen Augenblick lang vom Unglück verfolgt wurde?«

Nach dieser weisheitsschwangeren Bemerkung hob der Philosoph sein Glas – voll des teuersten Champagners – und schloß seine Rede mit den Worten: »Ich wünsche unserem Gastgeber ein bißchen Schatten in seinen Sonnenschein, ein klein wenig Schmerz in sein Leben!« Und leerte sein Glas in einem Zug.

Der Gastgeber erklärte durch eine leise Handbewegung sein Einverständnis, verfiel aber sogleich wieder in die ihm eigene Teilnahmslosigkeit.

Wo dieses Gespräch stattfand, möchten Sie wissen? Etwa in einem europäischen Eßzimmer? In Paris, in London, in Wien, in Petersburg? In der Alten Welt? In der Neuen? Was für Menschen waren das, die, ohne über den Durst getrunken zu haben, sich dergestalt unterhielten?

Franzosen waren es jedenfalls nicht: sie sprachen ja nicht über Politik ...

Die sechs Tischgenossen saßen in einem elegant ausgestatteten Empfangszimmer mittlerer Größe. Durch die blau und orange gefärbten Fensterscheiben stahlen sich die letzten Strahlen der untergehenden Sonne, und draußen wiegten sich im

Abendwind echte und künstliche Blumenkränze an den Fensterkreuzen. Ein paar bunte Papierlaternen gaben sich große Mühe, den ersterbenden Tag mit ihrem Schein zu unterstützen. Die Flächen über den Fensteröffnungen waren mit hübschen Arabesken und Reliefs geschmückt, himmlische und irdische Schönheiten, Tiere und Pflanzen aller Art darstellend. An den mit Seide tapezierten Wänden hingen geschliffene Spiegel, und an der Decke hing eine ›Punka‹, die mit ihren Flügeln aus feinster bemalter Baumwolle die Temperatur im Raume erträglich machte. Die Tafel bestand aus einer riesigen Lackplatte ohne Tischtuch, so daß sich die vielen Silber- und Porzellangegenstände darin spiegeln konnten wie in einem Stück reinsten Kristalls. Mundtücher gab es nicht, dafür lagen an jedem Platz genügend Papierservietten mit aufgedruckten Sprüchen. Um den Tisch herum standen Marmorsessel, was in jenen Breitengraden den bei uns üblichen Polstersesseln bestimmt vorzuziehen ist.

Die Gäste wurden von hübschen jungen Mädchen bedient, die in ihren schwarzen Flechten Lilien und Chrysanthemen und an den Armen Gold- und Jadeschmuck trugen. Mit heiterem Lächeln servierten sie mit einer Hand, denn in der andern trug eine jede graziös einen großen Fächer, mit dem sie sich Luft zufächelte und so die Arbeit der ›Punka‹ an der Decke unterstützte.

Das Essen hatte nichts zu wünschen übrig gelassen. Was hätte auch delikater sein können als diese raffinierten Gerichte? Der Küchenchef wußte wohl, daß er es mit Kennern zu tun hatte, denn er übertraf sich diesmal selber bei der Herstellung der hundertfünfzig Gänge für diese Mahlzeit.

Als Vorspeise gab es kleine gezuckerte Kuchen, Kaviar, gebackene Heuschrecken, gedörrte Früchte und Austern aus Ning-Po. Dann folgten nach kurzen Pausen Verlorene Enteneier, Tauben und Kiebitze, Schwalbennester mit Rührei, gehacktes ›Ging-seng‹, Kiemen vom Stör und Kompott, Walfischnerven in Zuckersauce, Süßwasserkaulquappen, Krabbenragout mit Eigelb, Spatzenmägen und delikat mit einer Knoblauchzehe gewürzte Schafsaugen, Teigklößchen an Aprikosenmilch, Fische mit Seegurken, zarte Bambusschößlinge in Sauce, gezuckerter Radieschensalat und anderes mehr. Ananas aus Singapur, Erdnußplätzchen, gesalzene Mandeln, weißfleischige Mango- und ›Long-yen‹-Früchte, ›Lit-chi‹ mit hellem Fruchtfleisch, Wasserkastanien, eingezuckerte Orangen aus Kanton, all das bildete den Nachtisch des drei volle Stunden dauernden Mahles. Alle Gänge wurden reichlich mit Bier, Champagner und Chao-Chigne-Wein hinuntergespült; zu den Plättchen des Nachtisches bildete natürlich der Reis – er wurde mit den Eßstäbchen in den Mund geführt – die unvermeidliche Krönung des kunstvollen Speisezettels.

Und dann kam der Augenblick, wo die jungen

Dienerinnen nicht die europäischen Fingerwaschschalen mit parfümierter Flüssigkeit, sondern die mit lauem Wasser befeuchteten Mundtücher herbeibrachten, womit sich jeder Gast mit größtem Wohlbehagen das Gesicht abwusch.

Doch auch diese Handlung war nur eine Pause zwischen den Gängen, eine Stunde des Nichtstuns, verkürzt durch musikalische Einlagen. Denn jetzt betrat eine Gruppe von Sängerinnen und Musikanten den Raum. Die Mädchen waren jung und sehr hübsch und benahmen sich durchaus anständig. Aber die Musik! Und erst wie sie dargeboten wurde! Eine Katzenmusik, ein Gegacker ohne Rhythmus und Melodie! Schrillste Töne, die bis an die Grenze des überhaupt Hörbaren reichten ... Und dann die Instrumente: Geigen, in deren Saiten sich die Haare der Bogen ständig verfingen; Gitarren mit Schlangenhautbezügen; kreischende Klarinetten; und Handorgeln, die aussahen wie kleine Klaviere. Und all die Instrumente waren der Sängerinnen durchaus würdig und bildeten den entsprechenden Rahmen.

Der Dirigent dieses Fastnachtsorchesters hatte gleich beim Auftreten der Truppe Konzertprogramme verteilen lassen; doch mit einer Handbewegung gab der Gastgeber zu verstehen, die Musiker hätten freie Wahl. Also boten sie das Stück ›Ein Strauß aus zehn Blumen‹, damals just der große Schlager, in den die bessere Gesellschaft völlig vernarrt war.

Singend und spielend zogen sich dann die Musikanten wieder zurück; sie hatten ja ihr Honorar schon im voraus bezogen. Und die Gäste spendeten begeistert Beifall, der sich dann auch in den anschließenden Salons immer wieder hören ließ.

Unsere sechs Tischgenossen erhoben sich nun von ihren Stühlen, aber bloß um an einer anderen Tafel Platz zu nehmen, was mit großem Getue und vielen Komplimenten vor sich ging.

Auf dieser zweiten Tafel fand sich für jeden Gast eine Teetasse mit einem kleinen Deckel. Und eine jede war mit dem Bilde des Bôdhidharama verziert, jenes berühmten Buddhistenmönchs, wie er aufrecht auf seinem legendären Floß dahergetrieben kommt. Jedem Tischgenossen wurde eine Prise Tee verabreicht, die er selber in das heiße Wasser in seiner Tasse gab; und dann trank jeder seine Tasse leer, so heiß es ging und ohne Zucker.

Welch ein Tee! Da mußte man nicht befürchten, er sei von dem Lieferanten (Gibb-Gibb & Co.) durch Beimischung einer billigeren Sorte verfälscht, oder er sei gar vorher bereits einmal aufgegossen worden und nun höchstens noch gut genug zum Bürsten der Teppiche. Man mußte auch keine Angst haben, er sei von einem gewissenlosen Panscher mit Gelbwurz oder Preußischblau behandelt worden. Das hier war echt kaiserlicher Tee in all seiner Reinheit. Es waren dies die Teeblätter, die der Blüte selber am nächsten kommen, geerntet im März – was man eigentlich nicht sollte; denn die Pflanze geht daran zugrunde –, Teeblätter endlich, die nur von unschuldigen Kindern, denen man vorsorglich dazu Handschuhe angezogen hat, gepflückt werden dürfen.

Ein Europäer hätte der Lobesworte nicht genug gefunden für dies köstliche Getränk. Doch unsere sechs Gastfreunde tranken es in kleinen Schlückchen, ohne dabei in Ekstase zu geraten – Kenner, die an derartiges gewöhnt waren!

Es muß hier gesagt sein, daß unsere Freunde die Freuden dieses herrlichen Getränks nicht mehr richtig zu schätzen wußten. Sie waren alle aus der besten Gesellschaft, reich gekleidet in das ›Han-chaol‹, ein leichtes Oberhemd, in den ›Ma-kual‹, eine kurze Jacke, in den ›Haol‹, einen langen Rock, der auf der Seite zugeknöpft wird; an den Füßen trugen sie gelbe Pantoffeln und gesteppte Socken, an den Beinen Seidenhosen, die in der Taille durch eine Schärpe mit Quasten festgehalten wurden; auf der Brust ein reichbesticktes Vorhemd; im Gürtel stak ein Fächer. Diese Menschen waren in dem Lande geboren, in welchem der Teestrauch jedes Jahr seine wohlriechenden Blätter spendet. Die Mahlzeit, zu der Schwalbennester, Walfischnerven, Haifischflossen und dergleichen gehörten, hatten sie genossen und der Kochkunst wegen entsprechend gewürdigt; die Zusammenstellung, die einen Fremden verblüfft hätte, war für sie nichts Besonderes.

Aber auf das, was ihr Gastgeber ihnen kurz vor

dem Aufbruch mitteilte, war keiner von ihnen gefaßt. Jetzt erfuhren sie auch, warum er sie eingeladen hatte.

Die Tassen waren noch voll. Der Gastgeber hob die seine zum letztenmal an die Lippen, starrte gedankenverloren vor sich hin und begann:

»Freunde! Hört mich an und lacht mich nicht aus! Die Entscheidung ist gefallen. Ich werde meinem Leben einen neuen Inhalt zu geben versuchen; vielleicht läßt sich so dieses eintönige Dasein ändern. Ob das von Gutem oder von Üblem ist, wird die Zukunft lehren. Das Gastmahl, zu dem ich euch heute geladen habe, ist zugleich mein Abschied vom Junggesellenleben. In vierzehn Tagen bin ich schon verheiratet...«

»Und wirst der glücklichste aller Sterblichen sein!« begeisterte sich der Optimist. »Sieh dorthin! Auch die Vorzeichen sind zu deinen Gunsten!«

Tatsächlich: die Lampen knisterten plötzlich und gaben einen besonders fahlen Schein; die Elstern auf den Fensterverzierungen fingen zu plappern an; und die kleinen Teeblätter schwammen plötzlich senkrecht in den Tassen... Weiß der Himmel, genügend untrügliche Wahrzeichen!

Natürlich beeilten sich alle, ihrem Gastgeber Glück zu wünschen, der ihre Komplimente mit interesseloser Kaltblütigkeit entgegennahm. Und da er selber sich nicht bemüßigt fühlte, den Namen des ›neuen Inhaltes‹ zu nennen, hatte auch keiner die Taktlosigkeit, ihn danach zu fragen.

Der Philosoph jedoch hatte sich nicht zu den Gratulanten gesellt. Mit gekreuzten Armen und halbgeschlossenen Augen, ein ironisches Lächeln auf dem Gesicht, saß er da und schien weder für die Gratulanten noch für den Beglückwünschten das geringste übrig zu haben.

Der Gastgeber merkte das, erhob sich und legte dem Philosophen die Hand auf die Schulter. Und zum erstenmal schien in seiner Stimme etwas Interesse mitzuklingen, als er fragte:

»Bin ich denn zu alt zum Heiraten?«

»Nein.«

»Zu jung?«

»Auch nicht.«

»Mache ich etwas Falsches? Was meinst du?«

»Vielleicht.«

»Das Mädchen meiner Wahl kennst du. Sie hat alles, was es braucht, mich glücklich zu machen.«

»Ich weiß.«

»Also?«

»*Du* hast eben nicht alles, was es dazu braucht! Es ist schon schlimm, wenn einer sich allein langweilt. Sich zu zweit langweilen ist noch viel schlimmer!«

»Ja, werde ich denn nie glücklich sein können?«

»Nein, solange du nicht weißt, was Unglück ist.«

»Das Unglück kann gar nicht an mich heran!«

»Dann bist du unheilbar.«

»Ach, diese Philosophen!« erhitzte sich der Jüngste. »Man sollte gar nicht auf sie hören! Das sind sture Theoretiker. Was die an Theorien zusammenbasteln! Der reine Ramsch! Völlig unbrauchbar! Heirate du nur, mein Freund! Ich täte es auch, wenn ich nicht geschworen hätte, nie so etwas zu tun! Heirate, und mögest du in trautem Bunde mit deinem Weibe leben! – Freunde! Auf das Wohl unseres Gastgebers!«

»Und ich«, fügte der Philosoph ruhig bei, »trinke auf eine schützende Macht, die, um ihn glücklich zu machen, ihn bald einmal das Unglück kennen lehrt!«

Auf diesen Trinkspruch hin erhoben sich die Geladenen, berührten sich mit den erhobenen Fäusten wie die Boxer vor dem Kampf, senkten sie dann und hoben sie wieder, verneigten sich wiederholt und verabschiedeten sich endlich voneinander.

Bei der Beschreibung des Salons, in dem dieses Gastmahl stattfand; bei der Aufzählung der Speisekarte; bei der Schilderung der Kleidung der sechs Tischgenossen und endlich an der Art ihrer Ausdrucksweise und der geäußerten Theorien hat der Leser bestimmt schon erraten, daß es sich hier um Chinesen handeln muß; nicht von jenen ›Himmlischen‹, die aus einem Wandschirm herausgeschnitten oder eine Scherbe aus einer chinesischen Vase sein könnten, sondern um moderne Bewohner des ›Himmlischen Reiches‹, die durch Studien, Reisen und Kontakt mit der Zivilisation des Abendlandes bereits europäisiert wurden. Genauer gesagt: Kin-Fo hatte, unterstützt durch den von ihm unzertrennlichen Philosophen Wang, im Salon eines der Blumenboote auf dem Perlenflusse in Kanton soeben seine vier besten Freunde aus der Jugendzeit bewirtet:

Pao-Shen, einen Mandarin vierter Klasse mit dem blauen Knopf, Yin-Pang, einen reichen Seidenhändler aus der Straße der Apotheker, dann Tim, den überzeugten Lebemann, und schließlich Hual, den Gelehrten.

Und all das spielte sich am 27. Tage des vierten Mondes ab, während der ersten jener fünf Wachen, in die man die Stunden der chinesischen Nacht so poetisch einteilt.

DAS ZWEITE KAPITEL
STELLT KIN-FO UND DEN PHILOSOPHEN WANG NOCH KLARER HERAUS

Kin-Fo hatte dieses Abschiedsmahl in der Hauptstadt der Provinz Kuang-Tong, in Kanton also, seinen Freunden gegeben, weil er in dieser Stadt seine Jugend verbracht hatte. Von all den vielen Kameraden, die ein reicher junger Mann sich durch seine Freigebigkeit im Laufe der Zeit erwirbt, waren die vier Geladenen auf dem Blumenschiff die letzten, die ihm treu geblieben waren. Was aus all den andern geworden war, hätte er nicht zu sagen vermocht.

Später hatte Kin-Fo Schanghai bewohnt. Um sich die Langeweile etwas zu vertreiben, war er auf einige Tage nach Kanton zu Besuch gekommen. Er mußte aber noch am selben Abend den Dampfer nehmen, der auf seinem Kurs die Hauptstationen der Küste anläuft.

Wenn Wang den jungen Kin-Fo begleitete, so darum, weil er seinen Schüler nie allein ließ, damit er ihm möglichst viel beibringen konnte. Kin-Fo jedoch kehrte sich nicht sonderlich daran, und so waren denn die vielen Sprüche und Maximen des Philosophen in den Wind gesprochen. Und trotzdem hörte Wang nicht auf, für seinen Schüler Theorien zu produzieren.

Kin-Fo war genau der Typ des Nordchinesen, dessen Rasse in einer Umwandlung begriffen ist; doch hatte nie eine Vermischung mit den Tataren stattgefunden. In den südlichen Provinzen hätte man seinesgleichen umsonst gesucht; denn dort sind Ober- und Unterschichten der Bevölkerung völlig mit den Mandschus vermischt. In Kin-Fos Adern war kein Tropfen Tatarenblut, weder von Vaters noch von seiner Mutter Seite. Er war groß und gut gewachsen, seine Haut eher weiß als gelb, seine Augenbrauen bildeten eine gerade Linie, und seine Augen waren nur ganz unmerklich schief gestellt. Mit seiner geraden Nase und dem keineswegs abgeplatteten Gesicht wäre er sogar unter den ansehnlichsten Männern des Abendlandes als besonders hübsch aufgefallen.

Als Chinesen erkannte man Kin-Fo tatsächlich einzig und allein an seinem sorgfältig rasierten Schädel, seiner haarlosen Stirn, an seinem wunderschönen Zopf, der am Hinterhaupt begann und sich wie eine Schlange aus Pech über seinen Rücken ringelte. Er pflegte sich peinlich genau, und sein fein gezogener Schnurrbart erschien wie ein Halbkreis um seine Lippen, unter denen eine kleine Fliege das Bild vervollständigte und aufs Haar einem Notenkopf glich. Kin-Fos Fingernägel waren über einen Zentimeter lang, ein Zeichen dafür, daß er zu den reichen Leuten gehörte, die nicht zu arbeiten brauchten. Vielleicht verstärkten noch die Lässigkeit des Auftretens und das Herablassende in seiner Haltung bei seiner Umgebung den Eindruck des ›tadellosen Gentleman‹.

Obendrein war Kin-Fo in Peking geboren, was für einen Chinesen ein besonderer Grund ist, stolz zu sein. Auf diesbezügliche Fragen pflegte er großartig zu antworten: »Ich komme von oben herab!«

Als er sechs Jahre alt war, zog seine Familie nach Schanghai, um sich dort anzusiedeln.

Der würdige Vater Kin-Fos stammte aus einer ausgezeichneten Familie im Norden des Landes. Er besaß, wie die meisten seiner Landsleute, einen ausgeprägten Sinn für den Handel. Während der ersten Jahre seiner beruflichen Laufbahn handelte er mit allem, was dieses reiche, dichtbesiedelte Gebiet hervorbringt: Papier aus Swatow, Seidenwaren aus Su-Tscheu, Kandiszucker aus Formosa, Tee aus Hankow und Fuchou, Eisenwaren aus Honan und Kupfer und Messing aus der Provinz Yunan. Hauptsitz seines Unternehmens, sein ›Hong‹ also, war Schanghai; doch besaß er Filialen in Nanking, in Tientsin, in Macao und Hongkong. Da er eng mit der Entwicklung des europäischen Handels verknüpft war, beförderten englische Dampfer seine Waren, und über den elektrischen Draht empfing er stets die neuesten Börsenkurse der Seidenwaren in Lyon und des Opiums in Kalkutta. Er war kein Gegner der neuesten Errungenschaften der Technik, also des Dampfes oder der Elektrizität, wie die meisten seiner Landsleute – unter dem Einfluß der Mandarine und der Regierung, deren Ansehen der technische Fortschritt nach und nach untergräbt.

Mit einem Wort, Tschung-Héu, der Vater Kin-Fos, ging im Handel so geschickt zu Werke, sowohl mit den Leuten im Landesinnern, als auch mit den portugiesischen, französischen, englischen und amerikanischen Handelshäusern in Schanghai, Macao und Hongkong, daß sein Vermögen bereits die hübsche Summe von vierhunderttausend Dollar überstieg, als ihm sein Sohn Kin-Fo geboren wurde.

In den darauffolgenden Jahren sollten sich diese Ersparnisse verdoppeln, und dies dank einem neuen Geschäftszweig, den wir den ›Handel mit Kulis in der Neuen Welt‹ nennen möchten.

Es ist ja längst bekannt, daß die Bevölkerungszahl Chinas viel zu hoch für dieses immerhin riesige Land ist, das so poetisch das ›Reich der Mitte‹, das ›Himmlische Reich‹, das ›Kaiserreich der Blumen‹ oder das ›Land der Blüten‹ genannt wird.

Die Bevölkerung wird auf nicht weniger als 300 Millionen Einwohner geschätzt. Das bedeutet fast den dritten Teil der Erdbevölkerung. Und so wenig der einzelne Chinese auch ißt, er ißt eben doch; und China vermag trotz seiner vielen Reisfelder, seiner Hirse und Kornfelder den einzelnen nicht mehr zu ernähren. Daher entsteht ein enormer Bevölkerungsüberschuß, der dann durch die Breschen, die englische und französische Kanonen in die materiellen und moralischen Mauern des Himmlischen Reiches geschossen haben, einen Ausweg sucht und findet.

So hat sich dieser Menschenüberschuß hauptsächlich nach Nordamerika und dort vor allem nach Kalifornien ergossen. Und das mit solcher Gewalt, daß der amerikanische Kongreß neue Einwanderungsbestimmungen schaffen mußte, um dieser Invasion – man nannte sie unhöflich ›die gelbe Pest‹ – den Riegel vorzuschieben. Es war dabei zu bedenken, daß 50 Millionen auswandernde Chinesen ihr eigenes Vaterland nicht sehr bedeutend entlastet hätten, in Amerika hingegen hätten diese 50 Millionen Gelben die angelsächsische Rasse zugunsten der mongolischen praktisch absorbiert ...

Sei dem, wie es wolle, die Auswanderung nahm jedenfalls gewaltige Ausmaße an. Die chinesischen Kulis, welche ja von einer Handvoll Reis, einer Tasse Tee und einer Pfeife Tabak im Tage zu leben vermögen und sämtlichen Arbeiten gewachsen sind, diese Kulis waren im Nu ein großer Erfolg in Salt Lake City, in Virginia, in Oregon und vor allem wieder in Kalifornien; denn sie drückten die Löhne für ungelernte Arbeiter ganz bedeutend herab.

Im Handumdrehen hatten sich Gesellschaften

gebildet, die den Transport der gelben Auswanderer, die so billig waren, zu organisieren begannen. Ihrer fünf dieser Gesellschaften arbeiteten als Anheuerer in fünf verschiedenen Provinzen des Reichs der Mitte, eine sechste hatte in San Francisco ihren Sitz. Jene exportierten, diese empfing die ›Ware‹. Eine angegliederte Gesellschaft, die ›Ting-Tong‹, schaffte sie dann wieder heim.

Dieser Satz bedarf dringend einer Erklärung: Die Chinesen sind zwar durchaus bereit, ihr Vaterland zu verlassen, damit sie bei den ›Melikanen‹ – wie sie die Amerikaner nennen; sie sprechen anstatt »r« stets »l« – ihr Glück machten, aber dies unter einer Bedingung: sie wollen auf jeden Fall im eigenen Vaterlande beerdigt werden. Das ist also die Hauptbedingung des Arbeitskontraktes, eine conditio sine qua non sozusagen, welche für die anheuernden Gesellschaften eine absolute Verpflichtung darstellt, der sie sich nicht entziehen können.

Diese ›Ting-Tong‹ oder ›Toten-Agentur‹ verfügt über ein beachtliches Kapital. Ihr fällt die Aufgabe zu, die Totenschiffe zu chartern und mit den toten Chinesen zu beladen, die dann von San Francisco nach Schanghai, Hongkong oder Tientsin transportiert werden. Ein zusätzliches, ein einträgliches Geschäft!

Das hatte der wendige und tüchtige Tschung-Héu bald erkannt. Als er 1866 starb, war er Direktor der Kuang-Than-Gesellschaft – in der Provinz desselben Namens – und Vizedirektor der Leichenkasse in San Francisco.

Und am selben Tage erbte Kin-Fo, nun Vollwaise geworden, ein Vermögen von ungefähr vier Millionen Francs. Angelegt war es in Aktien der Kalifornischen Zentralbank; er war weitblickend genug, es dort zu belassen.

Er wäre mit neunzehn Jahren völlig allein gewesen, wenn Wang, der treue Wang, ihm nicht unentwegt zur Seite gestanden hätte, um ihn als Freund und Mentor zu betreuen.

Wer war denn eigentlich dieser Wang? Seit siebzehn Jahren wohnte er im Yamen von Schanghai. Er war treuer Kamerad von Kin-Fos Vater gewesen und dann der Mentor des Sohnes geworden. Und wo kam er her? Was war seine Vergangenheit? Zwei ungeklärte Fragen, die einzig Tschung-Héu und Kin-Fo zu beantworten vermochten... Wenn man sie um Auskunft gebeten hätte, wäre die Antwort etwa so ausgefallen:

Jeder weiß, daß China das Reich der viele Jahre dauernden Revolutionen ist und daß diese Revolutionen jedesmal Hunderttausende in Bewegung bringen. Im 17. Jahrhundert war die berühmte, ursprünglich aus China stammende Dynastie der Ming seit drei Jahrhunderten an der Macht. Im Jahre 1644 rief der damalige Führer der Ming-Dynastie gegen die auf die Hauptstadt anstürmenden Rebellen einen Tatarenkönig zu Hilfe. Der König ließ sich nicht lange bitten, eilte herbei und vertrieb die Aufständischen. Zugleich aber nützte er die Situation gründlich aus: Er stürzte den schwächlichen Führer, der ihn um Hilfe gebeten hatte, und rief seinen eigenen Sohn Chun-Tsche zum Kaiser von China aus.

So begann die Herrschaft der Tataren über China, und Mandschu-Kaiser saßen auf dem chinesischen Kaiserthron. Im Laufe der Jahre vermischten sich die beiden Rassen, vornehmlich in den unteren Bevölkerungsschichten. Die reichen nordchinesischen Familien hingegen achteten peinlich genau auf die Rassentrennung. Darum kann man dort heute noch die beiden Typen klar voneinander unterscheiden, besonders im Innern der nördlichen Provinzen. Denn dort setzten sich die ›Unversöhnlichen‹ fest, die treu zu der längst gestürzten Dynastie hielten.

Zu diesen zählte auch Kin-Fos Vater. Nie verleugnete er die Familientradition, die eine Versöhnung mit den Tataren stets abgelehnt hatte. Obgleich diese nun schon dreihundert Jahre an der Macht waren, wäre er bei einem etwaigen Aufstand als einer der ersten mitmarschiert. Muß man beifügen, daß Kin-Fo diese politische Einstellung in allen Einzelheiten teilte?

Nun, im Jahre 1860, regierte noch jener Kaiser S'Hiene-Fong, der England und Frankreich den Krieg erklärt hatte, welcher mit dem Vertrag von Peking am 25. Oktober desselben Jahres endete.

Aber bereits vor jener Zeit bedrohte ein gefährlicher Aufstand die herrschende Dynastie: die Tschang-Mao oder Tai-Ping, jene ›Rebellen mit dem langen Haar‹, hatten sich 1853 Nankings und 1855 Schanghais bemächtigt. S'Hiene-Fong war bereits tot, und sein Sohn, ein noch junger Mann, hatte größte Mühe, sich der Tai-Ping zu erwehren. Ohne den Vizekönig Li, ohne den Prinzen Kong und ganz besonders ohne den englischen Obersten Gordon hätte er wahrscheinlich seinen Thron eingebüßt; denn die Tai-Ping hatten ihren Aufstand sorgfältig organisiert und wollten damit die Dynastie der Tsing durch die der Wang ersetzen. Sie stellten vier verschiedene Banden auf: die erste führte eine schwarze Fahne und hatte die Aufgabe, zu töten; die zweite diente unter einer roten Fahne und hatte zu brandschatzen; die dritte Bande, die mit der gelben Fahne, sollte plündern; und schließlich sollte eine vierte den Nachschub für die andern drei Banden besorgen; als Kennzeichen führte sie eine weiße Fahne.

Im Kiang-Su fanden wichtige militärische Operationen statt. Su-Tschéu und Kia-Hing, kaum fünf Meilen außerhalb Schanghais gelegen, fielen den Rebellen in die Hände und konnten nur mit großer Mühe von den kaiserlichen Truppen wieder zurückerobert werden. Schanghai war in ernster Gefahr und wurde am 18. August 1860 angegriffen, während die Generäle Grant und Montauban, die Kommandanten der anglo-französischen Armee, gerade die Festungen von Peï-Ho bombardierten.

Zu jener Zeit bewohnte Kin-Fos Vater ein Landhaus außerhalb Schanghais, nahe bei der herrlichen Brücke, die von chinesischen Ingenieuren über den Su-Tscheu geschlagen wurde. Der Aufstand der Tai-Ping paßte natürlich Tschung-Héu sehr, da er ja gegen die Tataren gerichtet war.

So lagen die Dinge, als am Abend des 18. August – die Rebellen waren nach blutigem Kampfe um Schanghai zurückgeschlagen worden – plötzlich die Türe zum Landhaus aufgerissen wurde: ein Flüchtling, der seine Verfolger hatte abschütteln können, warf sich Tschung-Héu zu Füßen. Die Waffe hatte er offenbar im Kampf verloren. Er war also geliefert, falls Tschung-Héu ihm nicht Asyl gewährte. Doch Kin-Fos Vater war nicht der Mann, einen Tai-Ping zu verraten, der bei ihm Schutz suchte. Er schloß rasch die Tür und wandte sich an den Flüchtling:

»Ich will nicht wissen, wer du bist, was du getan hast oder wo du herkommst. Du bist mein Gast, und allein aus diesem Grund schon bist du bei mir sicher!«

Der Flüchtling wollte etwas erwidern, um seine Dankbarkeit auszudrücken, war aber zu schwach dazu.

»Du heißest?« wollte Tschung-Héu wissen.

»Wang.«

Tschung-Héus Großmut rettete Wang damals

das Leben. Und hätten die Kaiserlichen herausgefunden, daß Tschung-Héu einen Tai-Ping bei sich versteckt hielt, es hätte auch ihn den Kopf gekostet. Aber Kin-Fos Vater war noch von der alten Schule; ihm war das Gastrecht heilig. Ein paar Jahre darauf war der Aufstand vollständig unterdrückt. Und 1864 nahm der in Nanking belagerte Rebellenkaiser Gift, um nicht den regulären Kaisertruppen in die Hände zu fallen.

Wang hingegen hielt sich im Hause seines Wohltäters auf. Keiner verlangte zu wissen, wie seine Vergangenheit ausgesehen, keiner stellte ihm eine einzige Frage. Kann sein, daß alle etwas Angst vor der Antwort hatten... Denn die Greueltaten der Aufständischen sollten ja entsetzlich gewesen sein. Unter welcher Fahne mochte Wang gedient haben? Der gelben, roten, schwarzen oder der weißen? Ach, es war schon besser, nichts davon zu erfahren und sich einzubilden, er habe bloß als Nachschubmann gedient...

Wang war mit seinem Los äußerst zufrieden und wurde zum ständigen Hausgenossen. Nach Tschung-Héus Tode wollte der Sohn diese Verbindung nicht lösen, denn auch er hatte sich sehr an die angenehme Gesellschaft dieses liebenswürdigen Menschen gewöhnt.

Wirklich, wer hätte auch zum Zeitpunkt, da unsere Geschichte beginnt, in dem fünfundfünfzigjährigen Philosophen, diesem bebrillten Moralisten, dem ultra-chinesisch sich gebenden Chinesen mit den Schlitzaugen und dem traditionellen Hängeschnurrbart – wer hätte in ihm den ehemaligen Tai-Ping, den ehemaligen Totschläger, Plünderer und Brandschatzer erkennen können? Er sah doch eher aus wie ein biederer Philosophieprofessor: ein langes Gewand von diskreter Farbe, dessen breiter Gürtel sich wegen des wachsenden Bauches fast auf der Brust befand, der Kopfputz, streng nach kaiserlicher Vorschrift, d. h. ein Käppchen mit Pelzbesatz und einer nach hinten herunterhängenden Quaste aus roten Fäden. Doch, er glich eher einem jener Gelehrten, die alle 80 000 Schriftzeichen des Chinesischen mühelos beherrschen, einem Philologen für gehobene Sprache, einem Wissenschaftler, der mit summa cum laude doktoriert hat und somit berechtigt ist, durch das Große Tor von Peking zu wandeln, was nur den Söhnen des Himmels gestattet ist.

Natürlich war es auch möglich, daß der ehemalige Rebell seine blutige Vergangenheit unter dem wohltuenden Einfluß des ehrenwerten Tschung-Héu allmählich bewältigt hatte und auf den ruhigen Pfad der spekulativen Philosophie gelenkt worden war. Und so kam es eben, daß an jenem Abend, nach dem opulenten Abschiedsmahl in Kanton, unser Kin-Fo und Wang sich auf dem Weg zum Dampfer befanden, der sie wieder nach Schanghai zurückbringen sollte.

Kin-Fo ging schweigend und etwas sorgenvoll auf dem Uferweg dahin; Wang sah sich ständig nach allen Seiten um, philosophierte über den Mond und die Sterne und wandelte lächelnd durch die ›Pforte der ewigen Reinheit‹, die ihm für seine Person durchaus nicht zu hoch erschien, dann durch die ›Pforte der ewigen Freuden‹, deren Flügel ausschließlich für ihn weit offenzustehen schienen, und von dort aus sah er schließlich, wie sich die Türme der Pagode ›Zu den fünfhundert Gottheiten‹ im Dunkeln verloren.

Und da lag auch schon ihr Dampfer *Perma* abfahrtbereit vor ihnen. Kin-Fo und Wang bezogen die beiden für sie reservierten Kabinen. Die starke Strömung des Perlenflusses, der täglich in seinen schmutzigen Fluten die Leichen von Hingerichteten dem Meere zutreibt, riß auch das Schiff mit großer Schnelligkeit dahin. Wie ein Pfeil schoß der Dampfer an den Ruinen links und rechts des Flusses vorbei, die durch den Beschuß französischer Kanonen entstanden waren. Vorbei glitten hier die neunstöckige Pagode von Haſ-Way, dort die Landzunge Jardyne bei Whampoa, die Stelle, wo die großen Meerschiffe anlegen; und weiter, zwischen Inseln und Bambusdickicht ging die Fahrt.

Die hundertfünfzig Kilometer, oder die dreihundertfünfundsiebzig ›Lis‹, von Kanton zur Flußmündung legte der Dampfer in einer Nacht zurück. Bei Sonnenaufgang fuhr die *Perma* an dem ›Rachen des Tigers‹ vorüber und gleich darauf an den beiden Sandbänken in der Flußmündung. Einen Augenblick lang sahen sie die Spitze des

600 Meter hohen Victoria-Berges von Hongkong aus dem Morgennebel auftauchen und wieder verschwinden. Und endlich gelangten Kin-Fo und der Philosoph nach glücklicher Fahrt durch die trüben Wasser des Blauen Flusses nach Schanghai, wo sie am Ufer der Provinz Kiang-Nan von Bord gingen.

DAS DRITTE KAPITEL

BIETET DEM LESER, OHNE IHN ZU ERMÜDEN, EINEN BLICK AUF DIE STADT SCHANGHAI

Ein chinesisches Sprichwort behauptet:

»Wenn die Säbel rosten und die Spaten glänzen,
Die Gefängnisse leer sind und die Speicher voll,
Wenn die Tempelstufen von den Gläubigen ausgetreten sind
und in den Höfen der Gerichte Gras wächst,
Wenn die Ärzte zu Fuß gehen müssen
und die Bäcker reiten dürfen,
Dann ist das Reich richtig regiert.«

Ein gutes Sprichwort! Es ließ sich genau auf alle Staaten der Alten und Neuen Welt anwenden. Auf einen Staat aber paßt es ebenso genau nicht: das Reich der Mitte; denn dort ist man meilenweit von der Verwirklichung dieses so wünschenswerten Zustandes entfernt. Dort nämlich rosten die Spaten und die Säbel glänzen, die Gefängnisse quellen über, und die Speicher sind leer. Unter den Bäckern gibt es mehr Arbeitslose als unter den Ärzten; und wenn auch die Tempel die Gläubigen anzuziehen vermögen, so nicht minder die Gerichte, denen die Angeklagten und die Ankläger nie ausgehen.

Anderseits muß gesagt sein, daß ein Riesenreich von 180000 Quadratmeilen nicht eben leicht zu regieren ist, ein Reich, das von Norden nach Süden über achthundert Meilen lang ist, von Osten nach Westen über neunhundert, ein Reich, das achtzehn gewaltige Provinzen besitzt, die tributpflichtigen Länder nicht mitgerechnet, nämlich die Mongolei, das Tibet, Tonking, Korea, die Liu-Tschu-Inseln und andere mehr. Die Chinesen haben da selber einige Zweifel, und die Fremden machen sich überhaupt keine Illusionen in dieser Hinsicht. Der einzige, der findet, es sei in seinem Reiche alles zum besten bestellt, ist wahrscheinlich der Kaiser, eingeschlossen in seinem Palaste, dessen Pforten er äußerst selten überschreitet, der Kaiser, geschützt durch dreifache Stadtmauern, dieser Sohn des Himmels, der an seinen Untertanen Vater- und Mutterstelle vertritt und Gesetze erläßt und aufhebt, wie es ihm gerade paßt, der Kaiser, der über Leben oder Tod aller entscheidet und dem kraft seiner hohen Geburt sämtliche Einkünfte des Kaiserreichs gehören, dieser absolute Herrscher, vor dem die Stirnen im Staube liegen. Und wehe dem, der sich unterfangen wollte, ihm seinen Irrtum zu beweisen! Ein Sohn des Himmels kann sich ganz einfach nicht irren …

Hatte Kin-Fo also Grund zu der Überzeugung, die europäische Regierungsform sei der chinesischen vorzuziehen? Und wohnte er darum auch nicht in Schanghai selbst, sondern draußen, auf dem Boden der englischen Konzession, wo eine von den dort Ansässigen sehr geschätzte Selbstverwaltung behauptet wurde?

Das eigentliche Schanghai liegt am linken Ufer des Flüßchens Huang-Pu, das sich im rechten Winkel mit dem Wusung verbindet, der dann in den Yangtsekiang mündet, der seinerseits ins Gelbe Meer fließt.

Die Stadt – ein von Norden nach Süden verlaufendes Oval – wird von hohen Mauern eingeschlossen, in denen sich fünf Tore nach den Vorstädten hin öffnen. Ein verwirrendes Netz von gepflasterten Sträßchen, auf denen unsere mechanischen Straßenkehrmaschinen sich ziemlich rasch abnützen würden, durchzieht Schanghai. Finstere Kaufläden ohne Schaufenster oder Auslagen, in denen die Besitzer mit nacktem Oberkörper bedienen; kein Wagen, kein Tragsessel zu sehen; höchstens hie und da ein Reiter. Ein paar Tempel für die Einheimischen, ein paar Kirchlein für die Fremden. Die einzigen Promenaden sind der ›Teegarten‹ und eine morastige Allmend auf einem aufgeschütteten Grund über ehemaligen Reisfeldern, wo heute noch Sumpfgase aufsteigen. Und in diesen Straßen mit ihren schmalen Häusern wohnen auf engstem Raum 200 000 Menschen. So

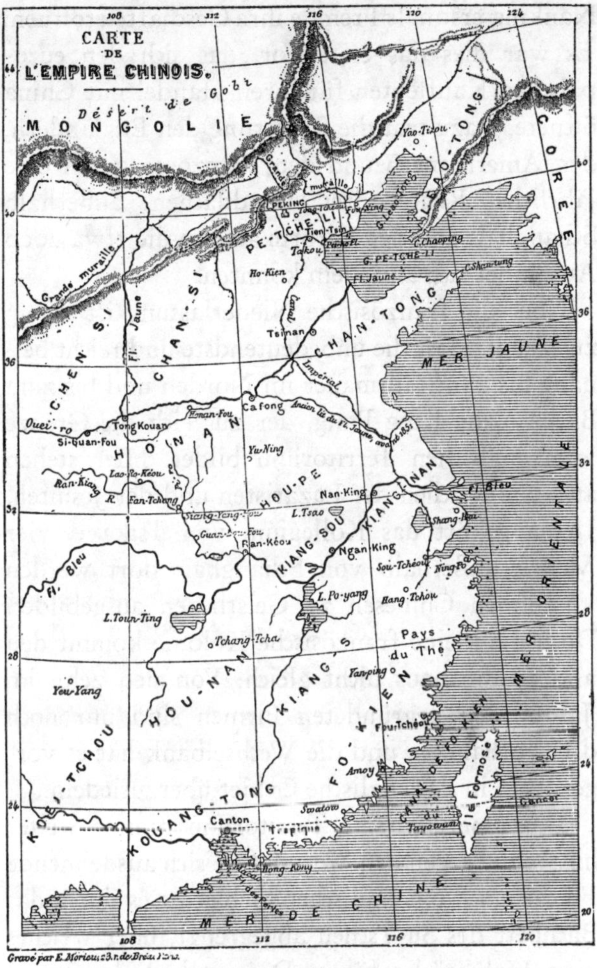

Gravé par E. Morieu

sieht sie aus, diese unwohnliche Stadt, die jedoch von großer Wichtigkeit für den Handel ist.

In dieser Stadt durften nach dem Vertrag von

Nanking erstmals Fremde ihre Geschäfte eröffnen. Es war dies das erste Tor, das sich den europäischen Kaufleuten für ihren Handel mit China öffnete. Dazu trat die Regierung den Engländern, den Amerikanern und den Franzosen gegen eine jährliche Rente drei Landflächen außerhalb Schanghais und der Vororte ab, wo die etwa 2000 Ausländer sich ansiedeln konnten.

Über die französische Niederlassung ist wenig zu sagen; sie ist die unbedeutendste und reicht beinahe bis zur Stadtmauer im Norden und bis zum Bache Yang-King-Pang, der zugleich die Grenze zum englischen Territorium bildet. Hier stehen auch die Kirchen der Lazaristen und der Jesuiten. Ihnen gehört das Kollegium von Tsikave, vier Meilen außerhalb von Schanghai; dort werden von ihnen Chinesen zu Geistlichen ausgebildet. Doch die kleine französische Kolonie kommt den andern durchaus nicht gleich. Von den zehn im Jahre 1861 gegründeten Firmen sind nur noch drei vorhanden, und die Wechselbank hat es vorgezogen, in das englische Gebiet überzusiedeln.

Das amerikanische Territorium nimmt weiter hinten die gegen den Wusungfluß sich ausdehnende Fläche ein. Vom englischen Gebiet ist es durch das Bachbett des Su-Tscheu abgegrenzt, über welches eine Holzbrücke führt. Dort stehen das Hotel Astor und die Missionskirche; dort sind auch die Docks für die Reparatur europäischer Schiffe erstellt worden.

Doch von allen drei Konzessionen ist die englische zweifellos die schönste. Luxuriöse Wohnhäuser den Uferstraßen entlang, Villen mit Veranden und Gärten, Paläste der Handelsfürsten, die Oriental Bank, der ›Hong‹ des berühmten Hauses Dent und des zur selben Gesellschaft gehörenden Hauses Lao-Tschi-Tschang, die Firmenhäuser der Jardyne, der Russels und anderer Großkaufleute; dann der englische Club, das Theater, das Hallenstadion, der Park, der Rennplatz und die Bibliothek – so sieht diese üppige Schöpfung der Angelsachsen im ganzen aus.

Sie hat nicht umsonst den Ruhm einer Musterkolonie erlangt.

Es ist deshalb wenig verwunderlich, daß auf diesem bevorzugten Flecken Erde, unter dem Patronat einer freiheitlichen Verwaltung eine, wie Léon Rousset es ausdrückt, »chinesische Stadt mit ganz einzigartigem Charakter, die ihresgleichen nirgendwo hat«, entstanden ist.

So sieht denn der Besucher, der den malerischen Blauen Fluß heraufgekommen ist, auf diesem relativ kleinen Stück Land vier Landesfahnen fröhlich in demselben Windstoß sich entfalten: die französische Trikolore, den ›Union Jack‹ Großbritanniens, das amerikanische Sternenbanner und das Sankt Andreaskreuz – gelb auf grünem Grund – des Kaiserreichs der Blumen.

Die Landschaft um Schanghai herum zeigt ein topfebenes, baumloses Gebiet, durchzogen von schmalen gepflasterten Straßen und Pfaden, die alle rechtwinklig zueinander stehen. Wie Löcher wirken in dieser Ebene die Zisternen und die ›Arroyos‹, die Wasserstellen, von denen die ausgedehnten Reisfelder bewässert werden. Dazu kommt eine Reihe von Kanälen, auf denen Dschunken mitten durch die bebauten Felder dahinzugleiten scheinen, etwa wie die Zweimastbarken in der holländischen Landschaft. Alles in allem erzeugt diese Gegend den Eindruck eines gewaltigen Gemäldes, ganz in Grün gehalten, dem einzig der Rahmen zu fehlen scheint.

Die *Perma* hatte bei ihrer Ankunft am Quai des Hafens für Einheimische vor der Vorstadt Ost angelegt. Dort also gingen Wang und Kin-Fo an jenem Nachmittag von Bord.

Das Gedränge der Kaufleute am Ufer war enorm, aber auf dem Flusse war es geradezu unbeschreiblich. Hunderte von Dschunken, von Blumenbooten, von Sampans – eine Art Gondeln, die durch ein großes Ruder am Heck bewegt werden –, leichte englische Boote und alle nur denkbaren Wasserfahrzeuge jeder Größenordnung, sie alle bildeten eine schwimmende Stadt, in und auf der eine Bevölkerung von Seeleuten, die mindestens 40 000 Seelen zählte, ihr Leben fristete. Sie gehörten offensichtlich zu der niederen Klasse, aus der auch die Bessergestellten sich nie zu der Klasse der Gebildeten oder gar der Mandarine aufschwingen können.

Die beiden Freunde schlenderten an dem Quai entlang, mitten durch die wunderlich zusammengewürfelte Menge; Händler aller Art, Erdnußverkäufer, Orangen-, Arekanuß- und Grapefruithändler, Seeleute aller Nationen, Wasserträger,

Wahrsager, Bonzen, Lamas, katholische Priester in chinesischer Tracht und mit Zopf und Fächer, einheimische Soldaten, ›Ti-Paos‹ (Stadtpolizisten) und ›Compradores‹, reisende Agenten, die für die europäischen Handelshäuser Geschäfte vermitteln, wogten hier durcheinander.

Kin-Fo hielt seinen Fächer, ließ seine Augen gleichgültig über die Menge schweifen und schien sich überhaupt nicht für das, was um sie her vorging, zu interessieren. Nichts konnte seine Aufmerksamkeit fesseln, weder das metallische Klingen der mexikanischen Piaster oder der silbernen Taels (das sind chinesische Silbermünzen im Werte von etwa drei Mark), noch das Scheppern der Kupfersapeken – das sind kleinste Kupfermünzen –, die zwischen Verkäufern und Kunden mit vielem Getue hin- und hergingen. Hätte er doch den ganzen Markt zu kaufen und bar zu bezahlen vermocht!

Wang hingegen hatte seinen riesigen gelben Schirm – dekoriert mit schwarzen Fabelwesen – aufgespannt und beobachtete ständig, wie sich das für einen Chinesen von edlem Geblüt gehört, was um ihn her seiner Aufmerksamkeit würdig sein könnte.

Wie sie eben an der Pforte des Ostens vorüberkamen, fiel sein Blick zufälligerweise auf ein Dutzend dort aufgerichteter Bambusstangen, von denen die Köpfe der am Vorabend hingerichteten Verbrecher herabgrinsten.

»Es gäbe eventuell Gescheiteres zu tun, als Köpfe abzuschlagen«, bemerkte Wang. »Man könnte sie zum Beispiel mit Wissen füllen.«

Offenbar hörte Kin-Fo Wangs Überlegung gar nicht, sonst hätte er sich bestimmt darüber verwundert. Kam sie doch von einem ehemaligen Tai-Ping!

Beide Männer gingen dem Uferweg entlang weiter, den Mauern der chinesischen Stadt folgend. An der Grenze der Vorstadt, beim Betreten der französischen Konzession also, zog ein Mann in einem langen blauen Gewand die Aufmerksamkeit der Menge auf sich. Er schlug mit einem Stöckchen auf ein Büffelhorn, was einen schrillen Ton ergab.

»Sieh da! Ein Sien-Cheng!« meinte der Philosoph.

»Geht doch uns nichts an!« gab Kin-Fo zurück.

»Freund, laß dir von ihm wahrsagen!« bat Wang. »Jetzt, wo du dich verheiraten willst!«

Kin-Fo wollte weitergehen, doch Wang hielt ihn zurück.

Der ›Sien-Cheng‹ ist so etwas wie ein Volksprophet, der die Zukunft für den Preis weniger Sapeken voraussagt. Er braucht dazu bloß einen kleinen Vogel in einem Käfig, den er am Knopf seines Gewandes angehängt hat, und ein Spiel Karten mit vierundsechzig Blättern, auf denen Gottheiten, Menschen und Tiere zu sehen sind. Chinesen aller Gesellschaftsklassen nehmen die

Weissagungen des ›Sien-Cheng‹ durchaus nicht auf die leichte Schulter, obgleich er selbst sich gar nicht ernst nimmt...

Auf einen Wink Wangs breitete er einen Baumwollteppich aus, setzte den Vogelkäfig darauf, zog sein Kartenspiel hervor, mischte gründlich und legte die Karten mit den Bildern nach unten auf den Teppich. Nun öffnete er den Käfig, der kleine Vogel hüpfte heraus, pickte mit dem Schnabel eine Karte, der ›Sien-Cheng‹ nahm sie und gab dem Vöglein ein Reiskorn, worauf jenes wieder in den Käfig zurückhüpfte.

Der Wahrsager drehte nun die Karte um. Es waren ein Mann und ein Wahlspruch darauf zu erkennen, der Spruch in der Kunanrunasprache, der Mandarinsprache aus dem Norden; übrigens die offizielle Gelehrtensprache.

Hierauf wandte sich der Seher an Kin-Fo und sagte ihm das voraus, was alle Wahrsager der Welt unfehlbar vorauszusagen pflegen: nach einer kurz bevorstehenden Prüfung werde der Kunde mindestens zwölftausend Jahre reinsten Glücks genießen.

»Eines genügt mir«, erwiderte Kin-Fo, »und wenn ich dieses eine Jahr bekomme, schenke ich dir die übrigen!«

Zur Bezahlung warf er einen Silbertael auf die Erde, und der Prophet stürzte sich darauf wie ein Hund auf einen Markknochen. So ein guter Fang kam schließlich nicht alle Tage vor!

Nach diesem hübschen Zwischenspiel bewegten sich Wang und sein Schüler auf die französische Kolonie zu, Wang im Bewußtsein, daß diese Weissagung auf seine eigenen Theorien recht gut paßte, der andere in der Überzeugung, daß keine Prüfung je an ihn herantreten würde.

Sie kamen am Französischen Konsulat vorbei, überquerten die Brücke über den Yang-King-Pang und schlugen die Richtung schräg durch die englische Kolonie ein, um zum europäischen Hafen zu gelangen.

Eben schlug es die Mittagsstunde. Die Händler, die den ganzen Morgen so unablässig tätig gewesen, gaben ihre Beschäftigung mit einem Schlag auf. Der Geschäftstag war somit zu Ende, völlige Ruhe löste das turbulente Treiben ab; in der englischen Kolonie übrigens ebenfalls, denn ihre Bewohner waren in dieser Hinsicht bereits chinesisch geworden.

Eben liefen im Hafen einige ausländische Schiffe ein, die meisten unter englischer Flagge. Neun von zehn – leider muß das festgestellt werden – waren mit Opium beladen. Dieses geisttötende Rauschgift, mit dem England China überschwemmt, bringt einen Umsatz von über 260 Millionen Francs pro Jahr und wirft einen Gewinn von 300% ab... Umsonst hat die chinesische Regierung versucht, den Import von Opium in das Reich der Mitte zu verhindern. Der Krieg von 1841 und der Vertrag von Nanking haben

für die englischen Waren freie Bahn geschaffen und den Handelsfürsten die Oberhand gegeben. Es muß hier jedoch gleich gesagt sein, daß, obgleich die Regierung in Peking jeden Chinesen, der Opium verkauft, mit dem Tode bestraft, die Behörden unter gewissen finanziellen Voraussetzungen mit sich über die Sache reden lassen. Es wird sogar gemunkelt, der Gouverneur von Schanghai, ein hoher Mandarin, kassiere jährlich eine Million einzig dafür, daß er den Machenschaften seiner Beamten gegenüber die Augen zudrücke.

Natürlich gaben sich weder Kin-Fo noch Wang der häßlichen Gewohnheit des Opiumgenusses hin, der sämtliche menschlichen Organe langsam zerstört und dann plötzlich zum Tode führt.

Nicht eine einzige Unze dieser Substanz war je über die Schwelle des vornehmen Hauses gekommen, das die beiden, etwa eine Stunde nach ihrer Ankunft am Quai von Schanghai, betraten.

Wieder wären wir höchlich erstaunt gewesen, aus dem Munde eines ehemaligen Tai-Ping das zu hören, was Wang nun aussprach:

»Es wäre vielleicht Besseres zu tun, als einem ganzen Volke verdummende Drogen zuzuführen! Handel ist an und für sich eine gute Sache; aber die Philosophie ist besser. Darum, mein Freund, laß uns Philosophen sein; ja, dies vor allem: Laß uns Philosophen sein!«

DAS VIERTE KAPITEL

BRINGT KIN-FO EINEN WICHTIGEN BRIEF, DER BEREITS EINE WOCHE VERSPÄTUNG HAT

Ein Yamen ist eine parallel ausgerichtete Gebäudegruppe, die von einer zweiten, aus Kiosken und Pavillons bestehenden, im rechten Winkel ergänzt wird. Meistens dient ein Yamen den hochgestellten Mandarinen als Wohnort, gehört aber dem Kaiser. Den reichen Himmlischen ist es natürlich nicht untersagt, sich mit eigenen Mitteln einen Yamen zu bauen; und einen derartigen Herrschaftssitz bewohnte auch unser begüterter Kin-Fo.

Wang und sein Schüler hielten vor dem Hauptportal an, das auf der Frontseite der riesigen Mauer offenstand. Diese Mauer umschloß sowohl die verschiedenen Gebäude seines Yamen, als auch die Gärten und Höfe.

Hätte es sich bei diesem Herrschaftssitz um die Residenz eines hohen Staatsbeamten – und nicht wie hier um den Besitz eines einfachen Reichen – gehandelt, dann wäre unter dem reichverzierten und grell bemalten Vordach beim Eingang ein großer Gong zu sehen gewesen. Zu diesem Gong haben die Gerechtigkeit Suchenden Tag und Nacht Zutritt und schlagen dann kräftig darauf. Doch anstelle eines solchen ›Gongs für Reklamationen‹ wurde der Eingang zu Kin-Fos Besitzung von großen Porzellanvasen flankiert. Sie enthielten kalten Tee, der vom Haushofmeister ständig erneuert wurde. Der Tee stand allen Vorübergehenden zur Verfügung, was Kin-Fo hoch angerechnet wurde; er war deswegen auch bei allen Nachbarn in Ost und West als freigebiger Mann wohl angesehen.

Als der Hausherr eintraf, liefen sogleich alle Bedienten des Gutes zur Begrüßung herbei: Kammerdiener, Lakaien, Türhüter, Sänftenträger, Stallknechte, Kutscher, Servierpersonal, Nachtwächter und Köche, die ganze Dienerschaft, die zu einem chinesischen Hause gehört, bildete nach Anordnung des Haushofmeisters Spalier. Etwa zehn Kulis, die für die gröbsten Hausarbeiten im Monatslohn angestellt waren, hielten sich diskret im Hintergrund.

Der Majordomo hieß den Herrn in seinem Haus willkommen. Der aber nahm sich kaum die Mühe zu einer lässigen Handbewegung und ging rasch an ihm vorbei.

»Sun?« fragte er nur.

»Sun?« fragte nun auch Wang lächelnd. »Wenn Sun zum Empfang angetreten wäre, dann wäre er nicht mehr Sun!«

»Wo ist Sun?« wiederholte Kin-Fo nun schärfer.

Der Haushofmeister mußte zugeben, weder er noch sonst jemand habe die geringste Ahnung, wo jener stecke.

Sun war kein Geringerer als der Erste Kammerdiener, ausschließlich der Person des Hausherrn zugeteilt, dem er jederzeit zur Verfügung zu stehen hatte.

Ein Musterdiener also? O nein! Es war sogar unmöglich, den Dienst schlechter zu besorgen. Zerstreut, zerfahren, mit linkischen Händen und unbeholfener Rede, entsetzlich gefräßig, ein ziemlicher Hasenfuß – mit einem Wort: ein Chinese aus dem Bilderbuch; aber treu im großen ganzen, und eigenartigerweise der einzige Mensch, der seinem Herrn eine gewisse innere Bewegung abzunötigen verstand. Kin-Fo fand täglich zwanzigmal reichlich Ursache, sich über Sun zu ärgern, und wenn er ihn bloß zehnmal zurechtwies, so geschah das teils aus der ihm eigenen Gleichgültigkeit, teils weil er sich nicht die Galle ins Blut bringen wollte. Ein gesundheitsfördernder Diener, wie man sieht! ... Immerhin machte Sun es wie die meisten chinesischen Diener: wenn er eine Bestrafung verdient hatte, kam er von sich aus und bat darum. Und sein Herr verschonte ihn nicht. Die Hiebe mit dem Rohrstock mochten noch so dicht auf seinen Rücken fallen, den guten Sun scherte das wenig. Empfindlicher traf ihn aber das ständige Kürzerschneiden seines Zopfes, wenn er Kin-Fos Ansicht nach sich etwas Schwereres hatte zuschulden kommen lassen.

Es ist ja bekannt, wie innig der Chinese dieses eigenartige Anhängsel liebt. Der Verlust des Zopfes, das ist die ärgste Strafe, die einem Verbrecher zugefügt wird! Die Entehrung fürs Leben! Deshalb fürchtete der arme Kammerdiener nichts so sehr wie den Verlust eines weiteren Stückes dieses Ehrenzeichens. Vier Jahre zuvor war Sun in Kin-Fos Dienste getreten, und sein Zopf maß damals – als einer der schönsten im Reich der Mitte – einen Meter fünfundzwanzig! Zur Stunde jedoch maß er nur noch ganze siebenundfünfzig Zentimeter...

Wenn das so weiterging, war Sun in zwei Jahren völlig kahl!

Unterdessen schritten Wang und Kin-Fo, ehrfurchtsvoll gefolgt von der gesamten Dienerschaft, durch den Garten, in welchem die Bäume in ihren Terrakottavasen verblüffend – aber auch bedauerlich – zugeschnitten dastanden: sie glichen phantastischen Tieren.

Die beiden gingen weiter, um das mit seltenen Fischen belebte Bassin herum, dessen klares Wasser unter lauter großen, blaßroten Blüten verschwand – es waren ›Nelumbo‹-Blüten, die schönste der Seerosenarten, die es in China gibt. Sie grüßten die hieroglyphische Darstellung eines seltsam in violetten Farben gemalten Vierfüßlers an der Mauer, eine symbolische Freskomalerei, und erreichten endlich die Haustür der eigentlichen Wohnung des Yamen.

Das Haus bestand aus dem Erdgeschoß und einem obern Stockwerk, und es stand auf einer Marmorterrasse, zu welcher sechs marmorne Stufen hinaufführten. Vor Türen und Fenstern hingen

Bambusmatten, die den Sonnenstrahlen wehren sollten, so daß die sonst überall drückende Hitze im Innern weniger verspürt wurde. Das Flachdach bildete einen deutlichen Kontrast zu den bizarren Dachstühlen der umliegenden Pavillons, deren seltsame Firste, bunte Ziegel und behauene Backsteine das Auge erfreuten.

Im Hause gab es außer den für Wang und Kin-Fo reservierten Zimmern nur große Empfangszimmer, die von den kleineren Räumen durch transparente Wände abgeteilt waren. Auf diesen Wänden gab es aufgemalte Blumengirlanden und Auszüge aus den Moralsprüchen zu sehen, um die die Himmlischen ja nie verlegen sind. Und überall standen eigenartig geformte Sitzgelegenheiten aus Terrakotta oder aus Porzellan, aus Holz oder Marmor, dazu die passenden, bedeutend weicheren Sitzkissen in verschwenderischer Zahl. Überall hingen Lampen und Lampions in vielen Formen, mit verschiedenfarbigem Glas, mit Quasten großzügiger behängt als ein spanischer Maulesel; und überall standen die ›Tscha-Ki‹ herum, die hübschen, kleinen Teetische, die für eine chinesische Wohnungseinrichtung absolut unerläßlich sind. Was hätte man an Stunden – nein, nicht verloren, aber vertrödelt, die unzähligen Figuren und Figürchen zu zählen: Elfenbeinstatuetten, Nippsachen aus Perlmutter, aus Bronze; Rauchfässer, Filigranarbeiten, Reliefs auf Lackarbeiten, milchweiße und smaragdgrüne Jadefiguren, runde und prismatische Vasen aus der Ming- und der Tsing-Periode, seltenstes Porzellan noch aus der Yen-Dynastie, Schmelzmosaik-Email in rosenroter und gelber Transparenz – noch heute sucht man nach dem Geheimnis der Herstellungsart dieser chinesischen Kostbarkeiten. Diese luxuriöse Wohnung verband chinesische Vorstellungskraft mit europäischer Behaglichkeit.

Wir haben es schon einmal gesagt: Kin-Fo war ein Mann des Fortschritts. Auch sein Geschmack bewies das. Bei keiner neuen Erfindung aus dem Abendlande verhielt er sich ablehnend, nein, er importierte sie sogleich. Er gehörte zu der leider heute noch recht seltenen Gruppe der Söhne des Himmels, die sich von der Physik und der Chemie betören lassen. Er war also auch nicht einer jener Barbaren, die seinerzeit die ersten Telegraphenleitungen durchschnitten, die die Firma Reynolds bis nach Wusung spannen wollte, um die Ankunftszeit der englischen und amerikanischen Postsendungen möglichst rasch zu erfahren. Auch nicht einer jener rückständigen Mandarine, welche die Installierung des Unterseekabels Schanghai–Hongkong auf chinesischem Boden verhindern wollten und darum die Techniker zwangen, das Kabel an einem mitten im Fluß verankerten Boote festzumachen.

Nein! Kin-Fo gehörte zu denen, die damals ihrer Regierung beipflichteten, als sie die Zeughäuser und Schiffswerften von Fu-Tschau durch französische Ingenieure erbauen ließ. Ferner besaß er Aktien der chinesischen Dampfschiffgesellschaft, die im Interesse der Nation den Verkehr zwischen Tien-Tsin und Schanghai versieht, und er interessierte sich stark für die Schnellboote, die von Singapur aus um drei bis vier Tage schneller sind als die englische Post.

Es ist bereits festgestellt worden, daß der Fortschritt der Technik ihn völlig gefangennahm. Er hatte zum Beispiel veranlaßt, daß die Leute in allen Gebäuden seines Yamen telephonisch miteinander Verbindung aufnehmen konnten. In allen Räumen seines Hauses waren elektrische Klingeln angebracht. In der kalten Jahreszeit ließ er Feuer machen und wärmte sich hemmungslos, ganz im Gegensatz zu seinen Mitbürgern, die, trotz viermal dickerer Kleidung, vor dem leeren Kamin schlotterten, weil die Landessitte das so will.

Sein Haus hatte Gaslicht, gerade wie dasjenige des Oberzollinspektors von Peking oder das Haus des sündhaft reichen Herrn Yang, des Hauptbesitzers der chinesischen Pfandleihhäuser... Und nun hatte der fortschrittliche Kin-Fo, weil er fand, das Schreiben von Liebesbriefen sei veraltet, einen Phonographen angeschafft – wie wir bald bemerken werden –, der erst kürzlich von Edison bis ins letzte verfeinert wurde.

So fehlte denn dem Schüler Wangs, des Philosophen, sowohl in materieller wie in moralischer Hinsicht überhaupt nichts zum eigentlichen Glücklichsein. Und doch war er es nicht. Dabei hatte er doch zum Blitzableiter für seine tägliche Leidenschaftslosigkeit seinen Diener Sun; doch nicht einmal der konnte ihm dadurch zum Glück verhelfen...

»Sun!« hatte Kin-Fo gleich beim Eintritt in die Halle gerufen, und seine Stimme zeigte schlecht verhehlte Ungeduld.

»Sun!« hatte Wang wiederholt; auch er hatte dem säumigen Diener immer wieder gute Ratschläge und Ermahnungen gegeben, leider ohne auf den unverbesserlichen Sun den geringsten Eindruck zu machen.

»So, jetzt schaffe man mir sofort diesen Sun herbei!« wandte sich Kin-Fo an seinen Haushofmeister, welcher denn auch ungesäumt seine sämtlichen Hilfskräfte auf die Suche schickte.

Wang und Kin-Fo waren allein im Zimmer.

»Die Klugheit schreibt dem Reisenden bei seiner Ankunft im eigenen Heime vor, sich etwas auszuruhen«, meinte der Philosoph.

»Dann wollen wir klug sein«, antwortete schlicht sein Schüler.

Worauf er dem Philosophen die Hand gab und sich in seine Gemächer zurückzog, was Wang ihm sogleich nachmachte und sein eigenes Zimmer aufsuchte.

Kin-Fo streckte sich in seinem Gemach auf einem jener europäischen Liegebetten aus, die ein chinesischer Tapezierer nie so weich hätte bauen können. Und Kin-Fo verfiel ins Träumen: Dachte er an seine baldige Heirat mit der liebenswerten, blumenschönen Frau, die er zur Gefährtin seines weiteren Lebens machen wollte? Klar, daran war doch nicht zu zweifeln, denn für morgen war er ja mit ihr verabredet. Dieses bezaubernde Wesen wohnte aber nicht in Schanghai, sondern in Peking, und Kin-Fo fand, er könnte ihr eigentlich außer seiner Heimkehr auch gleich seine baldige Ankunft in der Hauptstadt des Himmlischen Reiches anzeigen. Er dürfte sogar ein gewisses Verlangen, eine leichte Ungeduld, sie wiederzusehen, durchschimmern lassen ... Doch, doch, er liebte sie wirklich! Wang hatte ihm das nach allen Regeln der Logik bewiesen. Vielleicht könnte dieses neue Etwas in seinem Leben möglicherweise ungeahnte Weiten, das heißt vielleicht sogar das Glück ... das ... ja ... vielleicht ... wenn ...

Kin-Fos Augen hatten sich geschlossen, er war beinahe schon im Reich der Träume – da kitzelte ihn etwas in der rechten Hand. Instinktiv packten seine Finger zu und fühlten ein knotiges, zylindrisches Etwas, das ihnen vertraut vorkam.

Der Herr täuschte sich nicht; ein Knotenstock war in seine rechte Hand geschoben worden. Und im gleichen Moment vernahm er die demütig ausgesprochenen Worte:

»Wann immer es dem Meister beliebt!«

Mit einem Ruck setzte sich Kin-Fo auf, und aus lauter Gewohnheit schwang er auch schon den Stock.

Sun stand vor ihm, den Rücken wie ein Patient beim Arzt sanft gekrümmt, und bot seine Schultern. Mit der einen Hand stützte er sich auf den Teppich, die andere hielt einen Brief in die Höhe.

»Da bist du endlich!« knurrte Kin-Fo.

»Ai, Ai, Au!« jammerte Sun. »Ich habe den Herrn erst zur dritten Nachtwache erwartet! Wann immer es dem Herrn beliebt!«

Kin-Fo warf den Stock zu Boden. Sun, der von Natur aus schon recht gelb war, wurde noch gelber.

»Wenn du mir den Rücken unaufgefordert hinhältst, ohne mir auch nur eine Erklärung dafür zu geben, dann hast du sicher ärgere Strafe verdient. Was ist passiert?«

»Dieser Brief...«

»So red doch endlich!« brüllte nun Kin-Fo und packte den Brief, den Sun ihm hinhielt.

»Ich Tölpel habe vergessen, Ihnen den Brief vor Ihrer Abreise zu übergeben.«

»Das heißt, er kam vor acht Tagen, Elender!«

»Mein Fehler, Meister!«

»Komm her!«

»Ich bin wie eine arme Krabbe, die nicht laufen kann... Au, au, au!«

Die letzten Laute waren ein Verzweiflungsschrei. Kin-Fo hatte blitzschnell Suns Zopf gepackt und machte ihn mit der Schere wieder um ein gutes Stück kürzer.

Offenbar hatte die Krabbe ihr Laufvermögen unverhofft wiedererlangt, denn Sun verschwand unglaublich rasch, aber er fand doch noch Zeit, das amputierte Stück seines Zopfes sorgfältig vom Teppich aufzulesen. Von siebenundfünfzig Zenti-

metern war das kostbare Prunkstück auf vierundfünfzig zusammengeschrumpft.

Kin-Fo hatte sich sogleich wieder vollkommen beruhigt, warf sich erneut auf das Liegebett und sah sich den acht Tage alten Brief gelassen an. Er war Sun einzig wegen dessen Nachlässigkeit, nicht wegen der Verspätung böse. Inwiefern konnte ihn irgendein Brief denn schon interessieren? Er war höchstens unwillkommen, wenn er ihn aufzuregen vermochte. Und was vermochte Kin-Fo schon aufzuregen!

Recht zerstreut besah er sich den Brief. Der Umschlag aus steifem Leinen trug auf der Vorder- und auf der Rückseite verschiedene Briefmarken in Weinrot und Braun, die einen Mann und darunter die Zahlen ›2‹ und ›six Cents‹ aufgedruckt zeigten.

Das bedeutete: der Brief kam aus den Vereinigten Staaten.

»Na, also«, murmelte Kin-Fo achselzuckend, »ein Brief von meinem Korrespondenten in San Francisco!« Und er warf den Brief in die Sofaecke.

Was konnte der ihm schon Wichtiges mitzuteilen haben? Wohl nur, daß die Wertpapiere, in denen er sein Vermögen angelegt hatte, ruhig ihr Dasein in der Zentralbank von Kalifornien fristeten oder daß seine Aktien um fünfzehn oder gar zwanzig Prozent gestiegen seien, und vielleicht, daß dieses Jahr die Dividenden noch höher ausfallen würden als im vorigen, und dergleichen mehr.

Wieso sollte er sich wegen einiger tausend Dollar mehr oder weniger schon aufregen?

Dennoch nahm Kin-Fo den Brief nach kurzem

Zögern wieder auf und riß mechanisch den Umschlag auf. Aber statt ihn zu lesen, suchten seine Augen bloß nach der Unterschrift.

»Ist tatsächlich von meinem Korrespondenten!« meinte er. »Der kann mir ja doch nur über Geschäftliches berichten. Und mit den Geschäften fange ich erst morgen an!«

Und schon wollte Kin-Fo den Brief ein zweites Mal in die Sofaecke feuern, als sein Blick plötzlich auf ein mehrmals unterstrichenes Wort auf der Rückseite des zweiten Blattes fiel: ›Passiv‹ stand da und verlangte gebieterisch die Aufmerksamkeit des Geschäftsmannes in Schanghai.

Diesmal las Kin-Fo den Brief von der ersten bis zur letzten Zeile durch, sogar mit einer gewissen Neugier, was an ihm eher verwundern mußte. Einen Augenblick lang zogen seine Augenbrauen sich etwas zusammen, aber dann schlich sich sofort wieder das verächtliche Lächeln in seine Gesichtszüge, als er den Brief fertig gelesen hatte.

Er erhob sich, ging etwa zwanzig Schritte im Zimmer auf und ab, bewegte sich dann auf die Sprechanlage zu, die seine Räume mit denjenigen Wangs verband, und wollte gerade auf die Rufklingel drücken, als er sich eines Besseren besann, die Schlange aus Kautschuk wieder fallen ließ und sich zum Diwan zurückbegab.

»Pahh!« Wieder der typische Kin-Fo-Laut.

»Und nun zu ihr. Sie hat an dieser ganzen Geschichte eigentlich mehr Interesse als ich.« Damit ging Kin-Fo auf ein Lacktischchen zu, auf dem sich eine längliche, fein geschnitzte Holzschachtel befand. Seine Hand, die eben die Schachtel öffnen wollte, zögerte im letzten Augenblick:

›Was stand in ihrem letzten Brief?‹ fragte er sich. Und anstatt den Deckel der Schachtel zu öffnen, drückte er auf einen Knopf an der einen Schmalseite. Sogleich ließ sich eine sanfte Stimme vernehmen:

»Kleiner älterer Bruder! Bin ich denn für dich nicht mehr die Mei-Hua-Blume, wie sie im ersten Mond blüht, deine Aprikosenblüte des zweiten Mondes, deine Pfirsichblüte des dritten Mondes? Mein teures Herz aus Edelstein, dir sende ich tausend, zehntausend Morgengrüße! ...«

Unverkennbar die Stimme einer jungen Frau, deren zarte Worte hier durch einen Phonograph wiedergegeben wurden!

»Arme kleine jüngere Schwester!« brummte Kin-Fo. Dann öffnete er die Schachtel, entnahm ihr eine Folie, auf der eine Unzahl winziger Rillen zu sehen waren, die das eben Gehörte enthielten, und legte eine andere Folie ein.

Der Phonograph war bereits derart vervollkommnet, daß man, ohne die Stimme sehr zu erheben, eine Folie über die Membrane besprechen konnte, wobei ein Uhrwerk die Rolle drehte.

Kin-Fo sprach etwa eine Minute lang in den Apparat hinein. Aus seiner leidenschaftslosen Stimme war nicht herauszuhören, unter welchem

Eindruck der Freude oder der Trauer er seine Sätze formte.

Er sprach ohnehin nur drei oder vier Sätze. Hierauf hielt er den Apparat an und zog die eben besprochene Folie heraus, auf welcher die Nadel an der Membrane die feinen Rillen gezogen hatte, die genau den gesprochenen Worten entsprachen. Er steckte die kleine Folie in einen Umschlag, versiegelte ihn und malte von rechts nach links die Adresse:

»Madame Lé-U
Cha-Cua Avenue
Peking«

Nach einem Druck auf die elektrische Klingel erschien der Diener für Postangelegenheiten. Er erhielt Befehl, den Brief augenblicklich zur Post zu tragen.

Eine Stunde darauf war Kin-Fo bereits fest eingeschlafen. Er hielt dabei sein ›Tschu-fu-jen‹ fest in den Armen, sein Bambuskissen nämlich, das als Teil des chinesischen Bettes trotz der herrschenden Hitze nie warm wird. Ein angenehmer Bettgenosse!

DAS FÜNFTE KAPITEL
ZEIGT UNS LÉ-U IM BESITZ EINES BRIEFES, DEN SIE LIEBER NICHT ERHALTEN HÄTTE

»Was? Noch immer kein Brief für mich?«

»Leider nein, Herrin!«

»Die Zeit wird mir so lang, alte Mutter!«

Zum zehnten Mal an jenem Tage konnte man die entzückende Lé-U diese Worte in ihrem Boudoir – Avenue Cha-Cua, Peking – ausrufen hören. Die ›alte Mutter‹, die unermüdlich die gleichen Antworten auf dieselben Fragen gab, war eine mürrische und unangenehme Kammerfrau namens Nan. In China ist es üblich, ältere Dienstboten auf diese Weise anzureden.

Mit achtzehn Jahren hatte Lé-U einen Gelehrten ersten Grades geheiratet, der am berühmten Sse-Khu-Tsuane-Chu Mitarbeiter war. (Dieses Werk wurde im Jahre 1773 begonnen und sollte 160 000 Bände umfassen. Man ist aber erst beim 78 738. angelangt!) Der Gelehrte war mehr als doppelt so alt als Lé-U, als sie heirateten. Drei Jahre darauf war er tot...

Die junge Witwe war damals noch nicht einmal einundzwanzig und nun plötzlich allein auf der Welt. Kin-Fo machte ihre Bekanntschaft auf einer Reise nach Peking. Das heißt, Wang kannte sie und lenkte die Aufmerksamkeit seines gleichgültigen Schülers auf das entzückende Wesen. Von da an trieb Kin-Fo langsam aber sicher dem Gedanken entgegen, sein Leben zu ändern und sich mit der hübschen Witwe zu verheiraten. Lé-U zeigte sich nicht abgeneigt, den Antrag, der ihr da gemacht wurde, anzunehmen. Zur großen Befriedigung des Philosophen kam die Sache zustande, und die Hochzeit sollte sogleich nach der Ankunft Kin-Fos in Schanghai vorbereitet und dann in Peking gefeiert werden.

In China ist es nicht üblich, daß sich Witwen wieder verheiraten – nicht etwa, weil sie weniger das Bedürfnis dazu verspürten als ihre abendländischen Schwestern, sondern weil im Reich der Mitte die Nachfrage nicht dem Angebot entspricht. Wenn Kin-Fo hier eine Ausnahme bildete, so darum, weil er – wie wir jetzt bereits wissen – ohnehin ein Original war. Und wenn Lé-U sich wieder verheiratete, dann verlor sie das Recht, unter dem ›Pae-Lu‹ durchzugehen, jenem Erinnerungsbogen, den der Kaiser für die ihren Männern treu bleibenden Witwen aufrichten läßt. Solche Frauen gab es in China tatsächlich! Zum Beispiel die Witwe Sung, die sich nie mehr vom Grabe ihres Mannes entfernen wollte; dann die Witwe Kung-Kiang, die sich einen Arm wegschnitt; oder gar die Witwe Yen-Tschiang, die sich das Gesicht verstümmelte, um ihrem Schmerz über den Verlust des Ehemannes Ausdruck zu geben.

Lé-U aber fand, mit ihren zwanzig Jahren sei noch etwas Gescheiteres anzufangen. Sie wollte gern noch einmal ein unterwürfiges Leben beginnen; denn das ist das Los und die Rolle der Frau in der chinesischen Familie: nimmermehr über die Dinge ›draußen‹ zu reden, sich nach den Regeln des Buches ›Li-Nun‹, das von den häuslichen Tugenden handelt, zu richten; ferner nach dem Buche ›Nei-Tso-Pien‹, das die ehelichen Pflichten umreißt; und andererseits sehnte sie sich, diese gewisse Rücksichtnahme wieder genießen zu können, die der Frau in den höheren Gesellschaftsklassen Chinas zuteil wird, denn dort ist die Frau nicht mehr die Sklavin, wie das allgemein immer noch angenommen wird. Lé-U war intelligent und gebildet, und sie wußte um die Stellung, die sie als Frau im Leben des reichen Blasierten einnehmen würde, und sie fühlte sich gerade darum zu ihm hingezogen, weil sie ihm den Beweis erbringen wollte, daß es sogar auf Erden wahres Glück gibt. Sie hatte sich also bereits freudig mit ihrem Schicksal abgefunden.

Ihr erster Gatte, der Gelehrte, hatte ihr ein bescheidenes Vermögen hinterlassen, womit sie, zwar eher kärglich, zu leben vermochte. Das Haus an der Avenue Cha-Cua war recht einfach, und die unerträgliche Nan war ihre einzige Dienerin. Lé-U hatte sich mit der Zeit an Nans schauderhaftes Benehmen gewöhnt; denn in China, im Reich der Blumen, sind derartige Dienerinnen nichts Außerordentliches.

Am liebsten hielt sich die junge Frau in ihrem Boudoir auf. Die Wohnungsausstattung wäre sehr,

sehr einfach gewesen, wären nicht in den zwei vergangenen herrlichen Monden die vielen reichen Geschenke aus Schanghai eingetroffen. Verschiedene Bilder hingen an den Wänden, unter andern ein Meisterwerk des alten Malers Huan-Tse-Nen*, das bestimmt die Augen der Kunstkenner auf sich gezogen hätte; daneben typisch chinesische Aquarelle, grüne Pferde, violette Hunde und blaue Bäume darstellend, und natürlich einigen ›jungen Malern im Saft‹ zuzuschreiben. Auf einem Lacktisch waren Fächer aus der berühmten Schule von Swatow ausgebreitet und sahen genau wie Schmetterlinge mit ausgebreiteten Flügeln aus.

Von aufgehängten Porzellanvasen hingen bunte Ketten von künstlichen Blumen herab, aus dem Mark der ›Arabia papyrifera‹ in Formosa hergestellt. Sie wetteiferten an Schönheit mit den weißen Seerosen, gelben Chrysanthemen und roten

* Der Ruhm der alten Meister hat sich bis auf unsere Zeit erhalten und ist, obwohl leicht anekdotisch, immerhin der Betrachtung wert. So wird erzählt, daß im dritten Jahrhundert der Maler Tsao-Puh-Ying ein Bild für den Kaiser schuf und zum Schluß überall auf seinem Werk Fliegen aufmalte, und so naturgetreu, daß der Kaiser sie mit seinem Taschentuch wegzuscheuchen versuchte. Ebenso groß war Huan-Tse-Nen, der um das Jahr 1000 berühmt wurde. Er malte eines Tages einige Fasanen auf die Wände eines Palastsaales. Etwas später brachten fremde Gesandte dem Kaiser einige Jagdfalken zum Geschenk. Kaum erblickten die Raubvögel die Fasanen an den Wänden, als sie sich wie wild auf sie stürzten ... und sich kläglich die Köpfe an den Wänden zerschlugen.

Lilien aus Japan, die überall aus holzgeschnitzten Blumenständern hervorquollen. Und das ganze hübsche Interieur war von einem sanften, diffusen Licht übergossen, denn auch hier zähmten und siebten geflochtene Bambusmatten vor den Fenstern das grelle Sonnenlicht. Ein herrlicher Wandschirm aus großen Sperberfedern ergab das Bild einer riesigen Pfingstrose – das Zeichen der Schönheit im Reiche der Blumen –, zwei Vogelbauer in Pagodenform leuchteten wie die Bilder eines Kaleidoskops, denn drinnen schwirrten buntscheckige Vögel aus Indien; Aeolsharfen, deren Glasplättchen im sanft vibrierenden Wind zarte Töne hervorbrachten; tausend Nippsachen endlich, von denen eine jede an den fernen Geliebten erinnerte, rundeten das Bild dieses seltsamen Boudoirs.

»Noch immer kein Brief, Nan?«

»Leider nein, Herrin, noch immer keiner!«

Sie war schon eine charmante Frau, diese jugendliche Lé-U! Anziehend auch für europäische Augen. Die Haut eher weiß als gelb, der Augenschnitt beinahe waagrecht zu den Schläfen sich hinziehend, die Augen selber sanft und dunkel, passend zum schwarzen, dichten Haar, in dem Pfirsichblüten mit grünen Jadenadeln festgesteckt waren. Schneeweiße kleine Zähne und mit Tusche leicht korrigierte Augenbrauen vervollständigten ihr Puppengesicht. Sie hatte es nicht nötig, ihre Wangen mit Honigmilch und spanischem Puder zu behandeln, was die chinesischen Schönen sonst meistens zu tun pflegen, sie kam auch ohne Karminrot für die Lippen aus, sie schminkte sich keinen senkrechten Strich zwischen die Augenbrauen, und sie verwendete nie jene Schminke-Unterlage, wofür der kaiserliche Hof jährlich zehn Millionen Sapeken ausgibt. All das künstliche Zeug brauchte sie nicht. Sie ging selten aus und konnte darum ohne die Gesichtsmaske auskommen, die von der chinesischen Frau beim Ausgehen stets aufgelegt wird.

Lé-Us Kleidung war ebenso einfach wie elegant: ein langes Gewand mit vier Schlitzen und einem breiten, gestickten Saum, darunter ein Faltenröcklein; um die Taille trug sie einen golddurchwirkten Gürtel, vom Gürtel bis zu den Schuhen ein weites Beinkleid; die Strümpfe waren aus der feinsten Nankingseide, und ihre Pantoffeln perlenbestickt: Das war alles, was die junge Witwe zum Schönsein brauchte, wenn man davon absieht, daß sie kleine zarte Hände hatte, deren Fingernägel – rosenrot und lang – in kleinen silbernen Schutzhüllen steckten, die mit großer handwerklicher Kunst gearbeitet waren.

Ihre Füße? Die waren sehr klein, aber nicht als Folge jenes barbarischen Brauches gewollter Deformierung – ein Glück, daß dieser Brauch langsam aus der Mode kommt! – sondern einfach von Natur aus. Seit siebenhundert Jahren verkrüppeln sich die Chinesinnen ihre Füße. Möglicherweise wurde seinerzeit eine Prinzessin mit verkrüppelten Füßen geboren. Und von da an machten die Frauen sie nach, indem sie die Mittelfußknochen nach unten zusammenbinden, das Fersenbein aber intakt lassen. So wird aus dem Fuß eine Art abgestumpfter Kegel, der das Gehen fast verunmöglicht, der Blutarmut Vorschub leistet und überhaupt keine Berechtigung hat, nicht einmal die früher angenommene: die Eifersucht der Ehemänner... Diese Unsitte kommt täglich mehr aus der Mode, seit die Tatarenkaiser an der Herrschaft sind. Heute sind es kaum noch drei von zehn Chinesinnen, denen die Füße vom ersten Lebensjahr an durch eine Reihe von schmerzhaften Operationen verkrüppelt werden.

»Es ist ganz einfach unmöglich, daß heute kein Brief kommen soll!« fing Lé-U wieder an. »Sieh nochmals nach, alte Mutter!«

»Schon nachgesehen!« gab Fräulein Nan unehrerbietig zur Antwort und ging brummend aus dem Zimmer.

Um ihre Gedanken etwas abzulenken, beschloß Lé-U zu arbeiten. Aber dabei mußte sie schon wieder an Kin-Fo denken, da sie für ihn ein Paar dieser Stoffschuhe stickte, die im chinesischen Haushalt fast ausschließlich von der Frau, und zwar in allen Gesellschaftsklassen, hergestellt werden. Bald jedoch ließ sie die Arbeit wieder fallen. Sie stand auf, entnahm einer Bonbonniere ein paar Wassermelonenkerne, die sie mit ihren kleinen Zähnen zerbiß; dann nahm sie den ›Nushun‹, ein Lehr-

buch für die brave Hausfrau, zur Hand. Das muß die pflichtbewußte Chinesin täglich tun!

»So wie der Frühling die günstigste Jahreszeit zum Arbeiten ist, so ist die Morgenröte der nutzbringendste Teil des Tages.«

»Stehe früh auf, gib dich nicht der Süßigkeit des Schlummers hin!«

»Spinne fleißig Seide und Baumwolle!«

»Pflege Maulbeerbaum und Hanf!«

»Frauentugend heißt fleißig sein und sparsam.«

»Die Nachbarn werden dein Lob singen ...«

Das Buch war bald einmal wieder zu. Die schöne, zarte Lé-U hätte kaum zu sagen gewußt, was sie gelesen hatte.

»Wo mag er sein?« fragte sie sich. »Er mußte nach Kanton. Ist er wohl schon wieder in Schanghai? Wann ist er in Peking? Ist die Meerfahrt für ihn günstig verlaufen? Möge die Göttin Koanine ihm zu Hilfe eilen!«

Solche Gedanken verstärkten die Unruhe der jungen Frau. Ihre Augen wanderten geistesabwesend über eine Tischdecke, die, aus tausend winzigen Stoffresten zusammengenäht, sich zu einem Stoffmosaik zusammenfügte, wie sie die Portugiesen in Mode gebracht haben. Diese besondere Decke stellte eine Mandarin-Ente mit ihrer Familie dar – das Symbol der Treue ... Nun trat Lé-U auf einen Blumenkasten zu und pflückte aufs Geratewohl eine Blüte:

»Ach«, klagte sie, »nicht Weidenkätzchen habe ich erwischt, die Wahrzeichen des Frühlings, der Jugend und der Freude! Nein, gelbe Chrysanthemen, Zeichen des Herbstes und der Traurigkeit!«

Sie wehrte sich heftig gegen die Angst, die jetzt nach und nach von ihr Besitz ergriff. Ihre Laute lag griffbereit da; sie nahm sie, und ihre Finger ließen die Saiten ertönen; ihre Lippen summten die Anfangsworte des Liedes ›Verschlungene Hände‹. Dann brach sie wieder ab, sie konnte nicht weitersingen.

›Früher kamen seine Briefe nicht mit Verspätung an‹, dachte sie bei sich. ›Ich war immer tief gerührt, wenn ich sie las. Oder anstatt eines Briefes, den ich nur mit den Augen in mich aufnehmen konnte, durfte ich aus dem Apparat dort drüben seine Stimme vernehmen, als wäre er hier bei mir im Zimmer!‹ – Dabei betrachtete sie lange einen Phonographen, der auf einer Lackkonsole stand und aufs Haar demjenigen in Kin-Fos Zimmer in Schanghai glich. Auf diese Weise konnten sie beide einander hören, trotz der großen Entfernung, die sie trennte... Doch auch heute wieder, wie seit Tagen, schien der Apparat schweigen zu wollen, und keine Gedanken des fernen Geliebten drangen zu ihr.

In diesem Augenblick trat die ›alte Mutter‹ ein:

»Da ist er, Euer Brief!« Damit händigte sie Lé-U einen frankierten Brief aus und zog sich zurück.

Wie durch Zauber überzog ein Lächeln das Gesicht der jungen Frau. Ihre Augen begannen zu strahlen. Rasch riß sie den Umschlag auf, ohne erst noch über den möglichen Inhalt nachzusinnen, wie sie das sonst zu tun pflegte...

Es war nicht ein Brief, sondern eine jener gerillten Folien im Umschlag! Der Phonograph würde gleich die Stimme Kin-Fos wiedergeben, sobald sie die Folie aufgelegt hatte!

»Aha! Das ist mir noch viel lieber!« jubelte die

überglückliche Lé-U. »Jetzt kann ich ihn sogar hören!«

Sie legte die Folie auf, das Uhrwerk des Phonographen begann sich zu drehen, und Lé-U, das Ohr ganz nahe am Apparat, konnte die geliebte Stimme hören, die sagte:

»Kleine junge Schwester! Ruin hat meinen Reichtum in alle Winde gestreut, wie der Herbstwind es mit den gelben Blättern treibt! Ich will nicht, daß nun auch du noch ins Elend kommst, daß ich dich mit ins Unglück reiße. Vergiß den, welchen zehntausend Schläge des Schicksals getroffen haben!

Dein verzweifelter Kin-Fo.«

Arme kleine Frau! Welch ein Schlag mußte das für sie sein! Ein Leben, bitterer als der bittere Enzian, lag plötzlich vor ihr. Mit dem Vermögen dessen, der sie so liebte, waren auch ihre eigenen Hoffnungen vom Winde verweht. So war denn die Liebe Kin-Fos zur ihr für immer erloschen! Ihr Freund glaubte offenbar nur an das Glück, das der Reichtum zu geben vermag. Arme Lé-U! War sie jetzt nicht einem Papierdrachen vergleichbar, dessen Schnur plötzlich zerrissen wird und der am Boden zerschellt?

Mit schwacher Stimme rief sie nach Nan. Die kam, zuckte kurz die Achseln und beförderte ihre Herrin auf das Bett. Und obgleich es ein heizbares Bett war, fror die unglückliche Lé-U die ganzen fünf Wachen der Nacht.

DAS SECHSTE KAPITEL

MÖCHTE DEM LESER LUST MACHEN, DIE RÄUME DER ›CENTENARIA‹ ZU BESUCHEN

Am Tage darauf kam Kin-Fo, dessen Verachtung für alles und jedes auf der Welt immer wieder sichtbar wurde, allein aus seinem Hause. In seiner stetigen Gangart ging er dem rechten Flußufer entlang abwärts bis zur Holzbrücke, welche die englische Kolonie mit der amerikanischen verbindet, und darauf über den Fluß zu einem stattlichen Haus zwischen der Missionskirche und dem amerikanischen Konsulat.

Auf der Fassade dieses Hauses prangte ein großes Kupferschild mit der Aufschrift, deren Buchstaben an einen Grabstein erinnerten:

»CENTENARIA«
Lebensversicherungsgesellschaft
Garantiertes Kapital: 20 Mio Dollar
Generalvertretung: WILLIAM J. BIDULPH

Kin-Fo stieß die Türe auf, hinter der sich unmittelbar eine gepolsterte Flügeltüre befand, ging hindurch und befand sich in einem Büro, das durch ein armhohes Geländer in zwei Abteile getrennt wurde. Ein paar Schreibtische, Bücher mit Nickelschlössern, ein diebessicherer amerikanischer Geldschrank, zwei, drei Tische für die Angestellten der Agentur, ein verzwickt aussehender Schreibtisch mit Rolldeckelverschluß für den ehrenwerten William J. Bidulph; damit ist über diesen Raum alles Nötige gesagt, der ebenso gut in einem Hause am Broadway in New York hätte sein können, anstatt in einem Gebäude am Ufer des Wusung.

William J. Bidulph war der Generalvertreter dieser Lebens- und Feuerversicherung für ganz China. Hauptsitz der Firma war Chicago. Die ›Centenaria‹ (klang es nicht wie ›Gesellschaft für Hundertjährige‹?) war in den Vereinigten Staaten sehr angesehen und besaß Zweigniederlassungen in allen fünf Erdteilen. Sie machte riesige und einträgliche Geschäfte dank ihren sehr kühnen, sehr großzügigen Statuten, die ihr ermöglichten, die Leute gegen sämtliche Risiken zu versichern.

Die ›Himmlischen‹ gingen allmählich auf diese modernen Gedankengänge ein und halfen die Kassen derartiger Gesellschaften gerne füllen. Eine Großzahl chinesischer Gebäude waren bereits gegen Feuerschaden versichert, und die Policen über abgeschlossene Lebensversicherungen (mit ihren vielen Klauseln für den Fall des Todes) zeigten viele chinesische Unterschriften. Die Plakette der ›Centenaria‹ glänzte schon über vielen Türen in Schanghai, und – unter anderen – auch über den Säulen am Eingang zu Kin-Fos vornehmem Yamen. Folglich konnte es sich nicht um eine Feuerversicherung handeln, als nun Kin-Fo den ehrenwerten William J. Bidulph aufsuchte.

»Herr Bidulph?« fragte er gleich beim Eintreten.

William J. Bidulph war persönlich anwesend, wie das auch ein Fotograf zu halten pflegt, der selber knipst. Ein Mann von fünfzig Jahren, in korrektem schwarzem Cut und gestreiften Hosen, mit weißer Krawatte und einem Yankee-Bart ohne Schnurrbart – überaus amerikanisch!

»Mit wem habe ich die Ehre zu sprechen?« erkundigte sich William J. Bidulph.

»Mit Herrn Kin-Fo. Aus Schanghai.«

»Ach, Herr Kin-Fo, ein Klient der ›Centenaria‹!... Versicherungspolice Nummer siebenundzwanzigtausendzweihundert...«

»Persönlich.«

»Könnte ich das außerordentliche Glück haben, daß Sie meine Dienste benötigen?«

»Ich möchte mit Ihnen unter vier Augen sprechen«, meinte Kin-Fo.

Die Unterhaltung zwischen den beiden Männern mußte ja ohne Schwierigkeiten vor sich gehen, da William J. Bidulph ebenso geläufig chinesisch sprach wie Kin-Fo englisch.

Der wohlhabende Klient wurde also mit der ihm zukommenden Hochachtung in ein Privatkabinett geführt, das mit schalldämpfenden Teppichen ausgeschlagen war. Hinter seinen Doppeltüren hätte man ohne die geringste Gefahr, belauscht zu werden, den Sturz der Tsing-Dynastie vorbereiten können, in Sicherheit vor den feinen Ohren der Tipaos des Himmlischen Reiches.

»Mein Herr«, begann Kin-Fo, sobald er in

einem bequemen Schaukelstuhl vor dem mit Gas geheizten offenen Kamin saß, »ich wünsche mit Ihrer Gesellschaft zu verhandeln; denn ich möchte für den Fall meines Todes eine Versicherung abschließen. Die Höhe des Kapitals werde ich Ihnen gleich nennen.«

»Nichts einfacher als das, mein Herr«, gab William J. Bidulph zurück. »Zwei Unterschriften, die Ihre und die meine, unten auf eine Police gesetzt, und schon ist die Versicherung abgeschlossen, natürlich nach einigen wenigen Vorbereitungen ... Aber, mein verehrter Herr, erlauben Sie mir eine Frage ... Sie haben doch den allgemein verbreiteten Wunsch, in einem hohen Alter zu sterben?«

»Wieso das?« fragte seinerseits Kin-Fo. »Es ist doch im allgemeinen so, daß man darum eine Lebensversicherung abschließt, weil man als Versicherungsnehmer Furcht vor einem allzu frühen Tode hat ...«

»Nicht bei den Klienten der ›Centenaria‹, lieber Herr, nicht bei denen!« unterbrach ihn rasch der ernstblickende William J. Bidulph. »Besagt es denn nicht schon der Name ›Gesellschaft der Hundertjährigen‹? ›Centenaria?‹ Bei uns versichert zu sein, heißt nichts weniger als eine Lizenz auf ein langes Leben erwerben! Verzeihen Sie meine Worte, aber selten ... äußerst selten sogar ... äußerst, äußerst selten werden unsere Klienten *nicht* hundertjährig. In ihrem eigenen Interesse sollten wir ihnen eigentlich ihr Leben verkürzen helfen. Aber darum erfreut sich ja unsere Gesellschaft einer so großen Beliebtheit. Und ich versichere Ihnen nochmals, sehr verehrter Herr, bei der ›Hundertjährigen‹ versichert zu sein, ist gleichbedeutend mit der Tatsache, selber so ein Hundertjähriger zu werden!«

»So?« machte Kin-Fo ungerührt und musterte William J. Bidulph mit eisigem Blick.

Der Herr Generalvertreter hingegen schien durchaus nicht zu scherzen; er benahm sich eher wie ein sehr gewichtiger Minister.

»Sei dem, wie ihm wolle, ich beabsichtige, mich für zweihunderttausend Dollar versichern zu lassen.«*

»Wir nennen es eine Kapitalanlage von zweihunderttausend Dollar«, verbesserte ihn William J. Bidulph. Und er trug die Zahl in ein Büchlein ein. Ihre Größe ließ ihn nicht einmal mit der Wimper zucken.

»Sie wissen natürlich, daß die Versicherung annulliert wird«, erläuterte er, »und daß alle bereits bezahlten Prämien der Gesellschaft zufallen – seien sie so hoch wie sie wollen –, sobald der Versicherungsnehmer durch die Hand des in der Police vermerkten Nutznießers das Leben verliert?«

»Ich weiß es.«

»Und gegen welche Risiken wünschen Sie weiter versichert zu sein, lieber Herr?«

* Entspricht einer Million Francs.

»Gegen alle.«

»Die Risiken der Reisen zu Lande und auf dem Wasser, der Reisen außerhalb der Grenzen des Himmlischen Reiches?«

»Ja.«

»Und die Risiken einer gerichtlichen Verurteilung?«

»Ebenfalls.«

»Auch gegen die Risiken eines Zweikampfs?«

»Ja.«

»Risiken des Wehrdienstes?«

»Ja.«

»Dann würden sich die Zusatzprämien ziemlich hoch stellen!«

»Ich zahle schon, was sein muß.«

»Abgemacht!«

»Halt!« fügte nun Kin-Fo an. »Da ist noch ein weiteres Risiko, von dem Sie überhaupt nicht gesprochen haben. Ein wichtiges sogar.«

»Was für eines, bitte?«

»Das Risiko des Selbstmordes. Ich war der Meinung, die Statuten der ›Centenaria‹ gestatteten auch die Versicherung gegen dieses Risiko?«

»Durchaus, werter Herr, durchaus!« gab William J. Bidulph händereibend zurück. »Das eben ist eine hervorragende Einnahmequelle für uns. Sie verstehen doch? Unsere Kunden sind großenteils Menschen, die sehr am Leben hangen, und gerade jene, die sich gegen Selbstmord versichern lassen – vielleicht aus übertriebener Vorsicht –, bringen sich nie um.«

»Gleichviel. Aus persönlichen Gründen möchte ich mich auch gegen dieses Risiko versichern lassen.«

»Ganz wie Sie wünschen. Aber die Prämie wird sehr hoch zu stehen kommen.«

»Ich habe Ihnen schon gesagt, daß ich sie bezahlen werde.«

»Sehr wohl. – Sagen wir also«, und dabei rechnete er in seinem Büchlein weiter, »Meeres-Risiko, Reisen, Selbstmord ...«

»Wie hoch stellt sich unter diesen Bedingungen die zu bezahlende Prämie?« wollte Kin-Fo wissen.

»Mein lieber Herr, unsere Prämien sind mit mathematischer Genauigkeit festgelegt, was der Gesellschaft sicher zur Ehre gereicht. Sie beruhen nicht mehr auf den Tabellen von Duvillars, wie das früher der Fall war... Sie kennen doch Duvillars?«

»Ich kenne keinen Duvillars.«

»Ein ausgezeichneter Statistiker, aber schon etwas sehr veraltet... so veraltet sogar, daß er schon tot ist. Zur Zeit, als er die berühmten Tabellen aufstellte, die heute noch den europäischen Gesellschaften großenteils zur Festsetzung der Prämien dienen, obschon sie sehr veraltet und rückständig sind, zu der Zeit also war die durchschnittliche Lebenserwartung bloß halb so groß wie heute. Das verdanken wir dem allgemeinen

Fortschritt. Wir stützen uns darum auf einen höheren Durchschnitt, was für den Versicherten vorteilhafter ist: er bezahlt weniger hohe Prämien, weil er länger lebt...«

»Wie hoch wird meine Prämie sein?« Kin-Fo schien eine direkte Antwort vorzuziehen. Der Herr Generalvertreter aber machte gern viele Worte, um die Vorzüge seiner Gesellschaft herauszustreichen.

»Darf ich, verehrter Herr, so indiskret sein, nach Ihrem Alter zu fragen?« war William J. Bidulphs Gegenfrage.

»Einunddreißig.«

»Schön, mit einunddreißig müßten Sie bei jeder Gesellschaft 2,83 Prozent Prämie bezahlen, wenn Sie auch nur die üblichen Risiken versichern wollten. Aber bei der ›Centenaria‹ werden es nur 2,7 Prozent sein, was bei einem Kapital von zweihunderttausend Dollar einer Prämie von jährlich fünftausendvierhundert Dollar entspricht.«

»Und nun bei all den Bedingungen, wie ich sie wünsche?«

»Alle Risiken inbegriffen, auch dasjenige des Selbstmordes?«

»Vor allem das letzte!«

»Lieber Herr«, entgegnete nun äußerst liebenswürdig William J. Bidulph, nachdem er eine engbedruckte Seite hinten in seinem Büchlein zu Rate gezogen hatte, »wir können Ihnen das nur bei einer Prämie von mindestens fünfundzwanzig Prozent gestatten.«

»Und das macht?«

»Fünfzigtausend Dollar.«

»Und in welcher Form soll die Prämie Ihnen ausbezahlt werden?«

»Ganz nach Wunsch des Versicherungsnehmers, alles auf einmal oder in monatlichen Raten.«

»Das ergäbe für die ersten zwei Monate?«

»Achttausenddreihundertundzweiunddreißig Dollar, was genügen würde, Sie bis zum 30. Juni des laufenden Jahres zu versichern, da wir heute den 30. April haben, das heißt, wenn Sie heute noch bezahlen.«

»Diese Bedingungen passen mir, Herr Bidulph. Hier sind die Prämien für die ersten zwei Monate.« Und damit zog er ein dickes Bündel Dollarscheine aus der Tasche und legte es auf den Tisch.

»Sehr schön, sehr schön, lieber Herr . . .«, dankte ihm William J. Bidulph. »Aber bevor wir die Police unterzeichnen können, muß noch eine kleine Formalität erledigt werden.«

»Nämlich?«

»Sie müssen sich vom Versicherungsarzt untersuchen lassen.«

»Zu welchem Zweck?«

»Um festzustellen, ob Sie gesund sind, ob Sie nicht irgendeine organische Krankheit haben, welche Ihr Leben verkürzen könnte, ob Sie uns, kurz gesagt, gewisse Garantien eines langen Lebens geben können.«

»Was für einen Sinn soll denn das haben, wo ich mich doch sogar gegen Zweikampf- und Selbstmordrisiken versichern lasse!« gab Kin-Fo zu bedenken.

»Aber, mein lieber Herr«, gab William J. Bidulph lächelnd zurück, »eine Krankheit, deren Keim Sie vielleicht bereits in sich tragen und an der Sie innerhalb weniger Monate sterben könnten, würde uns gut und gern zweihunderttausend Dollar kosten!«

»Mein Selbstmord würde Sie ebenso teuer zu stehen kommen, nehme ich an.«

»Mein Lieber«, begütigte nun der Generalvertreter verbindlich und ergriff Kin-Fos Hand, die er sanft tätschelte. »Ich hatte vorhin die Ehre, Sie darauf aufmerksam zu machen, daß viele unserer Klienten sich zwar gegen Selbstmord versichern lassen, ihn aber nicht ausführen. Im übrigen ist es uns ja nicht verboten, sie überwachen zu lassen... Natürlich unter Wahrung absoluter Diskretion!«

»Ah, so ist das!« bemerkte trocken Kin-Fo.

»Ich möchte hier noch anfügen, sozusagen als persönliche Randbemerkung, daß von allen Klienten der ›Centenaria‹ gerade die eben Genannten am längsten ihre Prämien bezahlen. Und, ganz unter uns gefragt, warum sollte sich der reiche Herr Kin-Fo denn auch das Leben nehmen wollen?«

»Und warum sollte er sich denn auch versichern wollen?«

»Ist doch klar«, meinte Bidulph selbstsicher, »um die Gewißheit zu bekommen, daß er sehr lange noch am Leben bleiben wird, da er doch Klient der ›Centenaria‹ ist.«

Es hatte wirklich keinen Sinn, noch länger mit dem Generalvertreter der berühmten Gesellschaft zu diskutieren. Er war ja so von sich überzeugt!

»Und nun muß ich noch wissen: wer soll der Nutznießer dieser Zweihunderttausend-Dollar-Versicherung sein?«

»Es werden deren zwei sein«, antwortete Kin-Fo.

»Zu gleichen Teilen?«

»Nein, zu ungleichen Teilen. Der eine soll fünfzigtausend Dollar bekommen, der andere hundertfünfzigtausend.«

»Wen also setzen wir für fünfzigtausend ein, Herr Kin-Fo?«

»Wang.«

»Den Philosophen Wang?«

»Eben den.«

»Und für die hundertfünfzigtausend?«

»Frau Lé-U aus Peking.«

»Von Peking«, schrieb William J. Bidulph in sein Büchlein. Dann fragte er weiter: »Wie alt ist Frau Lé-U?«

»Einundzwanzig«, war Kin-Fos Antwort.

»Schade«, meinte Bidulph dazu. »Die junge

Dame wird eine ältere Dame sein, wenn sie endlich in den Genuß des Versicherungskapitals kommen wird.«

»Wieso das, bitte?«

»Weil Sie älter werden als hundert Jahre.

Darum, mein lieber Herr Kin-Fo! Und nun zum Philosophen Wang: wie alt ist er?«

»Fünfundfünfzig.«

»O weh! Dieser liebenswürdige Mann wird nie einen Cent des ihm zugesprochenen Geldes sehen.«

»Das wird sich ja noch zeigen, Herr Bidulph!«

»Herr Kin-Fo«, begann nun der Versicherungsagent wieder, »wenn ich mit fünfundfünfzig zum Erben eines Mannes von einunddreißig Jahren, der übrigens hundertjährig wird, eingesetzt wäre, dann müßte ich ein Einfaltspinsel sein, wollte ich auf ein solches Erbe zählen.«

»Worauf ich mich verabschieden möchte«, bemerkte Kin-Fo kühl und ging auf die Doppeltüre zu.

»Stets gern zu Diensten!« rief ihm der ehrenwerte William J. Bidulph nach und verbeugte sich in der Richtung des neuen Klienten der ›Centenaria‹.

Tags darauf hatte der Versicherungsarzt bei Kin-Fo die reglementarische Untersuchung rasch beendet: »Eiserner Körper, Muskeln aus Stahl, Lungen wie Orgelpfeifen«, schrieb er in seinen Rapport. Der Transaktion mit einem derart gesunden Versicherungsnehmer stand also nichts mehr im Wege. Die Versicherungspolice wurde noch am selben Tage unterzeichnet. Kin-Fo unterschrieb als Versicherungsnehmer zugunsten von Lé-U und Wang, und William J. Bidulph setzte als

Vertreter der Firma ›Centenaria‹ seine Unterschrift dazu.

Nur unter den unwahrscheinlichsten Umständen würden Lé-U oder Wang je erfahren, was Kin-Fo an jenem Tage für sie tat. Jedenfalls nicht vor dem Tage, an dem die ›Centenaria‹ den beiden die großen Summen würde auszahlen müssen, als Folge der letzten großzügigen Tat des Exmillionärs Kin-Fo.

DAS SIEBENTE KAPITEL

WÄRE SEHR TRAURIG, WENN NICHT AUCH EIGENARTIGE SITTEN UND GEBRÄUCHE AUS DEM REICHE DER MITTE VORKÄMEN

Was der ehrenwerte William J. Bidulph auch sagen und denken mochte, jetzt wurde die Kasse der ›Centenaria‹ ganz deutlich in Gefahr gebracht. Denn Kin-Fos Plan war nicht von jener Sorte, die man nach reiflicher Überlegung auf unbestimmte Zeit verschiebt. Wangs Schüler war finanziell vollständig ruiniert und darum fest entschlossen, seinem Leben ein Ende zu machen, das ja, solange er noch Geld im Überfluß hatte, ihm nur Traurigkeit und Langeweile beschert hatte.

Der Brief, den ihm Sun bei seiner Rückkehr acht Tage zu spät übergeben hatte, kam aus San Francisco. Er meldete ihm die Zahlungsunfähigkeit der Zentralbank von Kalifornien. Und wir erinnern uns: Kin-Fos Vermögen bestand fast ausschließlich aus Aktien auf jene bis dahin so solide Bank. Leider war an der Nachricht kein Zweifel möglich, so unwahrscheinlich die Meldung auf den ersten Blick auch scheinen mochte. Es war so; die Zeitungen, die Schanghai etwas später erreichten, meldeten ebenfalls die Zahlungseinstellungen der Kalifornischen Zentralbank. Der Konkurs hatte stattgefunden, und Kin-Fo war ein völlig ruinierter Mann.

Was blieb ihm denn außer den Aktien auf jene Bank eigentlich noch? Nichts oder beinahe nichts: Seine feudale Wohnung in Schanghai, ja. Aber wie sollte man die verkaufen können? Und überdies würde der Verkauf zu wenig abwerfen, um ihm aus der Not zu helfen. Die achttausend Dollar, die er als Prämie in die Kasse der ›Centenaria‹ hatte fließen lassen, ein paar Aktien auf die Schiffsgesellschaft von Tien-Tsin, die er noch an demselben Tage verkaufte und die gerade knapp genügend Bargeld einbrachten, ihm über die äußerste Not in der nächsten Zeit hinwegzuhelfen. So standen seine Vermögensverhältnisse.

Ein Abendländer, ein Franzose oder auch ein Engländer hätte die ganze neue Existenz vielleicht philosophisch angesehen und versucht, sich durch harte Arbeit ein neues Leben aufzubauen. Ein ›Himmlischer‹ dachte und handelte jedoch völlig anders: Kin-Fo, als wahrer Chinese, hatte im Sinn, sich den Freitod zu geben, er wollte sich ohne die geringsten Gewissensbisse mit der typischen Gleichgültigkeit der gelben Rasse auf diese Art aus der Affäre ziehen.

Der Chinese verfügt nur über passiven Mut; den aber hat er im allerhöchsten Grade. Seine Gleichgültigkeit dem Tode gegenüber ist in der Tat außerordentlich. Ist er krank, schaut er dem Tode, ohne weich zu werden, entgegen. Ist er zum Tode verurteilt und schon in der Hand des Henkers, zeigt er keinerlei Furcht. Die vielen öffentlichen Hinrichtungen, das Zuschauen bei den entsetzlichen Bestrafungen, welche das chinesische Strafgesetz in allen Abstufungen vorschreibt, sie haben schon früh den Söhnen des Himmels beigebracht, daß man irdischen Dingen ohne Reue entsagen soll.

Auch darf man sich nicht verwundern, daß in den Familien überall der Todesgedanke an der Tagesordnung ist und das Thema unzählige Gespräche bildet. Er ist stets gegenwärtig, bei allen Verrichtungen des täglichen Lebens. Der Ahnenkult wird auch bei den Ärmsten der Armen noch gepflegt. In keinem reichen Haushalt darf der Hausaltar fehlen, in keiner ärmlichen Hütte die kleine Ecke, die den Reliquien der Vorfahren gehört. Das Fest der Toten wird im zweiten Monat des chinesischen Jahres gefeiert. Darum gibt es im gleichen Geschäft, das Kinderwiegen und Hochzeitskörbe feilbietet, stets ein stattliches Sortiment von Särgen zu sehen, denn die bilden einen stark gefragten Artikel im chinesischen Handel.

Und wirklich beschäftigt sich ein Sohn des Reiches der Mitte ständig mit dem Ankauf eines Sarges. Der Hausrat wäre einfach unvollständig, wenn die Totenbahre im Vaterhaus fehlen würde. Aufgabe des Sohnes ist es, dem Vater bei Lebzeiten einen Sarg zu schenken. Das beweist dem Vater in zärtlicher Weise seine Zuneigung. Der Sarg wird in einem besonderen Raume des Hauses aufgestellt. Er wird bekränzt, ständig aufpoliert, und sehr oft wird er jahrelang mit frommer Sorgfalt noch aufbewahrt, nachdem er bereits als letzte Ruhestätte einer sterblichen Hülle gedient hat. Kurz, die Totenverehrung bildet den Mittelpunkt der chinesischen Religion und bringt auf diese Weise die Familienmitglieder enger zusammen.

Kin-Fo konnte darum, noch klarer als irgendein anderer, infolge seines ausgeglichenen Temperamentes mit dem Gedanken, seinem Leben ein Ende zu setzen, in vollkommener Ruhe vertraut werden. Er hatte die Zukunft der beiden Menschen sichergestellt, die er liebte. Was hatte er noch zu bereuen? Überhaupt nichts. Sein Selbstmord brauchte ihm nicht im geringsten Gewissensbisse zu verursachen. Was in den westlichen Ländern ein Verbrechen darstellt, ist inmitten dieser seltsamen Zivilisation Ostasiens nicht mehr als eine durchaus legitime Handlung.

Kin-Fos Standpunkt in dieser Sache war also wohlbegründet, und keine Beeinflussung von irgendeiner Seite hätte ihn von der Ausführung seines Planes abbringen können, nicht einmal diejenige des Philosophen Wang.

Überdies kannte Wang die Absicht seines Schülers nicht. Sun wußte auch nicht mehr; einzig daß dem Diener auffiel, Kin-Fo sei den dummen Streichen gegenüber, die jener sich täglich leistete, viel langmütiger als sonst.

Jawohl, Sun kam nun voll und ganz auf seine Rechnung; er hätte sich keinen besseren Herrn wünschen können, und sein Zopf baumelte neuerdings völlig sicher an seinem Rücken herum.

Ein chinesisches Sprichwort behauptet:

»Wenn du auf Erden glücklich sein willst, so mußt du in Kanton leben und in Liao-Tsche'u sterben.«

Denn in Kanton läßt sich wirklich im Überfluß leben, und in Liao-Tsche'u machen sie die besten Särge.

Kin-Fo verfehlte deshalb nicht, seine Bestellung im besten Hause für Särge zur rechten Zeit aufzugeben, damit sein letztes Ruhebett im richtigen Moment auch da sei. Denn das ist die unaufhörliche Sorge eines jeden Chinesen, der etwas vom Leben versteht: richtig aufgebahrt zu sein für den allerletzten Schlaf.

Gleichzeitig ließ Kin-Fo einen prächtigen weißen Hahn kaufen, der, wie jeder weiß, die Eigenschaft hat, die entschwebenden Geister sich einzuverleiben und dabei eines der sieben Elemente zu erwischen, aus denen die chinesische Seele sich zusammensetzt.

Uns fällt auf, daß der Schüler Wangs den Einzelheiten des Lebens zwar gleichgültig gegenüberstand, aber in Belangen des Todes es schon genauer nahm.

Sobald das geregelt war, blieb Kin-Fo bloß noch der Entwurf des Programms für sein Begräbnis. Am gleichen Tage noch legte er auf einem Bogen Reispapier – für welches überhaupt kein Reis verwendet wird – seinen Letzten Willen nieder. Erst vermachte er der jungen Witwe sein Haus in Schanghai, und Wang hinterließ er ein Gemälde, das den Kaiser Tai-Ping darstellte – es hatte Wang immer so gut gefallen, wenn er zu Besuch kam –, all das außer den Summen, welche die ›Centenaria‹ den beiden auszuzahlen hatte; und dann entwarf Kin-Fo mit fester Hand Reihenfolge und Marschroute seines Leichenzuges.

Da er keine Eltern mehr hatte, sollten vorab einige Freunde, die ihm noch verblieben, in weißen Kleidern marschieren. Weiß nämlich ist die Farbe der Trauer im Reich der Mitte. Am Straßenrand, bis zum Grabmal, das seit langer Zeit auf dem Lande außerhalb Schanghais bereitstand, sollten zwei Reihen Begräbnisdiener stehen, die alle die verschiedensten Gegenstände zu tragen hatten: blaue Sonnenschirme, Hellebarden, Stäbe mit der ›Hand der Gerechtigkeit‹, seidene Wandschirme und Tafeln mit dem Programm der Leichenfeier.

Diese Leichendiener sollten ein schwarzes Wams mit weißem Gürtel tragen, auf ihrem Kopfe mußte ein schwarzer Filzhut mit einem roten Büschel aus Reiherfedern sitzen. Hinter der vordersten Gruppe seiner Freunde sollte ein Führer marschieren, in scharlachrote Gewänder gehüllt und unablässig einen Gong schlagend. Er mußte dem Bild des Verstorbenen vorangehen, das seinerseits in einem reich verzierten Schrein mitgeführt werden sollte. Dann sollte eine zweite Gruppe von Freunden folgen, von jener Sorte, die in regelmäßigen Abständen in Ohnmacht fallen – auf Kissen, die für diesen Zweck schon bereitliegen … Hinter diesen wiederum eine letzte Gruppe von jungen Leuten unter einem blauen und goldenen Baldachin. Ihre Aufgabe bestand im Bestreuen des Weges mit kleinen Papierstücken, die in der Mitte ein Loch aufwiesen, also einer Sapeke ähnelten. Diese Papierchen sollten die bösen Geister wegscheuchen, die sich etwa in den Leichenzug einschleichen könnten.

Und nun würde der Katafalk erscheinen, ein riesiges Tragbett, überzogen mit violetter Seide, mit goldenen Drachen bestickt und getragen von fünfzig Dienern, mitten zwischen einer Doppelreihe von Bonzen. Die Priester in Gewändern von grauer, roter und gelber Farbe würden die letzten Gebete hersagen und so eine schöne Abwechslung zu dem Donnern der Gongschläge, zum Gekreische der Flöten und zu den schallenden Fanfarenklängen abgeben.

Die Nachhut sollte von den Trauerwagen gebildet werden, alle weiß überzogen; sie sollten den würdigen Abschluß dieses aufwendigen Trauerzuges darstellen, der sicher die letzten Reserven des verschwenderischen Verstorbenen aufzehren würde.

Im großen und ganzen war dieses Programm aber gar nichts Außergewöhnliches. In den Straßen von Kanton, Schanghai oder Peking kann man ständig derartige Leichenzüge beobachten. Die Chinesen sehen darin höchstens eine natürliche Verehrung des Verstorbenen.

Am 20. Oktober wurde für Kin-Fo eine große Kiste aus Liao-Tsche'u abgegeben. Sie enthielt den sorgfältig verpackten Sarg, den er sich für die Veranstaltung bestellt hatte. Weder Wang noch Sun noch irgend sonst wer in dem Yamen Kin-Fos wunderte sich im geringsten darüber. Wir müssen es noch einmal sagen: Es gibt keinen Chinesen, der nicht Wert darauf legt, zu Lebzeiten bereits sein Bett zu besitzen, in dem er für die Ewigkeit bestattet sein will.

Dieser Sarg stellte ein Meisterwerk des Fabrikanten in Liao-Tsche'u dar, und er wurde im ›Zimmer der Vorfahren‹ aufgestellt. Dort stand er nun, poliert, gewachst, herausgeputzt; er hätte normalerweise wohl lange Zeit auf seinen Inhalt warten müssen, auf den Tag, an dem der Schüler Wangs ihn zum persönlichen Gebrauch benötigt hätte ... Nun, dem sollte nicht so sein. Kin-Fos Tage waren gezählt, die Stunde war nicht mehr fern, in welcher er in die Reihen seiner Ahnen aufgenommen würde.

An jenem Abend hatte Kin-Fo den Entschluß

gefaßt, aus dem Leben zu scheiden. Ein Brief der verzweifelten Lé-U war im Laufe des Tages angekommen. Die junge Witwe stellte darin Kin-Fo ihren kleinen Besitz zur Verfügung. Was bedeutete ihr denn Geld! Sie würde ohne auskommen! Sie liebte ihn doch! Was brauchte er mehr! Könnten sie in einer bescheideneren Umgebung nicht ebenso glücklich sein?

Doch auch dieser mit ihrem Herzblut geschriebene Brief vermochte den Entschluß Kin-Fos nicht umzustürzen.

›Einzig mein Tod kann sie zu einer reichen Frau machen‹, dachte er bei sich. Jetzt blieb ihm bloß noch die Entscheidung, wie und wo er die allerletzte Tat vollbringen sollte. Es bereitete Kin-Fo irgendwie Vergnügen, die Einzelheiten auszuarbeiten. Er hoffte bloß, daß im letzten Moment irgendeine innere Erregung das Herz würde schneller schlagen lassen.

Innerhalb der Mauern seines Yamen gab es vier Pavillons, die mit all der phantasievollen Kunst, derer chinesische Ornamentisten fähig sind, ausgearbeitet waren. Der eine hieß ›Pavillon des Glücks‹ – dort hinein begab sich Kin-Fo nie. Ein zweiter wurde ›Pavillon des Vermögens‹ genannt – ihn betrachtete der Hausherr nur mit größter Verachtung. Der dritte, der ›Pavillon des Vergnügens‹, war von ihm seit langer Zeit nicht mehr betreten worden. Und endlich ein vierter, der ›Pavillon des langen Lebens‹, hätte von ihm aus schon längst abgebrochen werden sollen.

Diesen vierten Pavillon aber wählte er jetzt für seine letzte Nacht. Er beschloß, sich bei hereinbrechender Nacht dort einzuschließen. Und dort sollte man ihn am nächsten Morgen auch finden, glücklich im Tode.

So, das war entschieden! Wie aber würde er sterben? Sollte er Harakiri begehen wie ein Japaner? Oder vielleicht wie ein Mandarin sich mit einem Seidengürtel erdrosseln? Wie wäre es, wenn er sich im stark duftenden Bade die Adern aufschnitte? So hatten sich doch die Epikuräer im alten Rom ins Jenseits befördert. Aber nein! Das war doch alles zu brutal, und für seine Freunde und Diener mußte es abstoßend wirken. Er würde es ästhetischer anpacken: ein oder zwei Körner Opium, vermischt mit einem rasch wirkenden Gift, waren wohl hinreichend, um ihn schmerzlos und ohne daß er das Bewußtsein wieder erlangte, ins Jenseits zu befördern; vielleicht würde er auf diese Weise in einen jener Träume gewiegt, die den vorübergehenden Schlaf zum ewigen Schlummer werden lassen.

Schon sank die Sonne langsam gegen den Horizont. Kin-Fo hatte bloß noch wenige Stunden zu leben. Auf einem letzten langen Spaziergang wollte er aber noch einmal das Gebiet um Schanghai und die Flußufer des Huang-Pu sehen, wo er so manches Mal seine Langeweile spazierengeführt. So verließ er denn mutterseelenallein seinen Yamen – ohne Wang den ganzen Tag ein einziges Mal aufgesucht zu haben –, und wenn er dann zurückkehrte, würde er sein Haus lebend nie mehr verlassen...

Auch in dieser letzten Stunde seines Lebens konnte er sich nicht dazu bringen, seine lässige Gangart aufzugeben; und so schlenderte er erst durch das englische Territorium, dann über die Brücke, dann durch das französische Gebiet. Und weiter bummelte er, dem Quai entlang zum Hafen der Einheimischen, hinüber zur Stadtmauer und bis zur römisch-katholischen Kathedrale, deren Kuppel die südliche Vorstadt überragt. Dann wandte er sich leicht nach rechts und stieg geruhsam den Pfad zur Lung-Hao-Pagode hinan.

Nun lag die weite Ebene vor ihm, das Tal des Min, das sich bis zu den abenddunklen Hügeln in der Ferne hinzog, eine ausgedehnte sumpfige Ebene, durch Bauernfleiß größtenteils zu Reisfeldern geworden. Da und dort ein Gewebe von Kanälen, die zur Flutzeit vom Meer aufgefüllt wurden, einige armselige Dörfer, deren Schilfhütten, mit gelblichem Lehm verputzt, dastanden, zwei oder drei Kornfelder, die zum Schutz gegen die Wasser auf kleinen Terrassen lagen. Und den ganzen Weg entlang scheuchte der einsame Wanderer eine Unzahl von Hunden, weißen Zicklein, Enten und Gänsen auf, die bei seinem Nahen Hals über Kopf davonrannten oder -flogen.

Dieses weite Gebiet von Ackerland und Reisfeldern bot einem Einheimischen nichts, was besonders interessant gewesen wäre, obschon cin Fremdling es sehr auffallend, ja abstoßend gefunden hätte: denn hier lagen zu Hunderten überall

Särge herum. Abgesehen von den Erdhügeln, die die anständig Begrabenen bargen, erblickte das Auge Berge von Särgen, von länglichen Kisten, ganze Pyramiden von Totenbahren, aufgeschichtet wie Balken auf einem Zimmerplatz. Die chinesischen Ebenen um die Städte herum sind nichts als riesige Friedhöfe. Die Toten versperren den Platz so gut wie die Lebenden. Es wird behauptet, man dürfe diese Särge nicht in die Erde legen, solange dieselbe Dynastie auf dem Throne des ›Himmlischen Reiches‹ sitze – und diese Dynastien dauern Jahrhunderte! Ob dieses Verbot wirklich besteht oder nicht, jedenfalls liegen alle die Leichen jahrelang unbegraben in ihren Särgen – in leuchtenden Farben und in dunklen, die einen neu und aufgetakelt, die andern bereits zu Staub zerfallend – so warten und warten sie auf die Beisetzung.

Kin-Fo wunderte sich natürlich über diesen Anblick nicht mehr. Er ging ja stets herum, ohne sich nach andern umzusehen. Zwei Fremde in europäischer Kleidung fielen ihm denn auch gar nicht auf, obschon sie ihm seit seinem Weggang von Zuhause nachgeschlichen waren. Sie hielten sich ständig in einer gewissen Entfernung, um von ihm nicht gesehen zu werden, ohne ihn aber aus den Augen zu verlieren. Sobald er anhielt, taten sie desgleichen. Hie und da flüsterten sie sich etwas zu, sahen sich an und waren eindeutig als Spione eingesetzt. Und so benahmen sie sich auch. Beide waren mittelgroß, an die Dreißig, wendig, schlank und kräftig, mit scharfen Augen und schnellen Füßen – wie gesagt: zwei Spürhunde.

Kin-Fo hatte nun etwa eine Meile zurückgelegt und beschloß umzukehren. Wieder schlug er die Richtung gegen das Huang-Pu-Ufer ein.

Die beiden Spitzel kehrten ebenso rasch um.

Auf dem Rückweg stieß Kin-Fo auf ein paar Bettler, die Ärmsten der Armen, und gab ihnen ein Almosen. Etwas weiter begegneten ihm einige zu Christen konvertierte Chinesinnen – sie gehörten zu dem von den Franzosen gegründeten Orden der Barmherzigen Schwestern. Sie trugen Körbe auf dem Rücken, und darin lagen kleine, arme Wesen, die man ausgesetzt hatte. Diese Frauen wurden mit Recht ›Lumpenkindersammlerinnen‹ genannt. Was sind denn diese bedauernswerten Säuglinge anderes als Lappen, die man in eine Straßenecke geworfen hat?

Kin-Fo schenkte den Schwestern alles, was er noch in der Börse hatte. Die beiden Fremden hinter ihm schienen aus dem Staunen über diese Tat eines ›Himmlischen‹ fast nicht herauszukommen.

Der Abend war da. Kin-Fo hatte die Mauern der Stadt wieder erreicht und schlenderte dem Quai entlang.

Das auf dem Fluß wohnende Volk schlief noch nicht. Rufen und Singen war von allen Seiten vernehmbar.

Kin-Fo hörte hin. Er freute sich auf die letzten Worte, die zu hören ihm vergönnt sein würde.

Ein junges Schiffermädchen, das seinen Sampan über die dunklen Wasser des Huang-Pu ruderte, sang mit klarer Stimme:

»Meine Barke mit den frischen Farben
ist geschmückt
Mit tausend, ja zehntausend Blumen.
Ich warte auf ihn mit trunkener Seele!
Er muß, er wird mir morgen kommen.
Wache, Blauer Gott! Daß deine Hand
Zur Heimkehr ihn beschütze,
Und gib, daß weiter Weg
Kurz ihm sei!«

›Morgen wird er kommen!‹ – ›Und ich, wo werd' ich morgen sein?‹ träumte Kin-Fo. Dann schüttelte er den Kopf...

Das junge Schiffermädchen fuhr fort:

»Weit weg ist er nun,
Glaube ich,
Bis ins Land der Mandschu,
Zu der Mauer Chinas!
Ach, wie zitterte mein Herz,
Als der Wind sich losriß, tobte,
Und er, trotzdem, losfuhr
Und dem Gewitter trotzte!«

Kin-Fo hörte gespannt zu, ohne diesmal etwas zu denken. Und das Schiffermädchen kam zur letzten Strophe seines Liedchens:

»Was brauchst du denn
Das Glück erjagen?
Und sterben willst du fern von mir?
Schon leuchtet uns der dritte Mond.
Komm heim! Der Bonze wartet schon,

Zusammengeben will er uns,
Den Phoenix dein' und meinen, unser
Zeichen!
Komm! Komm zurück! Ich lieb' dich so
Und weiß, daß du mich liebst!«

»Mag sein; vielleicht!« murmelte Kin-Fo. »Reichtum ist nicht alles Glück der Welt. Aber das Leben ist trotzdem nicht lebenswert!«

Eine halbe Stunde darauf betrat Kin-Fo seinen Besitz. Die beiden Schatten, die ihm bis hierher gefolgt waren, durften nicht weiter.

Kin-Fo bewegte sich völlig ruhig auf den ›Pavillon des langen Lebens‹ zu, öffnete die Türe und schloß sie hinter sich. Er befand sich in einem kleinen Empfangszimmer, sanft beleuchtet von einer Lampe mit Mattscheiben. Auf einem aus einem einzigen Jadestück geschnittenen Tisch stand ein Kästchen, das einige Opiumkügelchen und ein tödliches Gift enthielt, ein ›Im Falle, daß‹ des reichen Müßiggängers, das er lange schon zur Hand gehabt hatte.

Kin-Fo nahm zwei Kügelchen, legte sie auf den Kopf einer der langen Pfeifen aus roter Erde, die allen Opiumsüchtigen zu diesem Zwecke dient, dann begann er umständlich, sie anzuzünden.

›Was! Nicht einmal jetzt das geringste Gefühl? Nicht einmal jetzt, wo ich einschlafen will, um nie mehr aufzuwachen?!‹

Er hielt einen Augenblick inne. Dann:

»Nein!« schrie er auf und warf die Pfeife weit

von sich, daß sie auf dem Boden zerschellte. »Ich will es, dieses höchste Gefühl, und wäre es auch nur das Warten darauf! Ich will es! Ich bekomme es auch!«

Damit verließ er den Pavillon und ging mit raschem Schritt, viel eiliger als je zuvor, auf das Zimmer des Philosophen Wang zu.

DAS ACHTE KAPITEL

ERZÄHLT VON EINEM ERNSTGEMEINTEN VORSCHLAG KIN-FOS AN WANG, DEN DIESER EBENSO ERNSTHAFT ANNIMMT

Der Philosoph hatte sich noch nicht zu Bette begeben. Er lag auf dem Diwan und las die letzte Ausgabe der ›Gazette de Péking‹. Da er mit gerunzelter Stirne las, war als sicher anzunehmen, daß die Zeitung der Dynastie der Tsing wieder einmal Komplimente machte.

Kin-Fo stieß die Tür auf, trat ins Zimmer, warf sich in einen Lehnstuhl, und ohne weitere Einleitung stieß er hervor:

»Wang, ich muß dich um eine Gefälligkeit bitten!«

»Zehntausendmal stehe ich dir zu Diensten!« rief der Philosoph sogleich und ließ die offizielle Zeitung fallen. »Sprich es aus, mein Sohn, sprich es ohne Bedenken aus, und welcher Art die Hilfeleistungen auch seien, ich werde sie dir erweisen!«

»Der Dienst, den ich von dir erwarte, ist einer von jenen, die ein Freund einem nur ein einziges Mal erweisen kann. Hast du mir diesen einen geleistet, so will ich dir die anderen neuntausendneunhundertneunundneunzig gerne erlassen, und ich möchte gleich noch anfügen, daß du von mir dafür nicht einmal ein ›Dankeschön‹ zu erwarten hast.«

»Der geschickteste Erklärer unerklärlicher Dinge könnte nicht verstehen, was du sagen willst. Worum handelt es sich?«

»Wang, ich bin ruiniert.«

»Was du nicht sagst!« bemerkte der Philosoph dazu, in einem Ton, als hätte er eben eine gute und nicht eine verheerende Nachricht erfahren.

»Der Brief, den ich nach unserer Heimkehr von Kanton vorgefunden habe«, erklärte ihm Kin-Fo, »teilte mir mit, die Zentralbank von Kalifornien sei bankrott. Außer diesem Yamen und rund tausend Dollar – mit denen ich gerade noch knapp zwei Monate werde leben können – bleibt mir nichts mehr.«

»Dann spreche ich also nicht mehr mit dem reichen Kin-Fo?« erkundigte sich Wang.

»Nein, du sprichst mit dem armen Kin-Fo, der sich übrigens vor der Armut keineswegs fürchtet.«

»Eine gute Antwort, mein Sohn!« Der Philosoph stand auf. »In diesem Falle hätte ich also meine Zeit und Mühe nicht umsonst aufgewendet, um dir Weisheit beizubringen! Bis dahin hast du einfach vegetiert, ohne Geschmack, ohne Leidenschaften, ohne Kampf! Jetzt endlich wirst du zu leben beginnen! Die Zukunft liegt neu vor dir. ›Was tut's!‹ hat Konfuzius gesagt, und der Talmud sagt es ihm nach, ›Das Unglück ist nie so groß, wie man befürchtet hat.‹ Endlich werden wir unseren täglichen Reis verdienen. Der Nun-Schum belehrt uns: Im Leben gibt es Höhen und Tiefen. Das Rad des Schicksals dreht sich ohne Unterlaß, und der Frühjahrswind ist veränderlich! Seist du reich oder arm, tu deine Pflicht! Also, gehen wir?«

Und in der Tat, Wang, der praktische Philosoph, war bereit, der luxuriösen Umgebung auf der Stelle den Rücken zu kehren.

Kin-Fo hielt ihn zurück: »Ich sagte eben, die Armut könne mich nicht schrecken, möchte aber gleich noch hinzufügen, ich fürchte sie darum nicht, weil ich mich bereits entschlossen habe, sie nicht zu ertragen.«

»Ach, du willst also ...«, vermutete Wang.

»Sterben.«

»Sterben!« wiederholte ruhig der Philosoph. »Ein Mensch, der wirklich Schluß machen will, spricht zu keinem andern davon.«

»Es wäre bereits vorbei«, gab Kin-Fo mit einer Ruhe zurück, die derjenigen des Philosophen in nichts nachstand, »vorbei und vorüber, wenn ich nicht von meinem Tod eine erste und zugleich letzte Gefühlsregung erwartet hätte. Aber als ich schon im Begriff war, eines der Opiumkügelchen zu schlucken, reagierte mein Herz so betrüblich wenig darauf, daß ich das Gift wegwarf und erst mit dir sprechen wollte.«

»Ja, möchtest du denn, daß wir zusammen sterben?« fragte Wang lächelnd.

»Nein, es ist für mich wichtig, daß du am Leben bleibst.«

»Warum?«

»Weil du mich mit deiner eigenen Hand erschlagen sollst!«

Trotz dieses gewiß ungewöhnlichen Vorschlags kam Wang kein Zittern an. Aber Kin-Fo forschte gespannt in seinen Gesichtszügen und glaubte in den Augen des andern ein Aufleuchten gesehen zu haben. War in Wang der alte Tai-Ping wieder erwacht? Wäre es nicht natürlicher, wenn er seinem Schüler diese Zumutung ausgeredet hätte? Sollten wirklich die letzten achtzehn Jahre an ihm vorübergegangen sein, ohne die blutrünstigen Instinkte seiner Jugendjahre in ihm erstickt zu haben? Er versuchte nicht einmal, dem Sohn dessen, der sein eigenes Leben gerettet hatte, dieses Ansinnen auszureden! Er würde sich also ohne Widerrede einverstanden erklären, Kin-Fo von einem Leben, das diesem so gar nichts bedeutete, zu erlösen! Würde er das tatsächlich fertigbringen, dieser Philosoph?

Doch jener aufleuchtende Funke im Auge Wangs erlosch so rasch, wie er sich gezeigt hatte. Wang setzte wieder sein übliches Gesicht des braven Mannes auf, höchstens gab er sich Mühe, noch etwas ernsthafter in die Welt zu blicken. Dann setzte er sich wieder und sagte:

»Das also ist der Dienst, den du von mir erwartest?«

»Ja. Und mit diesem Freundesdienst bist du von allem entbunden, das du Tschung-Héu und seinem Sohn schuldig zu sein glaubst.«

»Was muß ich also tun?« war die schlichte Frage des Philosophen.

»Am 25. Juni, dem achtundzwanzigsten Tage des sechsten Mondes, am Tage meines zweiunddreißigsten Geburtstages – hör gut zu, Wang! –, muß ich aufgehört haben zu leben. Ich muß durch deine Hand umkommen, von vorn oder von hinten, am Tage, in der Nacht, egal wo, egal wie, aufrecht, im Sitzen, liegend, wach oder im Schlaf, durch das Schwert oder durch Gift! Und in einer jeden der achtzigtausend Minuten von jetzt bis dann, in den fünfundfünfzig Tagen also, aus denen mein Leben noch bestehen wird, will ich vom Gedanken, ja von der Furcht vielleicht besessen sein, daß mein Leben in der allernächsten Zeit verwirkt sein wird! Ich will, daß ich, anders gesagt, achtzigtausend Gefühlsregungen erfahre, und zwar so intensiv, daß ich in dem Augenblick, wo die sieben Elemente meiner Seele auseinanderfahren, werde ausrufen können: »Endlich habe ich doch noch *gelebt*!«

Ganz gegen seine Gewohnheit hatte Kin-Fo beinahe mit Leidenschaft gesprochen. Dazu ist uns aufgefallen, daß er sein Todesdatum so festlegte, daß er sechs Tage vor Ablauf seiner Versicherungspolice tot sein würde. Das war klug ausgedacht, denn da er keine neue Prämie zu bezahlen vermochte, hätte ein späteres Datum den Verlust der Versicherungssumme bedeutet.

Mit tiefem Ernst hatte der Philosoph ihm zugehört, und im geheimen warf er hie und da rasch einen Blick auf das Porträt des Kaisers Tai-Ping, das in seinem Zimmer hing – das Bild, das er bald erben sollte; aber noch wußte er nichts davon.

»Du wirst dich doch nicht vor der Verpflichtung, mich umzubringen, fürchten, oder?« wollte Kin-Fo wissen.

Wang gab durch einen Wink zu verstehen, daß dies nicht in Frage komme. Er hatte schließlich eine Unzahl anderer sterben sehen, damals, als er unter der Fahne der Tai-Ping am Aufstand teilnahm. Dann fügte er aber doch noch bei – als Mann, der alle Einwände vorbringen möchte, ehe er sich verpflichtet –:

»Du verzichtest also auf die Chance, die der Wahre Herr dir vorbehalten hat, nämlich das allerhöchste Alter zu erreichen?«

»Ja, ich verzichte.«

»Ohne Bedauern?«

»Ohne Bedauern!« gab Kin-Fo fest zurück. »Als

Alter existieren! Einem alten Strunk gleichen, der nicht mehr behauen werden kann! Als Reicher schon begehrte ich das nicht. Als Armer aber noch viel weniger!«

»Und die junge Witwe von Peking?« gab Wang zu bedenken. »Hast du das Sprichwort vergessen: Die Blume zur Blume, die Weide zur Weide! Der Einklang zweier Herzen kommt hundert Jahren ständigen Frühlings gleich!«

»Und das gemessen an dreihundert Jahren Herbst, Sommer und Winter!« entgegnete Kin-Fo achselzuckend. »Nein, auf keinen Fall! Lé-U wäre, mittellos, unglücklich mit mir. Mein Tod aber sichert ihr im Gegenteil ein Vermögen.«

»Das hättest du getan?«

»Ja. Und auch du, Wang, erhältst durch meinen Tod fünfzigtausend Dollar.«

»Ach, du hast einfach auf alles eine Antwort«, bemerkte der Philosoph kurz.

»Auf alles, sogar auf einen Einwand, den du noch nicht einmal vorgebracht hast.«

»Und das wäre?«

»Weißt du's denn nicht? ... Die Gefahr, in die du geraten kannst. Nämlich als mein Mörder verfolgt zu werden.«

»O nein, nur Tölpel und Feiglinge lassen sich fangen. Andererseits, wo wäre denn das Verdienst, dir diesen einen letzten Dienst erwiesen zu haben, wenn ich kein Risiko dafür in Kauf nähme?«

»Auch das sollst du nicht, Wang! Lieber verschaffe ich dir in dieser Hinsicht jede nur mögliche Sicherheit. Es wird keinem auch nur einfallen, dich zu behelligen!«

Mit diesen Worten ging Kin-Fo auf ein Tischchen zu, nahm ein Blatt Papier zur Hand und schrieb in seiner sauberen Schrift das Folgende:

»Ich scheide freiwillig aus dem Leben, aus Ekel und Überdruß davor. Kin-Fo«

Dann reichte er Wang die Zeilen hinüber.

Der Philosoph las sie erst einmal leise für sich; dann las er sie laut. Und danach faltete er das Papier sorgfältig zusammen und legte es zwischen die Blätter eines Notizbüchleins, das er ständig mit sich zu tragen pflegte.

Plötzlich hatte er wieder dieses Funkeln in den Augen.

»Und das alles ist dir wirklich und wahrhaftig ernst?« Seine Blicke bohrten sich in die seines Schülers.

»Absolut ernst.«

»Mir wird es nicht weniger ernst sein.«

»Gibst du mir dein Wort darauf?«

»Du hast es schon.«

»Dann wird also spätestens auf den 25. Juni meinem Leben ein Ende gesetzt? ...«

»Ich weiß natürlich nicht, ob du bis dann überhaupt gelebt haben wirst, in dem Sinne, wie du es auffassest«, antwortete tiefernst der Philosoph; »immerhin: Tot bist du dann auf jeden Fall!«

»Ich danke dir, Wang! Leb wohl!«

»Leb wohl! Kin-Fo!«

Und auf das hin verließ Kin-Fo still das Zimmer des Philosophen.

DAS NEUNTE KAPITEL SCHLIESST EIGENARTIG, ABER FÜR DEN LESER VIELLEICHT NICHT ÜBERRASCHEND

»So, nun berichtet mal, ihr beiden, Craig und Fry!« forderte am folgenden Tag der ehrenwerte J. Bidulph die beiden Spitzel auf, die er auf die Fersen des neuen Versicherungsnehmers der ›Centenaria‹ gehetzt hatte.

»Well«, begann Craig, »wir sind ihm also gestern auf einem ewig langen Bummel durch und außerhalb Schanghais nachgestrichen...«

»Und er sah schon gar nicht nach einem Selbstmörder aus«, fügte Fry rasch bei.

»Dann wurde es Nacht, und wir haben ihn bis zum Portal seines Besitzes begleitet...«

»Wo wir leider nicht weiterkonnten.«

»Und heut morgen?« verlangte William J. Bidulph zu wissen.

»Haben wir erfahren, daß er sich fühlt...«

»... wie ein Fisch im Wasser«, schloß Fry.

Die beiden Agenten Craig und Fry waren Vettern und beide hundertprozentige Amerikaner. Eigentlich stellte jeder nur eine Hälfte dar, und erst zusammen bildeten sie ein ganzes Wesen. Nicht allein glichen sie sich wie ein Ei dem andern, sie konnten obendrein nur zusammen einen Satz fertig reden. Der eine begann, der andere schloß ihn. *Ein* Hirn, ein Gedanke, ein Magen, ein Herz, eine einzige Art, auf alles zu reagieren; zwar, vier

Hände, vier Arme, vier Beine gehörten zu diesen beiden irgendwie verschmolzenen Körpern. Man mußte, wenn man sie sah und hörte, unwillkürlich an siamesische Zwillinge denken, die ein kühner Chirurg getrennt hatte.

»Dann habt ihr also noch nicht bis ins Haus einzudringen vermocht?« fragte William J. Bidulph.

»Noch ...« (Craig)

»... nicht.« (Fry)

»Das wird auch schwerhalten«, meinte der Generalvertreter, »ist aber nötig. Für die ›Centenaria‹ geht es nicht allein um eine riesige Prämie, sondern hauptsächlich darum, die zweihunderttausend Dollar nicht zu verlieren. Das bedeutet eine Überwachung von zwei Monaten, vielleicht auch mehr, falls unser neuer Kunde seine Police erneuert.«

»Er hat einen Diener ...«, fing Craig an;

»... der vielleicht zu kaufen wäre ...«, fuhr Fry weiter;

»... damit wir über alles unterrichtet werden ...«, Craigs Beitrag;

»... was im Hause vorgeht!« beendete Fry das Duett.

»Mampf!« machte William J. Bidulph genießerisch. »Fangt mir diesen Vogel. Kauft ihn euch. Der ist bestimmt nicht unempfindlich für den Klang von Taels. Und die werden euch nicht ausgehen. Und wenn ihr alle dreitausend Höflichkeitsformeln durchexerzieren müßt, die im Etikette-Buch der Chinesen verzeichnet sind, dann los! Exerziert sie eben durch! Es soll euer Schaden nicht sein.«

»Dann besorgen …«

»… wir das!« ließ sich das getrennte Siamesenpaar vernehmen.

Aus diesem wichtigen Grunde also suchten Craig und Fry den Kontakt mit Sun. Es ist uns mittlerweile klargeworden, daß Sun weder der Mann war, einem mit Taels gespickten Köder, noch der höflichen Einladung zu einigen Gläschen amerikanischen Schnapses zu widerstehen.

Craig-Fry erfuhren durch Sun bald alles für sie Wissenswerte, was ungefähr auf dies hinauslief:

Hatte Kin-Fo seine Lebensweise irgendwie geändert?

Nein, außer daß er seinen Leibdiener weniger oft mißhandelte, der Schere zum großen Vorteil von Suns Zopf eine Ruhepause gönnte und der Rohrstock nicht mehr so oft auf Suns Rücken tanzte.

Hatte Kin-Fo eine tödliche Waffe in seiner Nähe?

Keine einzige, da er nicht zu der weitverbreiteten Kategorie der Liebhaber derartiger Werkzeuge gehörte.

Was aß er so zu den Mahlzeiten?

Ein paar ganz einfache Gerichte, die in nichts an die sonst ideenreiche Küche der ›Himmlischen‹ erinnerte.

Wann pflegte er aufzustehen?

So von der fünften Wache an, im Augenblick meistens, wo die Morgenröte, vom Hahnenschrei geweckt, den Horizont erbleichen ließ.

Ging er früh zu Bett?

Zur Zeit der zweiten Wache, wie er das schon immer zu tun pflegte, soweit Sun sich erinnern konnte.

Schien er traurig, geistesabwesend, gelangweilt, des Lebens überdrüssig?

Ach, er war nie ein lebensfroher Mensch gewesen, o nein! Eher schien es Sun, sein Herr gewinne seit ein paar Tagen dem Leben mehr Geschmack ab. Doch, er schien Sun weniger gleichgültig, etwa wie ein Mensch, der etwas erwarte... aber was? Sun wußte darauf keine Antwort.

Und nun zum Schluß noch: Verfügte sein Herr über Giftstoffe, die er hätte einnehmen können?

Davon habe es wohl nichts mehr im Hause, denn gerade heute morgen mußten die Diener auf seinen Befehl hin ein Dutzend verdächtig aussehende Kügelchen in den Huang-Pu werfen.

Und in der Tat, es gab in diesem Bericht nicht das geringste, das den Herrn Generalvertreter der ›Centenaria‹ hätte in Aufregung versetzen müssen. Nein doch! Noch nie hatte Kin-Fo mehr Freude am Leben gezeigt... aber die wahre Sachlage kannte – außer Wang – nur Kin-Fo selbst.

Dessenungeachtet mußten Craig und Fry fortfahren, alles, was ihr Kunde tat, in Erfahrung zu bringen, mußten weiterhin ihm auf allen seinen Spaziergängen folgen; denn es war doch immerhin möglich, daß er nicht im eigenen Hause Hand an sich legen wollte.

Und so gingen denn die beiden getrennten siamesischen Zwillinge getreulich ihrer Aufgabe nach. Und Sun plapperte weiter alles, was er wußte, mit großer Hingabe aus, da er doch in Gesellschaft von so liebenswürdigen Leuten viel zu gewinnen hatte.

Nun würde es aber wieder zu weit gehen, wollte man behaupten, dem Helden unserer Geschichte sei auf einmal mehr am Leben gelegen gewesen, seit er beschlossen hatte, ein Ende zu machen. Doch gerade, wie er erwartet hatte, vor allem während dieser ersten Tage, fehlte es ihm nun nicht mehr an innerer Bewegung. Er hatte sich ein Damoklesschwert über seinen Kopf gehängt, und eines Tages, in naher Zukunft, würde dieses Schwert ihm den Schädel einschlagen. Wann? Heute? Morgen? An diesem Morgen noch? Oder diesen Abend? Zweifel, Unsicherheit, und daher etwas Herzklopfen. Tatsächlich! Etwas völlig Neues für ihn.

Seit dem kleinen Wortwechsel, den er und Wang miteinander unter vier Augen gehabt, sahen sie sich selten. Entweder ging der Philosoph öfter aus als früher, oder er schloß sich in seinem Zimmer ein. Kin-Fo hatte nicht die Absicht, ihn aufzusuchen – das war sicher nicht seine Aufgabe –, und er wußte nicht einmal, womit Wang sich gegenwärtig die Zeit vertrieb. Bastelte er an einer Falle? Ein ehemaliger Tai-Ping mußte ja einige Variationen, einen Mann um die Ecke zu bringen, zur Verfügung haben! Aus diesen Gedanken schöpfte Kin-Fo Neugier, und infolgedessen neues Herzklopfen durch das Moment des Interesses.

Doch sahen sie sich fast täglich bei den Mahlzeiten. Sie aßen ja am selben Tisch. Selbstverständlich fiel weder von der einen noch von der anderen Seite eine Anspielung auf ihre zukünftigen Rollen als Mörder und Ermordeter. Sie redeten über dies und das – aber eigentlich recht wenig. Wang, der noch ernster schien als sonst, sah geflissentlich in eine andere Richtung – obschon die Brillengläser seine Augen nicht völlig zu verstecken vermochten – und schien im Geiste mit andern Dingen beschäftigt. Er, der sonst so lustig und gesprächig sein konnte, war traurig und schweigsam geworden. Früher war er ein großer Esser gewesen, wie das bei Philosophen mit gutem Magen oft zu finden ist. Jetzt reizten ihn die zartesten Gerichte nicht mehr, und sogar beim Wein aus Chao-Chigne ließ er den Kopf hängen.

Auf alle Fälle machte Kin-Fo es ihm bequem. Er kostete zuerst von allen Speisen und hielt sich für verpflichtet, keinen Gang abräumen zu lassen, ohne ihn probiert zu haben. Daraus ließ sich schließen, daß Kin-Fo mehr aß als früher, was in seinem blasierten Palast einige Sensation hervorrief; er aß sogar mit vorzüglichem Appetit und verdaute erstaunlich gut. Es war ihm klar, daß der frühere Schlächter des Königs der Rebellen nicht Gift als Todesart für ihn ausgelesen hatte; doch wollte das Opfer nichts außer acht lassen.

Im übrigen hatte Wang es außerordentlich

leicht, seine Aufgabe zu lösen. Die Schlafzimmertüre Kin-Fos stand immer offen. Der Philosoph hatte die Möglichkeit, tags oder nachts dort hineinzugehen und sein Opfer im Schlaf oder auch wachend umzubringen. Kin-Fo stellte einzig die Bedingung, daß Wang rasch und direkt ins Herz zustoßen sollte.

Kin-Fo aber schlief nach den ersten aufregenden Nächten schon bald wieder den Schlaf des Gerechten und dachte nicht mehr heftig an den Todesstreich, der ihn jeden Moment treffen konnte. Des Morgens erwachte er wieder frisch und unternehmungslustig. So konnte das nicht weitergehen.

Da kam ihm auf einmal der Gedanke, es könnte Wang vielleicht abstoßen, ihn in diesem Hause umzubringen, wo er, Wang, so gastfreundlich aufgenommen worden war. Kin-Fo beschloß, es ihm also noch leichter zu machen: Er streifte durch die Vororte, suchte die einsamsten Gegenden auf, verweilte bis zur vierten Wache in den berüchtigtsten Quartieren Schanghais, in wahren Mördergruben, wo jeden Tag auch wirklich Morde, ohne großes Risiko für den Mörder, vorkommen. Er irrte mitten durch diese engen, finsteren Gassen, stieß mit Betrunkenen aller Nationalitäten zusammen, trieb sich bis in die frühen Morgenstunden dort herum, wenn schon die Brotverkäufer ihr »Mantu! Mantu!« schrien und dazu laut mit ihren Glöckchen läuteten, um auch die verschlafenen Opiumraucher zum Kaufen aufzumuntern.

Erst wenn die ersten Sonnenstrahlen des neuen Tages sich zeigten, kehrte er gesund und froh in sein Haus zurück. Die beiden Unzertrennlichen, die ihm jedesmal auf Schritt und Tritt folgten, hatte er natürlich wieder nicht bemerkt, obgleich

Craig und Fry stets nahe genug hinter ihm waren, um ihm im Notfall zu Hilfe zu eilen.

Wenn das so weiterging, würde Kin-Fo sich schließlich an diese neue Lebensweise gewöhnen, so daß die Langeweile doch wieder die Oberhand gewann! Bereits konnten wieder Stunden vergehen, ohne daß er überhaupt daran dachte, daß er zum Tode verurteilt war.

Und dann – es war am 12. Mai – verschaffte ihm der Zufall plötzlich eine gewisse Erregung: Als er leise das Zimmer des Philosophen betrat, sah er, wie Wang einen scharfen Dolch in der einen Hand hielt. Mit der andern prüfte er gerade dessen Spitze. Hierauf tauchte er sie in den verdächtig aussehenden Inhalt einer bläulichen Phiole.

Wang war sich des stummen Zeugen seiner düsteren Übung offenbar nicht bewußt; denn nun packte er den Dolch fester und führte einige rasche Stöße damit aus. Sein Gesichtsausdruck war dabei alles andere als vertrauenerweckend; die Augen schienen direkt blutunterlaufen ...

›Dann wird es wohl heute noch geschehen‹, dachte Kin-Fo bei sich. Und ebenso leise zog er sich wieder zurück, ohne daß Wang ihn gesehen oder gehört hatte.

Kin-Fo verließ sein Zimmer an diesem Tage kein einziges Mal ... der Philosoph erschien aber nicht.

Kin-Fo legte sich schließlich zu Bett. Und am

folgenden Tag mußte er als kerngesunder Mann wieder aufstehen.

Soviel Aufregung – und völlig umsonst! Das wurde ja beinahe quälend!

Schon waren zehn Tage vorbei. Zwar, Wang

hatte noch ganze zwei Monate zur Ausführung der Tat.

›Der verbummelt mir die Sache noch‹, sagte sich Kin-Fo. ›Ich habe ihm zuviel Zeit zur Verfügung gestellt – zweimal zuviel.‹

Dieser ehemalige Tai-Ping war ja ganz schön verweichlicht im süßen Leben von Schanghai!

Doch gerade von dem Tage an schien Wang viel sorgenvoller, viel aufgewühlter. Ruhelos ging er im ganzen Yamen herum, als litte es ihn nirgends lange. Kin-Fo fiel auf, daß der Philosoph immer wieder das Zimmer der Ahnen aufsuchte, wo sich der kostbare Sarg aus Liao-Tsche'u befand. Er vernahm von seinem Leibdiener Sun – und das beschäftigte ihn nun doch sehr –, daß Wang die Dienerschaft aufgefordert habe, dieses Möbel zu bürsten, fleißig abzustauben und zu polieren, kurz, es in den allerbesten Zustand zu versetzen.

»Mein Herr wird darin sehr bequem liegen«, fügte der treue Diener noch bei. »Es macht geradezu Lust, ihn ein bißchen auszuprobieren!«

Eine Bemerkung, die Sun ein kleines Zeichen der Dankbarkeit eintrug.

Der 13., der 14. und auch der 15. Mai gingen ereignislos vorbei. Nichts Neues geschah. Wollte Wang eigentlich die ganze abgemachte Frist verstreichen lassen und seine Schuld erst am Verfallstage begleichen, wie ein Kaufmann das zu halten pflegt? Wollte er einfach nicht vorgreifen? Dann aber gab es für Kin-Fo keine Überraschung mehr, folglich auch keine Erregung!

Doch am Morgen des 16. Mai kam Kin-Fo etwas sehr Wichtiges zu Ohren. Es war die Stunde des ›Mao-Che‹, also gegen sechs Uhr morgens.

Kin-Fo hatte eine schlechte Nacht verbracht. Auch beim Erwachen noch dachte er über den bedauerlichen Traum nach, den er soeben gehabt: Prinz Ien, der Fürst der chinesischen Hölle, hatte ihn verdammt, er dürfte nicht vor ihm erscheinen, ehe der zwölfhundertste Mond über dem chinesischen Reiche aufgegangen sein werde; das hieß also, daß er, Kin-Fo, noch ein ganzes Jahrhundert am Leben bleiben sollte!

Die Laune des Hausherrn war darum denkbar schlecht. Hatte sich denn alles gegen ihn verschworen? Infolgedessen begrüßte er Sun seiner Laune entsprechend, als dieser erschien, um ihm bei seiner morgendlichen Waschung zu helfen:

»Scher dich zum Teufel!« brüllte er ihn an. »Und zehntausend Fußtritte zu deiner Belohnung! Du Tier, du!«

»Ach, Herr! Herr!«

»Verschwinde, sage ich!«

»Nein, Herr, das tu' ich nicht!« wehrte sich Sun. »Nicht eher will ich gehen, als bis ich Euch gesagt habe ...«

»Was?«

»... daß Herr Wang ...«

»Wang? Was hat er getan, dieser Wang?« Kin-

Fos Interesse war plötzlich wach. Er packte Sun rasch am Zopf. »Was hat er getan, frage ich!«

»Herr!« jammerte Sun und krümmte sich wie ein Wurm, »er hat uns befohlen, den Sarg des Herrn in den ›Pavillon des Langen Lebens‹ zu tragen, und ...«

»Hat er das befohlen!« rief Kin-Fo mit plötzlich strahlendem Gesicht. »Geh, Sun, mein Freund! Und da! Da hast du zehn Tael! Und daß der Befehl Wangs sofort ausgeführt wird!«

Worauf Sun, völlig verblüfft, verschwand. Er konnte nur immer wieder brummeln: »Mein Herr ist verrückt geworden. Ganz bestimmt ist er übergeschnappt; aber er ist wenigstens freigebig verrückt!«

Dieses Mal zweifelte Kin-Fo nicht mehr. Der Tai-Ping wollte ihn im ›Pavillon des Langen Lebens‹ ermorden, dort, wo er selbst sich hatte umbringen wollen! War es nicht wie eine geheime Verabredung, die er da mit ihm traf? Er würde sie einhalten. Die Katastrophe stand dicht vor der Tür...

Wie lang der Tag war! Der Wasserlauf, der die Uhren trieb, schien langsamer als sonst zu fließen. Die Zeiger faulenzten auf dem Zifferblatt aus Jade herum!

Endlich! Die erste Wache war da, die Sonne verschwand unter dem Horizont, die Nacht begann sich über den Yamen zu senken. Kin-Fo ging, es sich im Pavillon bequem zu machen, den er nicht mehr lebend zu verlassen gedachte. Auf einem daunenweichen Sofa, das für einen langen Schlummer wie gemacht schien, streckte er sich aus. Und nun wartete er.

Sein ganzes nutzloses Leben zog langsam in seiner Erinnerung vorbei, seine Langeweile, sein Lebensekel, all die Stimmungen, die sein Reichtum nicht hatte besiegen können, all das, was die Armut nur noch verschlimmert hätte.

Einen einzigen Sonnenstrahl gab es in seinem verpfuschten Leben, das trotz des Reichtums ohne Reiz verlaufen war: die Zuneigung zu der jungen Witwe. Nun, da es bald zu schlagen aufhören sollte, regte sich sein Herz. Aber er hätte es nicht über sich gebracht, die arme Lé-U zur Gefährtin eines Bettlerdaseins zu machen. Das durfte niemals sein!

Die vierte Wache, jene also, die der Morgenröte vorausgeht, in der alles Leben wie erstorben scheint, diese vierte Wache verbrachte Kin-Fo in lebhafter innerer Bewegung. Ängstlich horchte er auf jedes kleinste Geräusch. Mit den Augen durchforschte er die Dunkelheit. Mehr als einmal war ihm, als habe die Türe leise geknarrt, als würde sie mit verstohlener Hand aufgestoßen. Kein Zweifel! Wang wollte warten, bis er schlief, um ihn im Schlaf umzubringen!

Und nun gab es in seinem Denken auf einmal eine Umkehr: Er fürchtete sich vor der schrecklichen Erscheinung des Tai-Ping – und gleichzeitig sehnte er sie herbei.

Die fünfte Wache brach an, und zugleich ließ das erste Licht des Tages die umliegenden Höhenzüge erbleichen. Es wurde hell.

Plötzlich ging die Türe auf.

Kin-Fo fuhr auf. In dieser letzten Sekunde

hatte er intensiver gelebt als in seinem ganzen bisherigen Leben!...

Vor ihm stand Sun mit einem Brief in der Hand: »Sehr eilig!« war alles, was er dazu sagte. Kin-Fo hatte eine Art Vorahnung. Er griff nach dem Brief, auf dem er den Stempel von San Francisco wahrnahm, riß den Umschlag auf, überflog den Inhalt des Schreibens – und rannte aus dem ›Pavillon des Langen Lebens‹:

»Wang! Wang!« brüllte er.

Im nächsten Augenblick war er schon beim Zimmer des Philosophen und riß die Türe auf. – Wang war fort! Wang hatte überhaupt nicht in seinem Zimmer geschlafen. Auf Kin-Fos wilde Rufe hin durchsuchten seine Diener den ganzen Yamen. Wang war verschwunden, ohne eine Spur zu hinterlassen.

DAS ZEHNTE KAPITEL

BRINGT DEM NEUEN KLIENTEN DER ›CENTENARIA‹ DIE OFFIZIELLE BEKANNTSCHAFT MIT CRAIG UND FRY

»Jawohl, Herr Bidulph, ein einfacher Schachzug der Börse, ein richtiger amerikanischer Trick!« ließ sich Kin-Fo dem Generalvertreter der Versicherungsgesellschaft gegenüber vernehmen.

Der ehrenwerte William J. Bidulph lächelte wissend: »Und gut gespielt, tatsächlich; denn alle sind darauf hereingefallen.«

»Sogar mein Korrespondent!« ergänzte Kin-Fo. »Falsche Zahlungseinstellung, Herr Bidulph, falscher Konkurs, falsche Nachricht! Acht Tage darauf: Auszahlungen an den Schaltern wie gewöhnlich. Das Geschäft war gemacht. Die zu achtzig Prozent entwerteten Aktien wurden auf dem Tiefstand von der Zentralbank selbst wieder aufgekauft, und als man dem Direktor die Frage stellte, was der Konkurs ergeben habe, gab der mit der liebenswürdigsten Miene Auskunft: ›Hundertfünfundsiebzig Prozent!‹ Das steht im Brief meines Korrespondenten von heute morgen, im Moment, wo ich mich völlig verloren glaubte ...«

»Wollten Sie denn Hand an sich legen?« stieß William J. Bidulph entsetzt hervor.

»Nein«, erwiderte ihm Kin-Fo, »im Moment, als ich ermordet werden sollte ... vermutlich.«

»Er-mordet? ... Um Gottes willen!«

»Mit meiner schriftlichen Erlaubnis, natürlich, ein verabredeter Mord, der Sie das Sümmchen von ...«

»Zweihunderttausend Dollar gekostet hätte!« schloß erbleichend William J. Bidulph. »Es waren ja alle Todesarten versichert. Das hätte uns aber sehr leid getan, lieber Herr Kin-Fo!«

»Sie meinen wohl den Betrag? ...«

»Samt Zinsen, jawohl!« Und William J. Bidulph ergriff die Hand seines Klienten und schüttelte sie auf amerikanische Art aufs herzlichste.

»Aber ich verstehe noch immer nicht ganz ...«, nahm er den Faden wieder auf.

»Sie werden gleich alles verstehen«, tröstete ihn Kin-Fo. Und nun enthüllte er dem Versicherungsmann das ganze Drum und Dran, das zu einer Abmachung zwischen ihm und einem Menschen geführt hatte, zu dem er das vollste Vertrauen hatte. Er sprach sogar vom Wortlaut jenes Briefes, den jener Mann in seiner Tasche mit sich herumtrug, Zeilen, die ihn vor jeder Verfolgung geschützt und ihm absolute Immunität garantiert haben würden. Aber, und das sei nun eine sehr schlimme Sache, das gegebene Versprechen würde dieser Mann ganz bestimmt einlösen, er würde sein Wort halten, da gebe es keinen Zweifel.

»Dieser Mann ist ein Freund von Ihnen?« wollte der Versicherungs-Chef nun wissen.

»Ein Freund, ja.«

»Dann also – aus Freundschaft? ...«

»Aus Freundschaft, und wer weiß? vielleicht auch ein bißchen aus Berechnung! Ich habe ihm verraten, daß dabei für ihn fünfzigtausend herausspringen.«

»Fünfzigtausend Dollar!« William J. Bidulph war ganz aufgeregt. »Dann ist dieser Freund also Herr Wang?«

»Genau der.«

»Wang! Ein Philosoph! Nie würde der einwilligen ...«

Kin-Fo war drauf und dran, etwa folgendes zu sagen: »Dieser sogenannte Philosoph ist ein ehemaliger Tai-Ping. Er hat in seinem Leben mehr Morde begangen, als es brauchen würde, um die ›Centenaria‹ in Konkurs zu bringen, wenn die von ihm Ermordeten bei Ihnen versichert gewesen wären. Seit sechzehn Jahren hat er seine blutrünstigen Instinkte etwas zügeln müssen; doch heute sollte er die Gelegenheit haben, mich umzubringen, wo er mich am Rande des Ruins glaubt, wo er mich entschlossen zum letzten Schritt wähnt, wo er ferner weiß, daß mein Tod ihm ein kleines Vermögen einbringt, heute würde er keinen Moment zaudern ...«

Doch Kin-Fo sagte nichts von alledem. Er hätte damit den Freund verraten. Denn William J. Bidulph hätte wohl keinen Augenblick gezaudert, Wang dem Gouverneur der Provinz als einen heimlichen Tai-Ping anzuzeigen. Kin-Fo wäre damit zwar gerettet, der Philosoph aber wäre zweifellos verloren.

»Wenn's weiter nichts ist«, sagte nun der Versicherungsagent, »da gibt es einen ganz einfachen Ausweg!«

»Und der wäre?«

»Herr Wang muß sogleich informiert werden, daß die ganze Geschichte hinfällig ist. Dann muß er den kompromittierenden Brief wieder herausgeben, der ...«

»Einfacher gesagt als getan!« mußte Kin-Fo

dazu bemerken. »Wang ist seit gestern spurlos verschwunden. Keiner weiß, wo er ist.«

»Hmmm!« machte der Hauptvertreter nur. Das war so seine Art, zu zeigen, daß er keinen Rat wußte.

Dann sah er seinen Klienten durchdringend an:

»Und jetzt haben Sie offenbar keine besondere Lust mehr, zu sterben?«

»Nein, bei Gott nicht! Der Börsentrick der Zentralbank hat mein Vermögen fast verdoppelt. Ich werde Besseres zu tun haben: ich heirate! Das kann ich aber erst, nachdem ich Wang aufgestöbert habe oder nachdem der abgemachte Termin eindeutig abgelaufen ist.«

»Wann soll das sein?«

»Am 25. Juni dieses Jahres. In der Zwischenzeit wird nun die ›Centenaria‹ in beträchtlichen Schwierigkeiten stecken. An Ihrer Gesellschaft also ist es, die entsprechenden Maßnahmen zu treffen.«

»Das heißt, den Philosophen zu finden«, folgerte der ehrenwerte William J.

Mit den Händen auf dem Rücken ging der Generalvertreter einige Augenblicke auf und ab. Dann redete er los:

»Also gut, wir werden ihn zu finden wissen, und wenn er sich ins Innerste des Erdballs verkrochen hätte. Bis dann aber werden wir Sie, Herr Kin-Fo, gegen jeden Mordversuch verteidigen, so wie wir Sie gegen jeden Selbstmordversuch geschützt haben.«

»Was soll das heißen?« verlangte Kin-Fo zu wissen.

»Das heißt, daß wir seit dem 30. April, also seit dem Tage, an dem Sie bei uns Ihre Versicherungspolice unterzeichnet haben, durch zwei unserer Leute jeden Ihrer Schritte scharf bewachen, jede Ihrer Bewegungen bespitzeln ließen!«

»Mir ist nichts aufgefallen.«

»Ha, es sind eben diskrete Leute, die unsern! Darf ich Sie mit ihnen bekanntmachen? Jetzt ist ihr Auftrag ja nicht mehr geheim, außer Herrn Wang gegenüber.«

»Gerne.«

»Craig-Fry müssen ja hier sein, da Sie bei mir sind.«

Und William J. Bidulph rief in den Gang hinaus: »Craig-Fry?«

Schon waren die beiden zur Stelle; sie hatten direkt hinter der Türe zum Büro gestanden. Sie hatten den Klienten auftragsgemäß ›beschattet‹, seit er sein Haus verließ.

»Craig-Fry«, orientierte sie der Chef, »für den Rest der Dauer seiner Versicherungspolice wird unser werter Klient nicht mehr gegen sich selbst beschützt werden müssen, sondern gegen einen seiner besten Freunde, nämlich gegen den Philosophen Wang, der sich verpflichtet hat, ihn zu ermorden! Verstanden?«

Dann setzte der Chef den beiden die neue Sachlage auseinander. Sie erfaßten sie erstaunlich schnell. Der reiche Kin-Fo wurde ihnen anvertraut. Er sollte keine treueren Diener finden.

Wie sollten sie nun vorgehen?

Es gab zwei Möglichkeiten, erklärte der Chef: entweder sie sollten umsichtige Vorsichtsmaßnahmen im Hause Kin-Fos in Schanghai treffen, daß Wang nicht hineingelangen konnte, ohne von Craig–Fry gesehen zu werden; oder es galt, mit allen zu Gebote stehenden Mitteln herauszufinden, wo Wang sich aufhielt, und ihm den Brief abzunehmen, dessen Inhalt als null und nichtig anzusehen sei.

»Die erste Möglichkeit ist völlig untauglich«, hatte Kin-Fo dazu zu sagen. »Wang wüßte Mittel und Wege zu finden, an mich heranzukommen ohne gesehen zu werden. Mein Haus ist ja auch seins. Nein, wir müssen ihn aufstöbern, koste es, was es wolle.«

»Sie haben recht, Herr Kin-Fo«, gab William J. zurück. »Das ist der sicherste Weg: Wang finden. Und wir werden ihn finden.«

»Tot oder ...« ließ Craig sich vernehmen.

»Lebendig!« Das war Fry!

»Nein doch! Lebendig!« entrüstete sich Kin-Fo. »Ich will nicht, daß Wang meinetwegen auch nur einen einzigen Augenblick in Lebensgefahr kommt!«

»Craig und Fry, ihr beide seid für unsern Klienten noch für fünfundsiebzig Tage verantwortlich.

Bis zum 30. Juni ist dieser Herr hier für uns zweihunderttausend Dollar wert.«

Nach diesen Worten verabschiedete sich der Generalagent von seinem Klienten. Zehn Minuten später war Kin-Fo wieder in seinem Yamen, begleitet von seinen beiden Leibwächtern, die sich von da an keinen Augenblick von ihm trennten.

Sun sah die beiden Agenten Craig und Fry mit sehr gemischten Gefühlen im Hause seines Herrn. Wie schade: keine Fragen, keine Antworten mehr, und vor allem: Schluß mit geschenkten Tael! Und überdies fing sein Herr, der wieder normal zu leben begann, auch wieder mit der Mißhandlung des linkischen und faulen Dieners Sun an. Unglücklicher Sun! Hätte er gewußt, was das Schicksal für ihn bereithielt!

Das erste, was Kin-Fo zu Hause tat, war, nach Peking zu ›phonographieren‹, an die Avenue Cha-Cua natürlich, daß das launische Glück ihn auf einmal doppelt so reich gemacht habe wie vorher. Die junge Frau vernahm mit Entzücken die Stimme ihres für immer Verlorengeglaubten, die ihr die innigsten Zärtlichkeiten zuflüsterte. Er würde seine ›kleine jüngere Schwester‹ wiedersehen! Der siebente Mond sollte nicht vorbeigehen, ohne daß er an ihre Seite eilen würde, um sie nie wieder zu verlassen. Doch nachdem er entschlossen gewesen, sie nicht in Armut leben zu lassen, wollte er sie auch nicht zum zweitenmal Witwe werden lassen!

Lé-U verstand diesen letzten Satz zwar nicht so recht. Sie verstand nur das eine: ihr Verlobter kam zu ihr zurück, und zwar wollte er noch vor Ablauf der beiden nächsten Monate bei ihr sein!

An jenem Tage gab es im ganzen Himmlischen Reiche keine glücklichere Frau als die junge Witwe.

Und tatsächlich hatte sich Kin-Fos Einstellung dem Leben gegenüber fundamental geändert. Er war dank der ertragreichen Transaktion der Kalifornischen Zentralbank zum vierfachen Millionär geworden. Nun wollte er leben, und das ausgiebig! Die zwanzig Tage voller innerer Spannung hatten ihn verwandelt. Weder der Mandarin Pao-Shen, oder der Kaufmann Yin-Pang, weder Tim, der Lebemann, noch der Gelehrte Hual hätten in ihm den apathischen Gastgeber wiedererkannt, der sich von ihnen mit einem Bankett auf jenem Blumenschiff mitten im Perlenfluß verabschiedet hatte. Wang hätte seinen eigenen Augen nicht getraut, wäre er nur zugegen gewesen. Doch er war und blieb spurlos verschwunden. Er kehrte auch nicht in das Haus in Schanghai zurück. Das bildete wiederum Grund zu großer Sorge für Kin-Fo und zu eigentlichen Angstzuständen für seine beiden Leibwächter.

Acht Tage darauf, am 24. Mai, hatten sie noch immer keinerlei Nachricht über den Philosophen erhalten, konnten sich also auch nicht mit ihm in Verbindung setzen. Umsonst war die Suche der drei Männer nach Wang in den ausländischen Kolonien, in den Bazaren, in den übel beleumdeten Quartieren oder in der Umgebung der Stadt. Umsonst die Suche der geschicktesten Tipaos der Stadtpolizei, die sich ebenfalls eingeschaltet hatten. Der Philosoph blieb unauffindbar.

Die Besorgnis von Craig und Fry wuchs. Sie verdoppelten, verdreifachten die Vorsichtsmaßnahmen. Ihren Klienten ließen sie Tag und Nacht nicht mehr aus den Augen. Sie aßen mit ihm am Tisch, schliefen bei ihm im Zimmer. Sie versuchten sogar, ihn zum Tragen einer Stahlweste zu überreden, damit er gegen Dolchstöße besser geschützt sei; sie versuchten auch, ihm als Nahrung ausschließlich Eier in der Schale aufzuschwatzen, damit die Gefahr einer Vergiftung verringert würde...

Zu Kin-Fos Ehre muß gesagt sein, daß er sich über diese Vorschläge lustig machte. Es wäre das beste, meinte er lachend, wenn sie ihn überhaupt für die nächsten zwei Monate in den Tresor der ›Centenaria‹ einschlössen, da er für sie doch immerhin zweihunderttausend Dollar wert sei!...

Der praktisch veranlagte William J. Bidulph hatte die beste Idee: er wollte dem schwierigen Kunden die einbezahlte Prämie zurückerstatten, die Versicherungspolice zerreißen und die ganze Sache vergessen.

»Tut mir furchtbar leid!« meinte Kin-Fo zu diesem Vorschlag. »Das Geschäft ist abgeschlossen, und nun müssen Sie in Gottes Namen die Konsequenzen tragen.«

»Also gut«, antwortete darauf der Generalvertreter, der sich stets in Unvermeidliches zu schicken wußte, »also gut! Sie haben recht. Denn Sie könnten nie besser beschützt sein als durch uns.«

»Und billiger auch nicht!« lachte Kin-Fo.

DAS ELFTE KAPITEL

ZEIGT UNS KIN-FO ALS BERÜHMTESTEN MANN DES REICHS DER MITTE

Immer noch blieb Wang unauffindbar. Langsam packte Kin-Fo eine Wut, derartig zur Untätigkeit verdammt zu sein, nicht einmal die Möglichkeit zu haben, hinter dem Philosophen her zu laufen. Da Wang nicht die leiseste Spur hinterlassen hatte, war das einfach nicht zu machen.

Diese erschwerten Umstände beunruhigten natürlich auch unsern Herrn William J. Bidulph, den Chef der ›Centenaria‹. Erst hatte er sich gesagt, die ganze Geschichte sei nicht halb so tragisch; Wang werde sein Versprechen nicht halten; selbst im exzentrischen Amerika treibe man eine dermaßen ausgefallene Idee nicht auf die Spitze. Und dann begann er doch allmählich zu überlegen, im Reiche der Himmlischen sei eigentlich nichts unmöglich. Kin-Fos Meinung erschien darum auch ihm die richtige zu sein: Wurde der Philosoph nicht bald gefunden, dann würde dieser sein Versprechen doch noch halten.

Sein Verschwinden drückte doch klar seine Absicht aus, erst in dem Moment zuzuschlagen, wenn sein Schüler es am wenigsten erwartete, dann aber wie der Blitz ihn mitten ins Herz zu treffen. Dann würde er den Brief auf die Leiche seines Opfers legen und in den Geschäftsräumen der ›Centenaria‹ vorsprechen, um den ihm zustehenden Teil der Versicherungssumme zu fordern.

Man mußte Wang zuvorkommen; aber eben: wie? Der direkte Weg war ihnen ja verstellt. Dann ging man eben den indirekten Weg, den über die Zeitung nämlich, beschloß der ehrenwerte Herr William J. Bidulph. Innerhalb weniger Tage wurden deshalb an alle chinesischen und ausländischen Zeitungen der Alten und Neuen Welt Telegramme und Eilbriefe geschickt. Im ›Tsching-Pao‹, der offiziellen Tageszeitung Pekings, in den chinesisch abgefaßten Blättern von Schanghai und Hongkong, in den meistgelesenen Zeitungen Europas und der beiden Amerikas war bald bis zum Überdruß die immer gleichlautende Mitteilung zu lesen:

»Herr Wang von Schanghai! Sie werden ersucht, das zwischen Ihnen und dem Herrn Kin-Fo gepflegte Übereinkommen vom verflossenen 2. Mai als nicht geschehen zu betrachten, da Herr Kin-Fo nur noch den allereinzigen Wunsch hat: er möchte als Hundertjähriger sterben.«

Diesem schrulligen Inserat folgte bald ein zweites, bestimmt wirksameres:

»Zweitausend Dollar oder aber dreizehnhundert Tael demjenigen, der Herrn William J. Bidulph, dem Generalvertreter der ›Centenaria‹ in Schanghai, die gegenwärtige Adresse eines gewissen Herrn Wang, aus der eben genannten Stadt, zu vermitteln vermag.«

Es war kaum anzunehmen, daß der Philosoph im Zeitraum von fünfundfünfzig Tagen – die Zeit, die ihm zur Einlösung seines Versprechens noch blieb – eine Weltreise unternommen hatte. Eher steckte er irgendwo in der Umgebung von Schanghai, damit er jede Gelegenheit ausnützen konnte. Doch glaubte der ehrenwerte Herr William J. Bidulph, man könne nicht genügend Vorsichtsmaßnahmen treffen.

Mehrere Tage verliefen, ohne daß sich das geringste geändert hätte. Dann aber begann die Öffentlichkeit sich für die Sache zu interessieren. Vor allem die Inserate von lapidarer amerikanischer Kürze waren es – »Wang! Wang! Wang!« und »Kin-Fo! Kin-Fo! Kin-Fo!« in allen Zeitungen und auf Plakaten –, welche die beiden Namen in aller Leute Mund brachten.

Eine allgemeine Heiterkeit bemächtigte sich des Publikums. Man lachte über die rätselhafte Geschichte bis in die entferntesten Winkel des Reichs der Mitte:

»Wang, wo bist du?«

»Hast du Wang gesehen?«

»Wo steckst du, Wang?«

»Was treibst du, Wang?«

»Wang! Wang! Wang!« brüllten die Kleinen auf allen Straßen.

Bald waren diese Fragen Tagesgespräch.

Auch Kin-Fo wurde große Mode. Kin-Fo, dieser würdige ›Himmlische‹, dessen lebhafter Wunsch es war, ein Hundertjähriger zu werden, ein Mann also, der es offenbar in Sachen Langlebigkeit mit jenem berühmten Elefanten in den kaiserlichen Stallungen von Peking aufnehmen wollte, denn dessen hundertster Geburtstag wurde gerade zu der Zeit gefeiert.

»Wie steht es mit Herrn Kin-Fo? Ist er wohl schon hochbetagt?«

»Wie befindet er sich?«

»Verdaut er auch, wie es sich gehört?«

»Trägt er bald einmal das gelbe Gewand der Greise?«*

Mit solchen und ähnlichen Witzchen begrüßten sich sogar die zivilen und militärischen Mandarine, die Kaufleute an der Börse, die Händler in den Geschäften, das Volk, das sich in den Straßen und auf den Plätzen drängte, und auch die Bevölkerung auf den Schiffen.

Sie sind an sich schon zur Ausgelassenheit und

* Jeder Chinese, der das 80. Lebensjahr erreicht, darf ein gelbes Kleid tragen. Gelb ist die Farbe der kaiserlichen Familie, das gelbe Kleid also eine Ehrung des Alters.

zum Spott so gerne bereit, die Chinesen. Und hier nun bestand wirklich Anlaß dazu, das muß man zugeben. Folglich gab es über die sonderbare Episode Witze aller Art, und die Karikaturen darüber waren oft nicht gerade diskret.

Zu seinem großen Mißvergnügen mußte Kin-Fo

diese sonderbare Art von Berühmtheit mit all ihren Nebenerscheinungen über sich ergehen lassen. Nun gab es sogar schon ein Spottlied auf ihn, das die Leute nach der Melodie von ›Man-Tschiang-Hung‹ – ein Liedchen, das vom ›Wind in Trauerweiden‹ sang – zum besten gaben. Es wurde auch ein ›Klagelied‹ veröffentlicht, das recht hübsch ›die fünf Wachen des Hundertjährigen‹ beschrieb. Der verheißungsvolle Titel verschaffte dem Liedchen reißenden Absatz zu drei Sapeken das Exemplar!

Wenn Kin-Fo sich über das Getue um seinen Namen fast grün ärgerte, so freute sich William J. Bidulph darüber ebenso sehr. Wang aber fanden sie nicht.

Die Sache spitzte sich dermaßen zu, daß Kin-Fos Stellung unhaltbar wurde. Wenn er aus dem Hause trat, bildete sich hinter ihm sogleich ein Zug von allerlei Volk jeden Alters und Geschlechts, der ihm überallhin folgte, durch die Straßen, dem Ufer entlang, sogar durch die Kolonien der Ausländer. Kam er nach Hause, so bildete sich ein Haufen von Spöttern der schlimmsten Sorte vor dem Portal seines Yamen.

Jeden Morgen wurde er gezwungen, sich dem Volk vom Balkon seines Hauses zu zeigen, als Beweis dafür, daß er noch am Leben sei, daß nicht etwa seine Leute ihn über Nacht voreilig in den Sarg im ›Pavillon des Langen Lebens‹ gelegt hatten. In den Zeitungen erschien spaßeshalber täglich ein Bulletin über seinen Gesundheitszustand, natürlich mit den entsprechenden ironischen Kommentaren, als sei er einer der regierenden Dynastie der Tsing. Er wurde zur lächerlichen Figur.

So ergab es sich denn, daß am 21. Mai ein sehr verärgerter Kin-Fo den ehrenwerten William J. Bidulph aufsuchte, um ihm mitzuteilen, er habe jetzt genug von Schanghai und dessen Bewohnern und reise augenblicklich ab.

»Da werden Sie aber einiges riskieren!« gab der Generalvertreter ihm zu bedenken.

»Mir egal!« schnauzte Kin-Fo ihn an. »Dann sorgen Sie eben für entsprechende Vorsichtsmaßnahmen!«

»Wo wollen Sie denn hin?«

»Immer geradeaus.«

»Wo wollen Sie Ihre Reise unterbrechen?«

»Nirgends!«

»Und wann gedenken Sie zurückzukommen?«

»Nie!«

»Und wenn ich Nachrichten von Wang habe?«

»Zum Teufel mit Wang! Zum Teufel mit meiner idiotischen Idee, ihm je einen solch schwachsinnigen Brief anvertraut zu haben!«

Im Grunde war Kin-Fo von einem unbändigen Verlangen gepackt, den Philosophen aufzustöbern. Daß sein Leben in die Hand eines andern gegeben sein sollte, machte ihn einfach rasend. Der Gedanke wurde langsam zu einer wahren Besessenheit bei ihm. Und jetzt noch einmal einen Monat warten müssen, unter diesen Voraussetzungen – das konnte er einfach nicht ertragen! Das Opferlamm setzte sich zur Wehr, wurde sogar wütend!

»Nun, dann reisen Sie in Gottes Namen!« William J. Bidulph schien sich auch in diesen Entschluß zu fügen. »Aber Craig und Fry werden Ihnen überallhin folgen!«

»Das können Sie halten, wie Sie wollen. Aber ich warne Sie: Die beiden werden dabei ins Schwitzen kommen!«

»Sie werden Ihnen nachlaufen! Meinetwegen sollen sie ins Schwitzen kommen. Jedenfalls haben die beiden ihre Beine noch nie geschont.«

Kaum war er wieder in seinem Yamen, als Kin-Fo auch schon Vorbereitungen zur Abreise traf.

Sun war heftig verdrossen. Er sollte seinen Herrn begleiten – und er haßte doch diese Ortsveränderungen so! Doch er enthielt sich jeden Kommentars, der ihn ohnehin ein gutes Stück seines Zopfes gekostet hätte.

Die beiden Amerikaner, Craig und Fry, waren natürlich – wie es sich für Amerikaner gehörte – sofort reisefertig, und wäre es auf eine Weltreise gegangen. Sie stellten bloß eine einzige Frage:

»Wo geht ...«

»... der Herr denn hin?«

»Erst einmal nach Nanking, und weiß der Teufel wohin von dort aus!«

Ein Zwillingslächeln verklärte die Züge der beiden. Sie waren begeistert! »Weiß der Teufel wohin!« Das gefiel ihnen mächtig. Endlich kamen sie für einige Zeit dem ehrenwerten William J. Bidulph aus den Augen! Endlich konnten sie für diese Reise quer durchs Reich der Mitte chinesische Tracht anziehen, um weniger aufzufallen!

Eine Stunde darauf meldeten sich die beiden bereits wieder im Yamen Kin-Fos, ausgerüstet mit Reisesack und Revolver.

Bei Einbruch der Nacht verließen Kin-Fo und seine Begleiter Schanghai heimlich vom Hafen der amerikanischen Kolonie aus und schifften sich auf dem Dampfer ein, der den Passagierdienst zwischen Schanghai und Nanking besorgt.

Eine eigentliche Reise ist das ja nicht, eher eine Spazierfahrt. In weniger als zwölf Stunden vermag ein Dampfboot auf dem Blauen Fluß die Strecke bis zur früheren Hauptstadt Südchinas zurückzulegen, da es von der Flut, die sich bis dort hinauf bemerkbar macht, profitieren kann.

Während dieser kurzen Fahrt hatten Craig-Fry wenig Sorgen um ihren Schützling, sobald sie alle Mitreisenden unter die Lupe genommen hatten. Den Philosophen kannten sie ja – wer hätte ihn in den drei Kolonien nicht genau gekannt, diesen gutmütigen und sympathischen Menschen? –, und sie hatten sich versichert, daß er ihnen nicht an Bord gefolgt war. Nach dieser Vorsichtsmaßnahme mußten sie bloß noch aufpassen, daß der Klient der ›Centenaria‹ sich nicht gegen verdächtig aussehende Wände stützte, mußten mit eigenen Füßen die Laufstege abschreiten, auf denen er sich hie und da aufhielt, mußten ihn vom Kesselraum wegholen, dessen Dampfkessel ihnen eine Gefahr zu sein schien, mußten ihn ständig bitten, sich nicht dem kalten Nachtwind auszusetzen – er hätte sich doch in der feuchten Nachtluft erkälten können! –, mußten ferner ständig kontrollieren, ob die Bullaugen seiner Kabine ordnungsgemäß verschlossen waren, mußten den Diener Sun herumstoßen, da er nie da war, wenn sein Herr ihn benötigte, mußten jenen auch etwa ersetzen, wenn Tee und Kuchen zur ersten Wache serviert werden sollten; schließlich und als wichtigstes mußten sie vor der Kabine Kin-Fos Posten stehen – natürlich vollständig angezogen, mit der Schwimmweste um die Lenden –, im Falle ihr Klient Hilfe brauchte, wenn durch Explosion oder Kollision das Dampfboot in den tiefen Wassern des Stromes untergehen sollte!

Doch es gab keinen Zwischenfall, durch den die beiden Wächter ihre grenzenlose Hingebung hätten unter Beweis stellen können. Das Dampfschiff war schnell den Lauf des Wusung hinuntergefahren, hatte aus dem engen Fahrwasser heraus den Yangtsekiang oder Blauen Fluß erreicht, hatte die Insel Tsong-Ming umfahren, die Feuer von U-Song und Langchan hinter sich gelassen, war dann mit der Flut quer durch die Provinz Kiang-Su hinaufgefahren, und am 22. frühmorgens hatte er seine Passagiere gesund und in bester Verfassung auf dem Quai der früheren kaiserlichen Hauptstadt abgesetzt.

Dank der Umsicht der beiden Leibwächter hatte Suns Zopf während der kurzen Fahrt nicht um ein Jota gekürzt werden müssen. Der Faulpelz hätte also keinen Grund zu Klagen gehabt.

Kin-Fo machte aus einem ganz bestimmten Grunde in Nanking einen Zwischenhalt. Er hoffte nämlich, er würde dort mit etwas Glück den Philosophen finden.

Es war durchaus denkbar, daß Wang sich aus sentimentalen Gründen in dieser Stadt befinden konnte, die seinerzeit das Zentrum der Rebellen der Tschang-Mao gewesen war. Nanking war damals von jenem gefürchteten Schulmeister Rong-Sie'u Tsien besetzt und verteidigt worden, der dann Kaiser der Tai-Ping wurde und lange Zeit die Herrschaft der Mandschu in Schach hielt. In dieser Stadt hatte er die neue Epoche des ›Großen Friedens‹ – das eben bedeutet ›Tai-Ping‹ – proklamiert. Dort auch nahm er 1864 Gift, um den Feinden nicht lebendig in die Hände zu fallen. Und aus dem alten Königspalast in Nanking hatte sich sein noch junger Sohn geflüchtet, dem die Kaiserlichen den Kopf abschlagen wollten. Und aus den Ruinen der brennenden Stadt hatte man seine Leiche wieder ausgegraben und den wilden Tieren zum Fraße vorgeworfen. In der Provinz, die zu dieser Stadt gehörte, hatte man – wenn alles gesagt sein soll – innerhalb von drei Tagen hunderttausend Kameraden Wangs massakriert.

Es war darum sehr wohl möglich, daß Wang aus einer Art Heimweh heraus sich hierher geflüchtet haben konnte, wo er so viele Erinnerungen hatte! Und von hier aus war er ja in wenigen Stunden wieder in Schanghai – und konnte zuschlagen …

Darum also hatte sich Kin-Fo zuerst nach Nanking begeben. Falls er Wang dort traf, wären weitere Erklärungen überflüssig, und die ganze groteske Situation wäre dann von ihm beizulegen. Wenn aber Wang nicht auftauchte, dann würde Kin-Fo seine Pilgerfahrt quer durch das Reich der Mitte fortsetzen, bis die Galgenfrist abgelaufen war und er nichts mehr von seinem ehemaligen Lehrer und Freund zu befürchten hatte.

Begleitet von Craig und Fry und gefolgt von Sun, begab er sich zu einem Hotel in einem halbverlassenen Quartier, von wo aus man drei Viertel der ehemaligen Hauptstadt, die aussah wie eine Wüste, überblicken konnte.

»Ich reise unter dem Namen Ki-Nan«, klärte Kin-Fo seine Leute kurz auf, »und ich erwarte von euch, daß ihr meinen wahren Namen nie, unter keinen Umständen – habt ihr verstanden? – ausspricht.«

»Ki- …«, machte Craig.

»Nan«, schloß Fry.

»Ki-Nan«, wiederholte auch Sun.

Es ist doch begreiflich, daß Kin-Fo keine Lust

hatte, die Nachteile seiner Berühmtheit, wie er sie in Schanghai hatte erfahren müssen, auf seiner Reise wiederholt zu sehen. Andererseits hatte er Craig-Fry nichts von der möglichen Anwesenheit Wangs in Nanking gesagt. Die beiden pflichtbewußten Agenten hätten ja doch eine Unmenge von Vorsichtsmaßnahmen getroffen, wie das dem finanziellen Wert ihres Schützlings zustand, die ihm aber sehr lästig gefallen wären. Überhaupt hätten die beiden nicht vorsichtiger sein können, wenn sie mit einer glatten Million durch das Land gereist wären; aber schließlich hatte ihnen die ›Centenaria‹ ja tatsächlich etwas im Gegenwert einer Million anvertraut.

Der ganze Tag verging mit der Besichtigung der Quartiere, der Plätze und Gassen von Nanking. Von der Pforte des Westens zur Pforte des Ostens, dann von Norden nach Süden wurde die jetzt ihres früheren Glanzes völlig beraubte Stadt in großer Hast durchlaufen. Kin-Fo schritt mächtig aus, sprach wenig, sah dafür um so mehr.

Kein verdächtiges Gesicht wollte sich zeigen, weder auf den von dem Großteil der Bevölkerung belebten Kanälen, noch auf den mit Steinplatten belegten Gassen, die zwischen Ruinen verliefen und zum Teil von wildem Unkraut überwuchert waren. Kein Fremder ließ sich unter den halbzerstörten Lauben aus Marmor blicken, niemand begegnete ihnen in den einst weiß gekalkten Mauerresten, wo einst der kaiserliche Palast gestanden und wo Wang wahrscheinlich bis zur letzten Minute erbittert gekämpft hatte. Kein lebendes Wesen wollte sich den Besuchern zeigen, weder in der Gegend des Yamen der katholischen Missionare, welche von den Bewohnern von Nanking 1870 massakriert werden sollten, noch in der Umgebung der erst kürzlich wieder aufgebauten Waffenfabrik. Für ihren Wiederaufbau waren sogar die unzerstörbaren Bausteine des einst berühmten Porzellanturmes verwendet worden, welche schon die Tai-Ping zum Pflastern des Bodens gebraucht hatten.

Kin-Fo schien einfach nicht müde zu werden; er ging und ging. Seine Leibwächter zeigten ebenfalls keine Zeichen von Schwäche, so daß die drei den bedauernswerten Sun immer weiter hinter sich zurückließen. Denn Sun war an Bewegung dieser Art keineswegs gewöhnt. Eben ging Kin-Fo unter der Pforte des Ostens durch und wagte sich auf das öde Land vor dem Tor hinaus.

Eine endlos scheinende Prunkstraße begann gleich auf der andern Seite der Stadtmauer. Riesige Tierstandbilder, aus Granit gehauen, säumten diese Allee. Kin-Fo beschleunigte hier sein Tempo noch mehr. Am andern Ende der Allee stand ein kleiner Tempel. Gleich dahinter erhob sich ein Grabhügel. Darunter ruhte Rong-U, der Bonze, der es zum Kaiser gebracht hatte, einer der glühenden Patrioten, die vor fünf Jahrhunderten sich

gegen die fremde Herrschaft aufgelehnt hatten. Könnte Wang nicht hier zu finden sein, wo er vielleicht in Erinnerungen schwelgte, auf dem Grabe des Gründers der Ming-Dynastie?

Das Grabmal war verödet, der Tempel leer, ein-

zig bewacht von jenen kaum behauenen Marmorkolossen, jenen phantastisch anmutenden Tiergestalten zu beiden Seiten der Allee.

Da, auf der Pforte des Tempels, erblickte Kin-Fo plötzlich drei Zeichen, die von Hand eingeritzt worden waren. Er trat noch näher, und fast gerührt las er:

W. K.-F.

Wang! Kin-Fo! Da war kein Zweifel möglich: der Philosoph mußte kürzlich hier gewesen sein!

Kin-Fo sagte kein Wort zu den zwei andern, starrte bloß, suchte... Kein Mensch weit und breit!

Abends gelangten sie alle wieder in ihr Hotel. Sun konnte sich kaum noch schleppen. Am nächsten Morgen hatten sie Nanking hinter sich gelassen.

DAS ZWÖLFTE KAPITEL

SIEHT KIN-FO, SEINE BEIDEN BEGLEITER UND SUN AUFS GERATEWOHL HERUMREISEN

Wer kennt den Reisenden, der auf allen Wasser- und Landstraßen zu sehen ist, auf allen Kanälen und Flüssen des ›Himmlischen Reiches‹? Rastlos eilt er dahin, weiß nicht einmal, wo er morgen sein wird. Er reist durch die Städte, ohne sie wirklich zu sehen, die Herbergen und Hotels sucht er nur auf, um darin ein paar Stunden zu schlafen, die Gaststätten nur zur allernotwendigsten Nahrungsaufnahme. Das Geld fließt wie Wasser durch seine Hände: er wirft es hinaus, um schneller vorwärts zu kommen.

Natürlich ist das kein Geschäftsmann; auch kein

Mandarin, von der Regierung mit einem wichtigen und dringenden Staatsgeschäft beauftragt; ebenso wenig ist's ein Künstler auf der Suche nach Motiven; ein Gelehrter kann es nicht sein, der sein Steckenpferd reitet: antike Dokumente in versteckten Bonzen- und Lamaklöstern Alt-Chinas aufzustöbern; ein Student kann es schon gar nicht sein, der auf dem Wege zur Pagode der Examina ist, um einen Universitätstitel zu erwerben. Ist's möglicherweise ein Buddhapriester auf Inspektionsreise zu den kleinen Altären auf dem Lande, die zwischen den Wurzeln des indischen Feigenbaumes errichtet werden; oder am Ende ein Pilger auf dem Wege zu einem der fünf heiligen Berge des ›Himmlischen Reiches‹, um dort ein Gelübde zu tun?

Nichts von alledem: natürlich ist es der falsche Ki-Nan, begleitet von den stets wohldisziplinierten Herren Craig und Fry, gefolgt von Sun, dem immer erschöpfteren Diener. Klar: Kin-Fo ist's, getrieben von der verrückten Idee, dem unauffindbaren Wang zu entgehen und – zugleich – ihn aufzufinden. Der Kunde der ›Centenaria‹ ist es, der sich von diesem endlosen Gehetze die Möglichkeit des Vergessens erhofft, und auch ein bißchen Garantie gegen die unsichtbaren Gefahren, die ihm auflauern. Auch der beste Schütze kann einmal sein bewegliches Ziel verfehlen, darum möchte Kin-Fo ein solches nie stillstehendes Ziel sein.

Die Reisenden hatten in Nanking einen schnellen amerikanischen Dampfer bestiegen, eines jener riesigen schwimmenden Hotels, die für die Kursfahrten auf dem Blauen Strom eingesetzt sind. Sechzig Stunden darauf gingen sie in Ran-Kéu von Bord, ohne auch nur jenen bizarren Felsen, ›die kleine Waise‹ mitten im Jangtsekiang gesehen zu haben, auf dessen Krone ein von Bonzen geführter Tempel steht.

In Ran-Kéu, das am Zusammenfluß des Blauen Stroms und des Ran-Kiang* liegt, hielt Kin-Fo sich jedoch bloß einen halben Tag auf. Auch dort fanden sich nur völlig zerstörte Gebäude, die an die Tai-Ping erinnerten. Und weder in dieser Handelsstadt – die eigentlich nicht mehr darstellt als ein Außenquartier der am rechten Flußufer liegenden Bezirksstadt Ran-Yang-Fu – noch in U-Tschang-Fu, der Hauptstadt der Provinz Ru-Pe auf der rechten Seite des Stromes, hatte der ungreifbare Wang die kleinste Spur hinterlassen. Keiner jener unheimlichen Buchstaben war mehr zu entdecken, wie sie Kin-Fo beim Grabmal des gekrönten Bonzen in Nanking ins Auge gestochen ...

Falls Craig und Fry sich etwa eingebildet hatten, sie würden von dieser Reise quer durch China ein paar schöne Eindrücke von Sitten und Gebräuchen oder eine gewisse Kenntnis der bereisten

* In Zentralchina werden Ströme und Flüsse mit der Endung ›Kiang‹ versehen; in Nordchina erhalten sie die Endung ›Ro‹.

Städte mit nach Hause nehmen, so wurden sie bald eines Besseren belehrt. Sie hätten kaum Zeit gehabt, ein paar Notizen zu machen, und auch die hätten höchstens die Namen von Städten und Dörfern wiedergegeben, nun, vielleicht noch das entsprechende Datum! Doch die beiden waren weder neugierig noch schwatzhaft. Sie sprachen kaum je miteinander – wozu auch: Was Craig dachte, dachte Fry zur selben Zeit. Es wäre wieder nur ein Monolog geworden. So fiel ihnen denn ebenso wenig wie ihrem ›Kunden‹ jene Doppelgesichtigkeit auf, die fast allen chinesischen Städten gemeinsam ist: sie sind in ihrem Zentrum erstorben, aber ihre Vorstädte sind lebendig. In Ran-Kéu nahmen sie darum kaum Notiz vom Europäerviertel mit seinen breiten, rechtwinklig angelegten Straßen, sie sahen die eleganten Villen nicht und nicht die Schattenpromenade mit ihren gewaltigen Bäumen, die sich dem Blauen Strom entlang zieht. Sie hatten nur Augen für einen einzigen Menschen, und dieser Mensch blieb unsichtbar.

Da die steigende Flut den Ran-Kiang noch für weitere hundertdreißig Meilen flußaufwärts schiffbar machte, konnte der Dampfer bis Lao-Ro-Kéu vorstoßen.

Kin-Fo war sehr für diese Art des Reisens eingenommen, und er gedachte den Dampfer erst dann zu verlassen, wenn der Ran-Kiang ein weiteres Befahren verunmöglichte. Von dort aus konnte man dann immer noch weitersehen. Craig und Fry wünschten sich ihrerseits auch nichts Besseres, als daß diese Bootsfahrt bis zum Schluß der Reise dauern möge. Eine Überwachung ließ sich an Bord viel einfacher durchführen, und die Gefahrenmomente waren dadurch hinausgeschoben. Später – auf den unsicheren Landstraßen der zentralchinesischen Provinzen – würde das dann schon anders.

Was nun Sun betraf, so paßte ihm dieses Leben auf dem Dampfer sehr. Er mußte nicht marschieren, hatte nichts zu tun, konnte seinen Herrn der Pflege durch Craig und Fry überlassen, kurz, er hatte nichts zu tun als in seiner Ecke zu dösen, nachdem er gewissenhaft seine drei Hauptmahlzeiten verschlungen hatte. Die Küche an Bord konnte sich sehen lassen!

In der Verköstigung gab es ein paar Tage darauf Umstellungen, die jedem Reisenden – außer diesem Banausen Sun – bedeuten mußten, daß man soeben in andere geographische Breiten gelangt war.

Bei den Mahlzeiten wurde anstelle des Reises nun Korn gegessen, und zwar in Form kleiner, geschmacklich ausgezeichneter Brote ohne Hefe. So frisch aus dem Backofen mundeten sie natürlich vorzüglich.

Sun, der eingefleischte Südchinese, vermißte seinen Reis sehr. Handhabte er doch wie keiner sonst die Stäbchen, wenn er die Reiskörner aus der Tasse in sein breites Maul schaufelte! Welche Mengen verschwanden da jeweils! Reis und Tee, was braucht ein wahrer Sohn des Himmels noch mehr!

Der Dampfer war auf seiner Fahrt den Ran-Kiang hinauf ins Korngebiet gelangt. Dort oben zeigte die Landschaft ein bedeutend markanteres Gepräge. Am Horizont zeichneten sich einige Berge ab, auf denen man Befestigungswerke aus der alten Ming-Dynastie erkennen konnte. Die künstlichen Dämme zur Zähmung des Flusses wichen hier eher flachen Ufern, die das Flußbett zwar verbreiterten, dafür aber auch seichter gestalteten. Hier fing der Verwaltungsbezirk von Guan-Lo-Fu an.

Kin-Fo nahm sich nicht die Mühe, an Land zu gehen, als das Dampfboot vor den Zollgebäuden anlegte, um Brennstoff aufzunehmen. Was sollte er auch in dieser Stadt, deren Aussehen ihn nicht im geringsten interessierte? Da er jede Spur des Philosophen verloren hatte, war er von dem einen Wunsch beseelt: Nun noch tiefer in dieses Zentral-China vorzustoßen! Denn wenn er Wang dort nicht einholte, konnte andererseits Wang ihn nicht erwischen!

Nach Guan-Lo-Fu kamen zwei weitere Städte in Sicht: die eine war die Handelsstadt Fan-Tscheng und lag am linken Ufer; ihr direkt gegenüber am Fluß lag die Bezirkshauptstadt Siang-Yang-Fu. Die Handelsstadt schien voller Leben, mit vielen Leuten bei geschäftigem Treiben; die

Beamtenstadt auf der andern Seite wirkte dagegen verlassen und durchaus nicht lebendig.

Und gleich oberhalb Fan-Cheng bog der Ran-Kiang in einem scharfen Winkel nach Norden um. Eigentlich wäre er bis Lao-Ro-Kéu schiffbar gewesen; aber leider führte er zur Zeit fast kein Wasser, und der Dampfer konnte nicht weiter.

Nun wurde alles völlig anders. Von diesem letzten Abschnitt an mußten die Reisevorbereitungen abgeändert werden. Die Wasserstraßen, die ›laufenden Wege‹, hatten ausgespielt, und unsere Reisenden mußten nun selber laufen, vielmehr: sie mußten das weiche Gleiten auf dem Schiff mit dem Geholper und den harten Püffen der elenden Vehikel vertauschen, die im Himmlischen Reich Verwendung finden. Armer Sun! Die Leidenszeit der körperlichen Plackereien, der schweren Arbeit und der Vorwürfe sollte nun für ihn wieder beginnen.

Hätte jemand sich einfallen lassen, Kin-Fo auf seinem phantastischen Pilgerzug von Provinz zu Provinz, von Stadt zu Stadt nachzureisen, dann hätte dieser Jemand einiges zu tun gehabt. Einmal reiste Kin-Fo im Wagen – aber in was für einem Wagen! Er bestand aus einer Kiste, die auf die Achse zweier Räder mit dicken schmiedeeisernen Nägeln festgenagelt worden war. Das Gefährt wurde von zwei störrischen Mauleseln gezogen und war mit einem Stück Leinwand bedeckt, das Regengüsse und Sonnenstrahlen gleicherweise durchließ. Ein andermal wieder konnte man Kin-

Fo in einer Maultiertrage liegen sehen; dieses Transportmittel glich einem Strandkorb zwischen zwei langen Bambusstangen, und es schlingerte und rollte so fürchterlich, daß eine Barke unter denselben Bedingungen in all ihren Fugen gekracht hätte...

Craig und Fry ritten links und rechts des Korbes wie Adjutanten, und auf ihren Eseln wurden sie noch ärger durcheinandergeschüttelt als ihr Kunde im Strandkorb. Sun seinerseits mußte bei derartigen Gelegenheiten hinterherlaufen. Dabei grochste und fluchte er abwechselnd vor sich hin und tröstete sich mit etwas allzu ausgiebigen Schlücken Kao-Liang-Schnapses. Dann pflegte auch er zu schlingern und zu rollen, aber eigenartigerweise nicht wegen der Unebenheiten des Terrains! So wurde also – kurz ausgedrückt – ein jeder Teilnehmer unserer kleinen Gruppe auf seine Art geschüttelt, als befände er sich auf stürmischem Meere...

In Si-Gnan-Fu hielten Kin-Fo und seine Gefährten hoch zu Roß Einzug – aber was für schlechte Pferde waren das! Si-Gnan-Fu ist die ehemalige Hauptstadt des Reiches der Mitte, in der einst die Kaiser der Tang-Dynastie ihre Residenz hatten. Was für Anstrengungen, was für Gefahren hatte es gebraucht, um in die abgelegene Provinz Chen-Si zu gelangen! Sie hatten durch endlose, unfruchtbare, nackte Weiten ziehen müssen. Und dazu diese Maisonne in einer geographi-

schen Breite, die derjenigen Südspaniens entspricht! Ihre Strahlen brannten unbarmherzig auf die Reisenden herab. Und bei jedem Tritt wurde der feine Straßenstaub aufgewirbelt; denn diese Straßen waren ohne Steinbett angelegt. Und der gelbliche Staubwirbel blieb in der Luft hängen und machte das Atmen zur Qual; bald sahen unsere Reisenden von Kopf bis Fuß aus wie der Boden unter ihnen. Sie befanden sich im Lößgebiet. Es ist dies eine geologische Formation, die besonders dem Norden Chinas eigen ist, »die nicht mehr Erde ist, aber auch noch nicht Stein, oder, um es besser auszudrücken, es ist Stein, der noch nicht Zeit gefunden hat, sich zu verfestigen« (sagt Léon Rousset).

Was die erwähnten Gefahren betrifft, so waren sie nur allzu real: in einem Lande, wo die Polizisten sich geradezu entsetzlich vor den Säbelhieben der Wegelagerer fürchteten; in einem Lande, wo die Tipaos der Städte den Gaunern freie Hand lassen; wo die Bewohner der Städte sich nachts kaum auf die Gassen wagen – in einem solchen Lande, das ist leicht auszurechnen, ist es um die Sicherheit auf den Landstraßen übel bestellt. Mehrmals bereits hatten sich verdächtig aussehende kleine Banden den Reisenden in den tief eingeschnittenen Lößschluchten in den Weg gestellt. Doch der Anblick der schwerbewaffneten Craig-Fry-Leibwache hatte bis jetzt ihren Eindruck auf solche Kerle nicht verfehlt. Immerhin hatten die beiden Agenten der ›Centenaria‹ mehr als einmal Gelegenheit zu ernsten Befürchtungen, weniger für sich selbst, als vielmehr für die lebende Million, die sie zu beschützen hatten. Denn ob Kin-Fo unter dem Dolche Wangs oder unter den Messern eines Verbrechers starb, kam auf dasselbe heraus. Die Kasse der Versicherung war dann dran, der Stoß traf auch sie – empfindlich.

Unter diesen Umständen hatte denn auch Kin-Fo, der selber gut bewaffnet war, den Wunsch, sich zu verteidigen. Er hing jetzt mehr denn je zuvor am Leben, und – wie Craig-Fry das ausdrückten – »er brachte sich fast um, um am Leben zu bleiben«.

Es war unwahrscheinlich, daß in Si-Gnan-Fu vom Philosophen eine Spur zu entdecken war. Nie hätte ein ehemaliger Tai-Ping es sich einfallen lassen, dort Zuflucht zu suchen. Es war eine Stadt, deren Mauern den Rebellen getrotzt hatten, als der Aufstand ausbrach. Dazu ist sie von einer starken Mandschu-Garnison belegt. Wenn ihn also nicht etwa seine Liebhaberei für Archäologie in diese Stadt zog – und sie war reich an seltenen Museumsstücken –, oder weil er in der Inschriftenkunde bewandert war – denn hier gibt es in einem Museum den ›Wald der Tafeln‹, der unschätzbare Reichtümer enthält –, aus welchem Grunde hätte Wang hierher kommen sollen?

Übrigens reiste Kin-Fo schon am folgenden Morgen in nördlicher Richtung weiter und verließ diese Stadt, die einer der wichtigsten Handelsplätze zwischen Zentralasien, dem Tibet, der Mongolei und China ist.

Die kleine Reisegesellschaft folgte der Straße durch das Uei-Ro-Tal, dessen Wasser vom Löss, durch den sie sich ihr Bett gefressen haben, gelb gefärbt sind; sie sah die Städte Kao-Lin-Sien, Sing-Tong-Sien und schließlich Rua-Tschéu, von wo aus im Jahre 1860 ein furchtbarer muselmanischer Aufstand erfolgt war. Und von dort gelangte sie – teils in Barken, teils mit Schubkarren – unter großen Schwierigkeiten zur Festung Tong-Kuan am Zusammenfluß von Uei-Ro und Ruang-Ro.

Der Ruang-Ro ist nun der berühmte Gelbe Fluß. Er kommt direkt aus dem Norden, fließt durch die Provinzen des Ostens und mündet in das Meer, das seinen Namen trägt. Wieso eigentlich? Es ist gar nicht gelb, sowenig wie das Rote Meer rot, das Weiße Meer weiß oder das Schwarze Meer schwarz ist. O ja! dieser Gelbe Fluß ist berühmt, denn er ist wahrscheinlich göttlichen Ursprungs; und seine Farbe ist die Farbe der Kaiser. Er heißt denn auch ›Sohn des Himmels‹, aber auch ›Kummer Chinas‹, weil er ständig schreckliche Überschwemmungen verursacht, die wiederum schuld an der eigentlichen Unbrauchbarkeit des Kaiser-Kanals sind.

In Tong-Kuan wären unsere Reisenden in Sicherheit gewesen, sogar nachts. Es ist nämlich keine Handelsstadt mehr, sondern eine militärische. Sie wird als permanente Garnison – und nicht bloß als temporäres Lager – von eben jenen Mandschu-Tataren gebraucht, die die Auslese der China-Armee darstellen. Vielleicht war es Kin-Fos Absicht, in dieser Stadt ein paar Tage auszuruhen.

Vielleicht hatte er gar im Sinn, ein passendes Hotel, ein gutes Zimmer, einen guten Tisch und ein gutes Bett zu finden – und das hätte Craig-Fry durchaus in den Kram gepaßt. Von Sun nicht zu reden!

Aber dieser Tropf, der diesmal mindestens eine Daumenlänge seines Zopfes für seine Ungeschicklichkeit einbüßen mußte, hatte wieder einmal, ohne zu denken, am Zoll den richtigen Namen seines Herrn ausgeplaudert. Schon wieder hatte er vergessen, daß sein Herr jetzt Ki-Nan hieß, dem zu dienen er die große Ehre hatte. Man stelle sich den Zorn seines Herrn vor! Er mußte augenblicklich die Stadt verlassen. Denn schon hatte der Name seine Wirkung getan. Der berühmte Kin-Fo war in Tong-Kuan! Alle begehrten sogleich diesen einzigartigen Mann zu sehen, ›dessen alleiniger und einziger Wunsch es war, ein Hundertjähriger zu werden‹!

Eine Gänsehaut überlief unsern Kin-Fo. Kurzerhand bahnte er sich durch die sich ansammelnde Menge der Gaffer einen Weg und begann zu laufen, zu rennen – die zwei Leibwächter und der Diener hinter ihm drein –, und zu Fuß diesmal, zu Fuß rannten die vier den Damm des Gelben Flusses hinauf, rannten weiter – bis zu einem kleinen Dorf, wo sie erschöpft zusammenbrachen. Würde es Kin-Fo dort gelingen, sein Inkognito zu wahren und wenigstens ein paar Stunden zu rasten?

Sun war vollkommen erschlagen und wagte kein Sterbenswörtchen mehr zu äußern. Und mit seinem kleinen Rattenschwänzchen, das ihm nun noch blieb, gab er allen Leuten Anlaß zu recht unangenehmen Witzeleien. Die Gassenjungen liefen sogar hinter ihm her und riefen ihm alle möglichen abgeschmackten Frechheiten zu. Wie sehnte er sich jetzt nach dem Ende dieser Reise! – aber wo gab es ein Ende? Sein Herr hatte ja zu William J. Bidulph geäußert, er wolle immer der Nase nach weiter; immer weiter wollte er – und ging er auch!

Doch diesmal war Kin-Fo übel dran: er hatte in diesem bescheidenen Dorf, zwanzig Li von Tong-Kuan weg, Unterschlupf gefunden. Hier aber gab es weder Pferde noch Esel, noch Transportkarren, ja nicht einmal Tragstühle. Es blieben zwei Möglichkeiten: entweder man blieb hier und verhielt sich ruhig, oder man ging zu Fuß weiter. Und diese Perspektive versetzte den Schüler des Philosophen Wang in ausgesprochen schlechte Laune. Er zeigte sich bei dieser Gelegenheit nicht gerade von der philosophischen Seite. Er schob allen andern Leuten die Schuld zu, nur nicht sich selber. Ha! Wie er jetzt jene Zeit zurücksehnte, als er sich noch vom Schicksal hatte dahintreiben lassen! Wenn man zur Wertschätzung des Glücks erst einmal Unannehmlichkeiten, Mühe und Qualen kennenlernen mußte – wie Wang das damals formuliert hatte –, also, all das kannte er nun zur Genüge, und es reichte ihm!

Obschon er in diesem Tempo durch das Land rannte, hatte er doch Zeit gehabt zu bemerken, daß es überall mittellose Leute gab, die trotz ihrer Armut glücklich zu sein schienen. Er hatte die vielfältigen Formen des Glücklichseins beobachten können, das aus freudig geleisteter Arbeit entspringt. Hier waren es Landarbeiter, die sich über ihre Ackerfurchen beugten; dort wieder Arbeiter, die singend ihre Werkzeuge betätigten. War es denn nicht gerade das Fehlen einer Betätigung, das Schuld trug am Fehlen eines jeglichen Wunsches und daß er infolgedessen hienieden keines Glücklichseins fähig war? Ha! Er hatte seine Lektion gelernt! Oder wenigstens glaubte er es... Nein, Freund Kin-Fo, du hast sie noch immer nicht gelernt!

In der Zwischenzeit hatten Craig und Fry das ganze Dorf von Haus zu Haus nach einem Gefährt abgeklopft und tatsächlich eines gefunden, ein einziges! Es vermochte zwar nur eine einzige Person aufzunehmen, und, was schwerer wog, es fehlte die Zugkraft für das Vehikel.

Es handelte sich um einen Schubkarren – den Schubkarren des Pascal –, und möglicherweise war er bereits vor ihm erfunden worden, von den Erfindern des Schießpulvers vielleicht, oder von denen der Schrift, des Kompasses oder der fliegenden Drachen. Nur ist in China das Rad dieses Gefährts – und es ist ein großes Rad! – nicht am einen Ende des Karrens angebracht, sondern mitten drin. Es ragt also zur Hälfte aus dem Karren heraus, wie man das bei gewissen Dampfbooten auch sehen kann, und die Kiste besteht somit aus zwei Hälften. Auf der einen Seite des Rades sitzt der Passagier, auf der andern wird das Gepäck verstaut.

Als Antriebskraft für diesen Karren gibt es nur eine: die menschliche. Ein Mann stößt den Karren vor sich her, er zieht ihn also nicht etwa. Der menschliche Motor befindet sich hinter dem Passagier, damit dem die Aussicht nicht verdeckt wird, so, wie das bei den englischen Cabs zu sehen ist. Weht ein günstiger Wind, von hinten also, dann macht sich der Mann diese Antriebskraft zunutze; das kostet ja nichts. Er setzt einen kleinen Mast, hißt daran ein viereckiges Segel – und schon wird er durch die steife Brise gezogen und muß nicht mehr schieben – allerdings geht es dann oft rascher voran, als ihm lieb wäre.

Das Vehikel wurde mit allen Zutaten käuflich erworben. Kin-Fo setzte sich hinein. Der Wind war grad günstig, das Segel wurde gesetzt.

»Vorwärts, Sun!« befahl Kin-Fo.

Sun hingegen hatte bereits auf der andern Seite des Rades Platz genommen.

»Vorwärts! In die Stangen!« schrie ihn Kin-Fo nun in einem Tone an, der keine Widerrede duldete.

»Herr! ... aber ... ich ... wo ich doch ...«, stammelte Sun, dem schon im voraus die Knie schlotterten, als sei er ein überladener Gaul.

»Da bist du nun ganz selber schuld, du mit deinem Maul und deiner Dummheit!«

»Vorwärts, Sun!« drängten nun auch Fry-Craig.

»In die Stangen!« wiederholte Kin-Fo nochmals und warf bereits einen vielsagenden Blick auf das bißchen Zopf, das dem armen Diener noch geblieben. »In die Stangen, du Tier! Und sieh zu, daß du nicht über einen Stein stolperst! Sonst gnade dir...«

Dabei machten Kin-Fos Zeige- und Mittelfinger eine unmißverständliche Scherenbewegung. Da schlang denn Sun rasch den Tragriemen um die Schultern und packte die Stangen mit beiden Händen. Fry-Craig stellten sich links und rechts des Karrens auf, der Wind blies ins Segel, und die kleine Reisegruppe setzte sich in Trab.

Es erübrigt sich, die ohnmächtige aber stumme Wut Suns zu beschreiben, der sich zum Gaul erniedrigt sah! Dabei waren Craig und Fry hie und da sogar bereit, ihn etwas abzulösen. Ihr großes Glück war es, daß der Wind aus dem Süden ihnen kräftig und unausgesetzt beistand, ja daß er drei Viertel der ganzen Arbeit leistete. Da der Schubkarren durch das richtig angebrachte Rad gut im Gleichgewicht lag, beschränkte sich die Arbeit des Mannes an den Stangen auf diejenige eines Steuermannes am Ruder: er mußte bloß die genaue Richtung einhalten.

So ließ sich denn Kin-Fo in diesem Gefährt durch die nördlichen Provinzen Chinas transportieren. Manchmal hatte er das Bedürfnis nach etwas Bewegung, dann ging er nebenher; dann wieder wünschte er auszuruhen und ließ sich fahren.

Auf diese Weise fuhr Kin-Fo den Damm des berühmten Kaiser-Kanals hinauf, nachdem er den Städten Huan-Fu und Cafong aus dem Wege gegangen war. Dieser Kaiser-Kanal bildete – ehe der Gelbe Fluß sein altes Bett zurückeroberte –

von Su-Tschéu, dem Lande des Tees, bis Peking auf einer Länge von einigen hundert Meilen eine sehr schöne und bequeme Wasserstraße.

So durchquerte Kin-Fo auch Tsinan, Ho-Kien und einen Teil der Provinz Pe-Tsche-Li, in der sich Peking, die vierfache Hauptstadt des Himmlischen Reiches, befindet.

So zog er auch durch Tien-Tsin, eine Stadt von vierhunderttausend Einwohnern; sie wird von einem Schutzwall und zwei Festungen umgeben und geschützt. Der umfangreiche Hafen wird durch den Zusammenfluß von Pei-Ho und dem Kaiserkanal gebildet. Durch den Import von Baumwollwaren aus Manchester, von Leinenwaren, von Kupfer, Eisen, deutschen Streichhölzern, Sandelholz usw., und durch den Export von Brustbeeren, Seerosenblättern, Tatarentabak und dergleichen setzen sie dort jährlich hundertsiebzig Millionen Francs um. Unserem Kin-Fo fiel es aber nicht einmal ein, im sehenswürdigen Tien-Tsin die herrliche ›Pagode der Verdammten‹ aufzusuchen; er besuchte auch nicht die amüsanten ›Straßen der Laternen‹ oder die der ›Alten Kleider‹; er frühstückte nicht im ›Gasthaus zur Harmonie und zur Freundschaft‹, das vom Muselman Léu-Lao-Ki geführt wird und dessen Weine so gerühmt werden, was immer Mohammed davon halten mag; und er gab – aus triftigen Gründen – seine große rote Visitenkarte im Palais von Li-Tschong-Tang nicht ab. Li-Tschong-Tang ist nämlich der Vizekönig der Provinz, und das seit 1870; er ist Mitglied des Geheimen Rates, Mitglied des Kaiserlichen Rates, und trägt außer seiner Gelben Weste den Titel eines Fei-Tse-Chao-Pao...

O nein! Kin-Fo ließ sich weiter karren, Sun mußte schieben, und so fuhren sie dem Hafen entlang, wo ganze Berge von Salzsäcken aufgestapelt lagen; sie fuhren durch die Vorstädte, durch die englischen und französischen Konzessionen, durch den Rennplatz, durch das mit Mohrenhirse, Gerste, Sesam, Reben bepflanzte offene Land, an reichbepflanzten Gemüse- und Fruchtgärten vorbei, durch Felder, aus denen sich Tausende von Kaninchen flüchteten, aus denen Rebhühner und Wachteln aufflogen, und denen der Falke, der Lerchenfalke und der Baumfalke, nachjagten. Die vier folgten dann der vierundzwanzig Meilen langen gepflasterten Straße nach Peking. Sie führte zwischen den verschiedensten wohlriechenden Bäumen und dem hohen Schilf am Fluß hindurch. So gelangten sie sicher und ohne Fährnisse nach Tong-Tschéu. Kin-Fo war immer noch zweihunderttausend Dollar wert, Craig-Fry waren so gut beisammen wie zu Beginn der Reise, Sun aber kurzatmig, halblahm und steifbeinig – und mit noch genau neun Zentimeter Zopf am Hinterhaupt!

Man schrieb den 19. Juni. Die Wang gesetzte Frist lief erst in sieben Tagen ab!

Wo war Wang?

DAS DREIZEHNTE KAPITEL
MACHT UNS MIT DEM INHALT DES BERÜHMTEN KLAGELIEDES ›DIE FÜNF WACHEN DES HUNDERTJÄHRIGEN‹ BEKANNT

»Meine Herren«, wandte sich Kin-Fo an seine beiden Leibwächter, als der große Schubkarren beim Eingang zur Vorstadt von Tong-Tschéu zum Stehen kam, »wir sind jetzt nur noch vierzig Li von Peking entfernt. Ich habe die Absicht, hier so lange Station zu machen, bis das Abkommen zwischen Wang und mir rechtens erloschen ist. In dieser Stadt mit ihren vierhunderttausend Einwohnern sollte es mir doch ein leichtes sein, unerkannt zu leben, das heißt natürlich, wenn Sun nicht wieder vergißt, daß er der Diener von Ki-Nan, dem einfachen Händler aus der Provinz Chen-Si, ist.«

O nein! Sun würde das sicherlich nicht noch einmal vergessen! Seine Unachtsamkeit hatte ihm für die vergangenen acht Tage die Fronarbeit eines Droschkengaules eingetragen, und er hoffte doch sehr, daß Herr Kin-Fo ...

»Ki ...«, korrigierte Craig.

»Nan!« verbesserte Fry.

... daß Herr Ki-Nan ihn nicht wieder seinen üblichen Funktionen entziehen werde. Und nun, in Anbetracht der physischen Erschöpfung, in der er sich leider befinde, erbitte er sich nur noch eine große Gunst von Herrn Kin-Fo ...

»Ki ...«, schnappte Craig.

»Nan!« bellte Fry.

... die Gunst, wenigstens vierundzwanzig Stunden schlafen zu dürfen – pausenlos, oder vielmehr: in einer einzigen, langen Pause!

»Acht Tage lang, wenn du willst!« gab Kin-Fo ihm zur Antwort. »Denn solange du schläfst, bin ich wenigstens sicher, daß du nicht dumm schwätzest.«

Kin-Fo und seine Gefährten suchten sich hierauf ein passendes Hotel, von denen es in Tong-Tschéu wahrlich genug gab. Diese gewaltige Stadt ist eigentlich nichts anderes als eine umfangreiche Vorstadt Pekings. Die mit Steinplatten belegte Straße, die von hier zur Hauptstadt führt, ist links und rechts von Villen, Häusern, Landwirtschaftsgebäuden, Gräbern, kleinen Pagoden und grünenden Gehegen umsäumt. Der Verkehr auf dieser Straße – Wagen, Reiter und Fußgänger – reißt nie ab.

Kin-Fo kannte die Stadt bereits, und darum ließ er sich zum Tae-Uang-Miao, dem ›Tempel der herrschenden Prinzen‹ fahren. Das aber ist einfach ein ehemaliges Bonzenhaus, das zu einem Hotel umgebaut wurde und wegen seines Komforts hauptsächlich von Fremden besucht wird.

Kin-Fo, Craig und Fry bezogen dort sogleich Zimmer, wobei die beiden Agenten ein Zimmer direkt neben ihrem kostbaren Kunden auswählten. Was Sun betrifft, so verschwand er sofort in die ihm angewiesene Ecke, um dort zu schlafen, und man sah ihn nicht mehr.

Eine Stunde darauf verließen Kin-Fo und seine Getreuen ihre Zimmer, speisten mit großem Appetit und fragten sich dann, was man jetzt unternehmen könnte.

»Man könnte«, bemerkten Craig-Fry, »man könnte vielleicht die ›Gazette officielle‹ studieren, um zu sehen, ob sich darin ein Artikel von für uns speziellem Interesse befindet.«

»Sie haben recht«, gab Kin-Fo zurück. »Vielleicht erfahren wir daraus, was aus Wang geworden ist.«

Alle drei verließen gemeinsam das Hotel. Aus Sicherheitsgründen gingen die beiden Begleiter links und rechts von ihrem Kunden, prüften die Gesichter der ihnen Entgegenkommenden und sorgten dafür, daß ihm niemand zu nahe kam. In dieser Formation marschierten sie durch die engen Gassen der Stadt und kamen zum Hafen. Dort erstanden sie sich ein Exemplar der ›Gazette officielle‹ und verschlangen deren Inhalt mit großer Wißbegierde.

Nichts! Nichts als das Angebot von zweitausend Dollar oder dreizehnhundert Tael für den, der Herrn William J. Bidulph den gegenwärtigen Aufenthalt eines gewissen Herrn Wang aus Schanghai mitzuteilen vermöge.

»Also ist er nicht wieder aufgetaucht!« schloß Kin-Fo daraus.

»Also hat er diese Anzeige nicht gelesen«, fuhr Craig weiter.

»Also muß er sich an die Abmachungen in jenem Mandat halten«, fügte Fry bei.

»Wo kann er denn sein?« rief Kin-Fo beunruhigt.

»Verehrter Herr!« begannen nun wieder Fry-Craig. »Glauben Sie, daß Sie während der letzten Tage des vereinbarten Termins besonders gefährdet sind?«

»Das ohne jeden Zweifel«, erwiderte ihnen Kin-Fo. »Wenn Wang über den vollständigen Wandel in meiner Situation nichts weiß – und das ist sehr wohl möglich –, dann wird er sich der Notwendigkeit, sein Versprechen zu halten, nicht entziehen können. Infolgedessen werde ich in einem, in zwei, vielleicht in drei Tagen in noch größerer Gefahr schweben als jetzt, und in sechs Tagen vielleicht in der allergrößten!«

»Ja, aber ... wenn die Frist abgelaufen? ...«

»Dann werde ich nichts mehr zu befürchten haben.«

»Gut denn, Herr Kin-Fo«, ließen sich nun die beiden Beschützer vernehmen, »dann gibt es nur drei Möglichkeiten, Sie in diesen sechs Tagen jeder Gefahr zu entziehen.«

»Die erste Möglichkeit?« wollte Kin-Fo wissen.

»Die erste ist, jetzt sofort ins Hotel zurückzukehren!« erklärte Craig. »Dort schließen wir Sie in Ihr Zimmer ein und warten, bis die Frist verstrichen ist.«

»Und die zweite?«

»Die zweite ist, Sie als Gesetzesbrecher einsperren zu lassen«, eröffnete ihm Fry. »Dann sind Sie im Gefängnis von Tong-Tschéu in Schutzhaft.«

»Und die dritte?«

»Die dritte ist, Sie für tot zu erklären«, verkündeten Craig-Fry diesmal im Chor. »Und dann lassen wir Sie wieder auferstehen, sobald Sie in Sicherheit sind.«

»Ihr kennt Wang nicht!« rief Kin-Fo aufgeregt. »Wang wüßte Mittel und Wege zu finden, in mein Hotelzimmer, ins Gefängnis, ja in mein Grab einzudringen! Wenn er mich bis heute nicht umgebracht hat, dann bloß, weil er noch nicht wollte. Er scheint es eben vorzuziehen, wenn ich das Vergnügen oder die Unrast des Wartens voll auskoste! Wer weiß, was für einen Beweggrund er wirklich hat? Jedenfalls will ich lieber im Freien warten.«

»Halt jetzt! ... Immerhin! ...« hatte Craig einzuwenden.

»Mir scheint doch, daß ...«, fuhr Fry weiter.

»Meine Herren«, gab Kin-Fo zur Antwort, und er sprach mit besonderer Bestimmtheit, »ich werde tun, was mir paßt. Schließlich und endlich: sterbe ich vor dem 25. dieses Monats, was kann dann Ihre Versicherungsgesellschaft schon verlieren?«

»Zweihunderttausend Dollar!« kam blitzschnell die Antwort aus zwei Mündern. »Zweihunderttausend Dollar, die wir Ihren Nutznießern auszahlen müssen!«

»Und ich verliere außer meinem Vermögen auch noch das Leben! Ich habe also doch wohl das größere Interesse an der Sache!«

»Sehr richtig!«

»Sehr wahr!«

»Dann fahrt eben fort mit meiner Überwachung, wacht soviel ihr wollt, aber ich werde nach meinem Gutdünken handeln.«

Darauf gab es nichts mehr zu erwidern.

Craig-Fry mußten sich also darauf beschränken, ihren Kunden noch besser in die Mitte zu nehmen und ihre Vorsichtsmaßnahmen zu verdoppeln. Sie verhehlten sich indessen die Tatsache nicht, daß der Ernst der Lage mit jedem weiteren Tage akuter wurde.

Tong-Tschéu ist eine der ältesten Städte des Reichs des Himmels. Sie liegt an einem kanalisierten Arm des Pei-ho und zugleich am Anfang eines weiteren Kanals, der die Stadt mit Peking verbindet. Aus diesem Grund herrscht dort ein äußerst reges Geschäftsleben. Die Vororte bereits sind außergewöhnlich belebt.

Kin-Fo und seine beiden Gefährten waren noch überraschter, als sie zum Quai kamen. Viele Sampans und Dschunken hatten dort angelegt.

Nach reiflicher Überlegung waren Craig und Fry jetzt sicher, daß sie mitten in einer großen Menschenmenge am besten geschützt seien. Der

Tod ihres Kunden sollte ja wie Selbstmord aussehen. Der Brief, der auf ihm gefunden würde, sollte hierüber keinen Zweifel aufkommen lassen. Wang konnte darum nur unter ganz bestimmten Voraussetzungen zustoßen. Und diese Voraussetzungen fehlten in den belebten Straßen oder auf den Plätzen einer Stadt. Infolgedessen hatten die Wächter Kin-Fos nicht unmittelbar einen Handstreich zu befürchten. Sie mußten sich einzig und allein mit der Möglichkeit beschäftigen, daß der Tai-Ping durch irgendeine wunderbare Geschicklichkeit ihnen seit ihrer Abreise von Schanghai aus gefolgt war. Darum strengten sie ihre Augen ganz besonders an und musterten jeden Vorübergehenden aufs genaueste.

Plötzlich schlug ein Ruf an ihr Ohr, der sie elektrisierte: »Kin-Fo! Kin-Fo!« riefen ein paar Chinesenbuben durcheinander. Dazu hüpften sie händeklatschend in der Menge auf und ab.

War Kin-Fo doch erkannt worden? Löste sein Name auch hier die übliche Wirkung aus?

Der unfreiwillige Held blieb stehen. Craig-Fry hielten sich bereit, um sich nötigenfalls schützend vor ihn zu stellen.

Die Rufe richteten sich aber nicht gegen Kin-Fo. Keiner der Anwesenden hatte ihn bemerkt. Er rührte sich darum nicht von der Stelle und wartete ab, weil er herausfinden wollte, in welchem Zusammenhang sein Name gerufen wurde.

Eine Gruppe von Männern, Frauen und Kindern hatte sich um einen Straßensänger geschart, der in dieser Gegend sehr beliebt sein mußte. Die Leute schrien und klatschten schon vor der Darbietung.

Sobald ihm schien, es habe sich genügend Volk angesammelt, zog der Sänger einige Bilderkarten mit farbigen Verzierungen aus seinem Gewand und verkündete mit schallender Stimme:

»Die fünf Wachen des Hundertjährigen!«

Das berühmte Klagelied! Der zur Zeit beliebteste Schlager im Reich des Himmels!

Craig-Fry versuchten, ihren Klienten von der Menge fortzuziehen; aber diesmal blieb Kin-Fo störrisch. Keiner erkannte ihn hier. Und er hatte doch dieses Klagelied, das von ihm und seinen Taten erzählte, noch nie gehört. Er freute sich direkt darauf.

Eben hub der Sänger an:

»Bei der ersten Wache scheint der Mond auf das Giebeldach des Hauses in Schanghai. Kin-Fo ist 20 Jahre jung. Er gleicht der Weide, die ihre ersten Blätter wie kleine, spitze Zünglein zeigt!

Bei der zweiten Wache fällt fahles Mondlicht auf die Ostseite des vornehmen Yamen. Kin-Fo ist vierzig. Seine zehntausend Geschäfte gelingen ihm nach Wunsch. Seine Nachbarn singen ihm ein Loblied.«

Der Sänger nahm nun einen ganz anderen Gesichtsausdruck an. Er schien mit jeder Strophe zu altern. Die Leute klatschten begeistert.

Dann fuhr er fort:

»Bei der dritten Wache erhellt der Mond den weiten Raum. Kin-Fo ist nun sechzig. Nach dem grünen Sommerlaub kommen die gelben Chrysanthemen des Herbstes!

Bei der vierten Wache hat sich der Mond zum westlichen Horizont gesenkt. Kin-Fo ist schon achtzig! Sein Körper ist zusammengekrümmt wie der des Krebses im siedenden Wasser! Es geht abwärts mit ihm. Abwärts, wie das Gestirn der Nacht gegen Morgen!

Zur Zeit der fünften Wache verkünden die Hähne den nahenden Morgen. Kin-Fo ist hundert Jahre alt. Er stirbt, da sein heißester Wunsch in Erfüllung ging; doch der hochmütige Prinz Ien verweigert ihm die Aufnahme in sein Reich. Prinz Ien liebt so alte Leute nicht, weil sie an seinem Hof bloß dumm herumfaseln würden! Und der alte Kin-Fo kann nun nie mehr ausruhen und muß in alle Ewigkeit herumirren!«

Gewaltiger Applaus belohnte den Sänger, der nun sein Klagelied in Hunderten von Exemplaren zu drei Sapeken das Stück absetzen konnte.

Warum sollte also Kin-Fo es nicht auch kaufen? Er zog eine Handvoll Kleingeld aus der Tasche und streckte seinen Arm aus, um über die Köpfe der vordersten Zuhörer hinweg das Geld dem Sänger zu reichen.

Plötzlich öffnete sich seine Hand! Die Kupfermünzen klirrten zu Boden ...

Genau ihm gegenüber stand ein Mann, dessen Blicke sich mit den seinen kreuzten.

»Ha!« schrie Kin-Fo auf, der sich nicht mehr beherrschen konnte. Dieses »Ha!« war Frage und Ausruf zugleich.

Blitzschnell hatten Fry-Craig sich neben ihn gestellt. Sie glaubten schon, ihr Schützling sei erkannt, bedroht, erdolcht ... vielleicht schon tot!

»Wang!« schrie Kin-Fo laut.

»Wang!« echote es aus Craig und Fry zugleich.

Tatsächlich! Dort stand Wang in voller Größe! Auch er hatte im gleichen Augenblick seinen Schüler erkannt; doch anstatt sich auf ihn zu stürzen, drehte er sich um, stieß rücksichtslos die hinter ihm Stehenden zur Seite und flüchtete seinerseits, so schnell ihn seine Beine trugen. Und diese Beine waren lang!

Kin-Fo zögerte keinen Augenblick. Endlich sah er eine Gelegenheit, aus dieser unerträglich gewordenen Situation herauszukommen. Er nahm die Verfolgung Wangs sofort auf. Seine Leibwächter wollten nicht hinter ihm zurückstehen, ihn aber auch nicht überholen, also liefen sie neben ihm her. Auch sie hatten den unerfindlichen Philosophen erkannt, hatten begriffen, daß der mindestens ebenso überrascht war, Kin-Fo hier zu treffen, wie Kin-Fo selber.

Aber wieso rannte denn Wang überhaupt davon? Das war nun völlig unerklärlich. Jedenfalls rannte er, als sei die gesamte Polizeimacht des Himmlischen Reiches hinter ihm her.

Es wurde eine irrsinnige Verfolgung.

»He! Wang! Warte! Ich bin nicht ruiniert! Wang! Wang! Nicht ruiniert!« schrie Kin-Fo unablässig.

»Reich! Reich!« sekundierten Craig-Fry.

Doch Wang hatte einen zu großen Vorsprung, als daß er diese Rufe hätte verstehen können, die ihn bestimmt zum Anhalten gebracht hätten. Er rannte die Uferstraße dem Kanal entlang und war schon beim Stadttor zum Vorort des Westens.

Die drei Verfolger rannten, was sie konnten, aber der Zwischenraum blieb immer derselbe. Eher konnte man behaupten, der Flüchtling sei etwas schneller.

Ein halbes Dutzend Chinesen hatten sich Kin-Fo angeschlossen, die sechs Stadtpolizisten nicht eingerechnet, die wohl dachten, wenn einer derart davonrenne, müsse er bestimmt ein Gauner sein.

Es war komisch anzusehen, wie diese keuchende, schreiende, schwitzende Schar der Verfolger ständig anwuchs! Die Leute um den Sänger herum hatten doch auch mit angehört, wie Kin-Fo den Namen Wang ausgesprochen hatte. Glücklicherweise hatte der Philosoph nicht Gleiches mit Gleichem vergolten und auch gerade noch den Namen seines Schülers preisgegeben; denn dann hätte sich bestimmt die ganze Stadt hinter diesem berühmten Mann hergestürzt. Doch schon der Name

Wang, der so plötzlich ausgerufen wurde, hatte genügt. Wang! Das war doch dieser rätselhafte Mensch, auf dessen Kopf eine ungeheure Belohnung ausgesetzt war! Ja, das wußten sie alle. Und wenn jetzt Kin-Fo hinter den achthunderttausend Dollar seines Vermögens herlief, so liefen mit derselben Berechtigung Craig-Fry hinter den zweihunderttausend der Versicherungssumme her, und die andern alle liefen hinter den zweitausend der versprochenen Prämie her. Wir wollen gerne zugeben: das war doch bestimmt Grund genug, all diesen Leuten Beine zu machen, oder nicht?

»Wang! Wang! Ich bin doch reicher denn je!« rief Kin-Fo in einem fort, so laut er es bei dem angestrengten Tempo herausbrachte.

»Nicht ruiniert! Nicht ruiniert!« keuchten Fry-Craig dazwischen.

»Haltet ihn! Haltet ihn!« brüllten die andern Verfolger, deren Zahl einem rollenden Schneeball gleich anschwoll.

Wang hörte nichts. Mit angewinkelten Ellbogen rannte er dahin und wollte nicht antworten. Er brauchte seinen Atem zum Laufen. Und nur um seine Neugierde zu befriedigen, wollte er weder den Kopf drehen, noch sein Tempo einbüßen.

Schon lag die Vorstadt hinter ihnen. Wang lief auf der gepflasterten Straße dem Kanal entlang. Zu dieser Tageszeit war sie fast menschenleer, und er hatte freie Bahn. Das Tempo des Fliehenden verstärkte sich noch; was zur Folge hatte, daß

auch die Verfolger ihre Anstrengungen verdoppelten.

Die wilde Jagd dauerte bereits zwanzig Minuten. Noch konnte niemand voraussagen, wie sie ausgehen würde. Immerhin schien es, als ob Wang müde werde: der Abstand, den er bis jetzt zwischen sich und den andern hatte halten können, wurde merklich kleiner. Da Wang dies selber auch merkte, schlug er plötzlich einen Haken und verschwand hinter der Gartenmauer einer kleinen Pagode auf der rechten Straßenseite.

»Zehntausend Tael dem, der ihn mir aufhält!« schrie Kin-Fo.

»Zehntausend Tael!« echoten Craig und Fry.

»Ya! ya! ya!« heulten die Taeljäger, die ihn hatten hören können.

Alle rannten nach der Seite, wo der Philosoph verschwunden war, und bogen um die Pagodenmauer. Und jetzt war Wang wieder zu sehen. Er lief auf einem schmalen Querpfad dahin, der einem Bewässerungskanal entlangführte. Um seinen Verfolgern zu entgehen, schlug er nochmals einen Haken, was ihn wieder auf die gepflasterte Hauptstraße zurückbrachte.

Doch da wurde es nun deutlich, daß er schon ganz erschöpft war. Er drehte sich wiederholt nach seinen Jägern um. Kin-Fo, Craig und Fry hingegen waren noch ganz frisch. Sie rannten, sie flogen nur so dahin, und keiner der schnellen Taeljäger vermochte ihnen den kleinsten Vorsprung abzugewinnen.

Das Ende des Dramas stand dicht bevor. Es konnte nicht mehr lange auf sich warten lassen, ein paar Minuten höchstens.

Alle, das Wild und seine Jäger, waren auf der

großen Straße an jener Stelle angelangt, wo die berühmte Brücke von Palikao über den Strom gespannt ist.

Achtzehn Jahre zuvor – am 21. September 1860 – hätten sie sich an dieser Stelle der Provinz Pe-Tsche-Li nicht so frei bewegen können: Damals war die große Straße von Flüchtlingen einer anderen Sorte versperrt. Die Armee des Generals San-Ko-Li-Tsin, eines Onkels des Kaisers, war von den französischen Bataillonen zurückgeworfen worden und nahm nun auf der Brücke von Palikao ihre letzte Stellung ein. Diese Brücke stellte ein herrliches Kunstwerk dar. Ihre Geländer bestanden aus schneeweißem Marmor, und zu beiden Seiten war eine Doppelreihe gewaltiger marmorner Löwen zu sehen. Und ebendort wurden die unglaublich tapferen Mandschu-Tataren getreu ihrer fatalistischen Einstellung von den europäischen Kanonenkugeln zerrissen.

Nun aber war die Brücke, deren beschädigte Statuen immer noch Zeugnis von jener Schlacht ablegten, frei.

Wang war stark angeschlagen und warf sich auf die andere Seite der Straße. Kin-Fo und die andern setzten zu einer letzten Anstrengung an und kamen näher. Noch zwanzig Schritte, noch fünfzehn, noch zehn trennten sie von Wang. Es hatte keinen Zweck, Wang mit Worten aufzuhalten. Er konnte oder wollte nichts hören. Sie mußten ihn einholen, ihn packen, ihn wenn nötig fesseln ... Nachher würde man ihm alles erklären.

Wang erkannte, daß er eingeholt war. Aber aus einem unerklärlichen Trotz heraus – und weil er sich vor einer Konfrontation mit seinem ehemaligen Schüler irgendwie zu fürchten schien – wollte er sein Leben aufs Spiel setzen, um Kin-Fo zu entkommen.

Und mit einem Satz sprang Wang auf die Balustrade der Brücke – und stürzte sich in den Pei-ho ...

Kin-Fo hielt einen Moment an und schrie:

»Wang! Wang!«

Dann nahm er selbst einen Anlauf und rief aus:

»Ich will ihn lebendig haben!« Und stürzte sich ihm nach in den Strom.

»Craig?« fragte Fry.

»Fry?« meinte Craig.

»Zweihunderttausend Dollar im Wasser!«

Worauf beide über die Balustrade setzten und dem kostspieligen Kunden der ›Centenaria‹ nachsprangen.

Ein paar der freiwilligen Verfolger taten es ihnen gleich. Es sah aus wie eine Menschentraube von Clowns, wenn sie im Zirkus eine Trampolin-Nummer geben.

Doch alle Bemühungen sollten zu nichts führen. Kin-Fo, Craig-Fry und alle die anderen, welche sich durch die hohe Prämie hatten verleiten lassen, suchten umsonst die Wasser des Pei-ho ab: Wang

blieb unauffindbar. Ohne Zweifel war der unglückselige Philosoph durch die starke Strömung weggerissen worden.

Hatte nun Wang durch seinen Sprung in den Strom bloß seinen Verfolgern entkommen wollen, oder hatte er – aus irgendeinem unerfindlichen Grunde – seinem Leben ein Ende gesetzt? Wer vermochte das zu sagen!

Zwei Stunden darauf befanden sich Kin-Fo, Craig und Fry – zwar enttäuscht, aber immerhin in trockenen Kleidern und frisch gestärkt – auf dem Wege nach Peking. Sun hatten sie aus tiefem Schlafe schütteln müssen, was ihm wieder einmal Grund zum Schimpfen gab.

DAS VIERZEHNTE KAPITEL
ZEIGT DEM LESER, OHNE IHN ZU ERMÜDEN, VIER STÄDTE IN EINER EINZIGEN

Das Pe-Tsche-Li, die nördlichste der achtzehn Provinzen Chinas, ist in neun Bezirke unterteilt. Einer dieser Bezirke hat Chun-Kin-Fo zum Hauptort, was übersetzt etwa ›Stadt erster Ordnung, dem Himmel gehorchend‹ bedeutet. Diese Stadt ist Peking.

Um sich die Stadt richtig vorzustellen, muß der Leser an ein Zusammensetzspiel denken, das eine Oberfläche von sechstausend Hektaren und einen Umfang von acht Wegstunden besitzt, ein Zusammensetzspiel also, dessen unregelmäßige Stücke ein Rechteck genau ausfüllen müssen. Dann hat er das geheimnisvolle Kambalu, von dem Marco Polo gegen Ende des 13. Jahrhunderts eine so eigenartige Beschreibung heimbrachte.

Das also ist die Hauptstadt des Himmlischen Reiches.

Im Grunde genommen besteht Peking aus zwei deutlich voneinander verschiedenen Städten; sie sind getrennt durch ein breites Bollwerk und eine Wehrmauer: die eine bildet ein rechtwinkliges Viereck, das ist die Chinesenstadt; die andere, ein beinahe perfektes Quadrat, ist die Stadt der Tataren; diese besteht ihrerseits wiederum aus zwei Teilen: aus der Gelben Stadt Hoang-Tsching und aus der Roten oder Verbotenen Stadt.

Einst zählte die Agglomeration über zwei Millionen Einwohner. Aber die durch die entsetzliche wirtschaftliche Not geförderte Abwanderung hat die Einwohnerzahl auf höchstens eine Million heruntergedrückt. Sie besteht aus Tataren und Chinesen, zu denen noch ungefähr zehntausend Muselmanen und eine gewisse Anzahl Mongolen und Tibetaner – sie bilden die wandernde Bevölkerung – zu zählen sind.

Der Plan dieser beiden ineinandergeschachtelten Städte ergibt ziemlich genau einen altmodischen Schrank, dessen Aufsatz von der chinesischen Stadt und dessen Kredenztisch von der Tatarenstadt gebildet wird.

Sechs Wegstunden lang ist die Schutzmauer, vierzig bis fünfzig Fuß hoch und breit, welche die Tatarenstadt umgibt. Sie ist außen mit Backsteinen verkleidet, und alle zweihundert

Meter sind Wachttürme aufgebaut. An allen vier Ecken stehen trotzige Festungen, auf deren Zinnen Wachtsoldaten patrouillieren. Die ganze Bastion ist mit Steinplatten belegt und gibt einen herrlichen Spazierweg um die Stadt herum ab.

Wir sehen: der Kaiser, der Sohn des Himmels, ist gut bewacht.

Mitten in der Tatarenstadt liegt die Gelbe Stadt; sie erstreckt sich über sechshundertsechzig Hektaren, weist acht Stadttore auf, und in deren Mauern befinden sich ein einhundert Fuß hoher Berg aus Kohle – der Aussichtspunkt der Stadt –, ferner ein herrlicher Kanal, ›Meer der Mitte‹ geheißen, über welchen eine marmorne Brücke führt; dann zwei Bonzenklöster, eine ›Pagode der Examina‹; dann der Pei-tha-sse, die auf einer Halbinsel in den Fluß hineingebaute Bonzenbehausung, die den Eindruck erweckt, als hänge sie über den klaren Wassern des Kanals in der Luft; da steht auch der Peh-Tang, die Niederlassung der katholischen Missionare, dann die kaiserliche Pagode, ein wundervoller Bau, auf dessen Dach tönende Glöcklein hängen. Das Dach selber ist mit Lapislazuli-Ziegeln gedeckt. Dann stehen dort noch der große, den Ahnen der regierenden Dynastie geweihte Tempel, der Tempel der Geister, der Tempel des Genius der Winde, der Tempel des Genius des Blitzes, der Tempel des Erfinders der Seide, der Tempel des Herrn des Himmels, die fünf Pavillons der Drachen, das ›Kloster zur ewigen Ruhe‹ und so weiter.

Aber in der Mitte des Quadrats liegt die Verbotene Stadt. Sie ist achtzig Hektaren groß und von einem Wassergraben umgeben, über den sieben Brücken aus Marmor führen. Da die regierende Dynastie den Mandschu angehört, versteht es sich von selbst, daß die erste der drei Städte hauptsächlich von Mandschus bewohnt wird. Die Chinesen hingegen müssen außerhalb wohnen, in der angehängten Stadt, sozusagen im minderwertigen Teil des Wandschranks.

In die Verbotene Stadt gelangt man durch das Stadttor im Süden, durch die ›Pforte der Großen Reinheit‹; diese aber öffnet sich nur vor dem Kaiser und den Kaiserinnen. Die Stadt selber wird von Mauern aus rotem Backstein umschlossen. Die Mauerkronen sind aus goldgelb lackierten Ziegeln. Innerhalb der ›Pforte der Großen Reinheit‹ steht der Tempel der Ahnen der tatarischen Dynastie, unter einem Doppeldach aus vielfarbigen Ziegeln; dann die Tempel Che und Tsi, den Geistern der Erde und des Himmels gewidmet; der ›Palast der Allerhöchsten Eintracht‹, der bei allerhöchsten Feiern und offiziellen Banketten gebraucht wird; der ›Palast der Mittleren Eintracht‹, in welchem die Porträts aller Ahnen unseres ›Sohnes des Himmels‹ zu sehen sind; der ›Palast der Beschützenden Eintracht‹, dessen großer Saal vom kaiserlichen Throne beherrscht wird; der Pavillon des

Nei-Ko, in welchem der Große Rat des Kaiserreichs tagt, gelenkt von Prinz Kong*, dem Außenminister und Onkel väterlicherseits des letzten Souveräns; der ›Pavillon der literarischen Blüten‹, wohin sich der Kaiser einmal jährlich begibt, um die heiligen Bücher auszulegen; der Pavillon von Tschuane-Sine-Tiene, wo die Opfer zu Ehren von Konfuzius gebracht werden; die kaiserliche Bibliothek; das Büro der Geschichtsschreiber; das Vou-Igne-Tiene, wo die Kupfer- und Holzplatten zur Bücherherstellung aufbewahrt werden; dann die Schneiderwerkstätten, in denen die kaiserlichen Gewänder genäht werden; der Palast der ›Himm-

* M. T. Choutzé erzählt in seinem Reisebericht ›Peking und Nordchina‹ das hier folgende Geschichtchen über den Prinzen Kong, an das wir uns erinnern wollen:

Es war im Jahre 1870, während des blutigen Krieges, der Frankreich verwüstete. Prinz Kong stattete aus irgendeinem Grund allen ausländischen Diplomaten einen Höflichkeitsbesuch ab. Er hatte bei der französischen Gesandtschaft angefangen, da sie als erste auf seiner Route lag. Soeben war die Niederlage von Sedan bekanntgeworden. Der Herr Graf von Rochechouart, der damals Chargé d'affaires für Frankreich war, machte dem Prinzen davon Mitteilung.

Dieser ließ einen Offizier aus seiner Suite herbeiholen:

»Bringen Sie meine Karte zur preußischen Gesandtschaft und richten Sie aus, ich könne erst morgen vorsprechen.«

Dann drehte er sich wieder zum Grafen von Rochechouart:

»Ich kann doch anständigerweise nicht an demselben Tag dem Vertreter Frankreichs mein Beileid aussprechen und dann gleich dem Vertreter Deutschlands meine Glückwünsche überbringen!«

Prinz Kong könnte überall als Prinz verkehren.

lischen Reinheit‹, wo die Familienangelegenheiten besprochen werden; der ›Palast des höheren irdischen Elementes‹, wo die junge Kaiserin untergebracht ist; der ›Palast des Nachdenkens‹, wohin der Herrscher sich zurückzieht, wenn er unpäßlich ist; die drei Paläste, in welchen die Kinder des Kaisers erzogen werden; der Tempel der toten Verwandten; die vier Paläste, die der Witwe und den Beifrauen des im Jahre 1861 verstorbenen Kaisers Hien-Fong zugesprochen wurden; ferner der Tschu-Siéu-Kong, die Residenz der kaiserlichen Gattinnen; der ›Palast der Bevorzugten Güte‹, der bei den offiziellen Empfängen der Hofdamen benutzt wird; der ›Palast der allgemeinen Ruhe‹, was eine seltsame Bezeichnung sein dürfte: er diente als Schule für die Kinder der höheren Offiziere; dann der ›Palast der geistigen Reinigung und des Fastens‹; der ›Palast der Reinheit des Jade‹, der von blaublütigen Prinzen bewohnt wird; der ›Tempel des himmlischen Beschützers der Stadt‹; ein Tempel in tibetanischer Architektur; das Kaufhaus der Krone; der Sitz des Hofmeisters; der Lao-Kong-Tschu, die Behausung der Eunuchen, von denen es nicht weniger als fünftausend in der Roten Stadt gibt; und schließlich und endlich weitere Paläste, die die Zahl von achtundvierzig voll machen, die sich innerhalb der Mauern der kaiserlichen Residenz befinden. Dabei nicht mitgezählt ist der ›Pavillon des Purpurmondes‹, der Tsen-Kuang-Ko, der sich am Ufer des Sees in der Gelben Stadt befindet, wo am 19. Juni 1873 die fünf Minister der Vereinigten Staaten, Rußlands, Hollands, Englands und Preußens vom Kaiser empfangen wurden.

Welches antike Forum hatte je eine derartige Agglomeration von Gebäuden aufzuweisen, von so verschiedener Gestaltung, so reich an kostbaren Kunstwerken? Welche europäische Stadt, ja welche der Hauptstädte Europas vermöchte derart blumige Namen für ihre Gebäude zu bieten?

Und dabei muß dieser Aufzählung noch Uane-Chéu-Tschan angefügt werden, der Sommerpalast nämlich, der sich zwei Wegstunden von Peking befindet. Er wurde 1860 zerstört, und heute finden wir nur mit Mühe zwischen seinen Ruinen die Gärten der ›Vollkommenen Klarheit‹ und der ›Ruhigen Klarheit‹, seinen Hügel des ›Ursprungs des Jade‹, seinen ›Berg der zehntausend Lebensverlängerungen‹!

Um die Gelbe Stadt herum zieht sich die Stadt der Tataren. Dort befinden sich die französische, die englische und die russische Gesandtschaft, das Londoner Missionsspital, die katholischen Missionen des Ostens und des Nordens, die alten Stallungen für die Elefanten – heute beherbergen sie noch einen einzigen! Und der ist einäugig und hundertjährig ... Dort steht auch der Zeitglockenturm mit seinem roten Turm und seinen grünen Ziegeln, der Tempel des Konfuzius, das Kloster der Tausend-Lamas, der Tempel von Fa-qua, das ehemalige Observatorium mit seinem breiten, viereckigen Turm, der Yamen der Jesuiten, der Yamen der Gelehrten, wo übrigens die Examina für Literatur abgehalten werden. Dort stehen die Triumphbögen des Westens und des Ostens. Dort fließen das Nordmeer und das Schilfmeer, die mit Lotus und weißen Seelilien bedeckt sind und die aus dem Sommerpalast kommen und den Kanal der Gelben Stadt speisen. Dort können wir die Paläste sehen, in denen blaublütige Prinzen hausen, Finanzminister, Minister der Riten, des Krieges, der Öffentlichen Arbeiten, Minister für Auswärtiges; dort stehen das Handelsgericht, das Astronomische Gericht und die Medizinische Fakultät; das alles ist kreuz und quer durcheinandergebaut, und dazwischen ziehen sich enge Gassen, die im Sommer staubig, im Winter bodenlos sind. Die übrigen Häuser sehen elenden, niedrigen Hütten ähnlich. Doch dazwischen steht immer wieder einmal die Villa eines hohen Würdenträgers, und hohe Bäume spenden ihren Schatten. Und in den Gassen und Alleen finden sich haufenweise herrenlose Hunde, schwer mit Torf beladene mongolische Kamele, Sänften, die von vier Dienern getragen werden, oft auch von acht, je nach dem Rang des Mannes darin; dann Tragsessel, von Mauleseln gezogene Wagen, Fuhrwerke, arme Teufel, die – wenn wir Herrn Choutzé glauben sollen – ein unabhängiges Landstreicherpack von siebzigtausend Bettlern darstellen; und in diesen

Straßen, die zu ersticken drohen in einem »stinkenden, schwarzen Schlamm« (erzählt Herr P. Arène), »trifft man auf Wasserlachen, in denen man bis zum Knie versinkt; und es kommt oft vor, daß ein blinder Bettler darin ersäuft«.

In mancher Hinsicht gleicht die Chinesenstadt, die dort Vai-Tscheng heißt, der Tatarenstadt, weist jedoch andererseits gewisse Unterschiede zu ihr auf.

Zwei Tempel sind besonders berühmt und stehen im südlichen Teil der Chinesenstadt: der ›Tempel des Himmels‹ und der ›Tempel der Landwirtschaft‹; doch wir dürfen nicht zu erwähnen vergessen den ›Tempel der Göttin Koanine‹, denjenigen des Erdgeistes, der Läuterung, des schwarzen Drachens, der Himmelsgeister, den Tempel ferner des Genius der Erde, dann die Goldfischteiche, das Kloster von Fayuan-sse, dann die Märkte, die Theater usw.

Dieses rechtwinklige Viereck wird von Norden nach Süden durch die wichtige Verkehrsader, die Große Allee, in zwei Teile geschnitten. Sie reicht vom Hung-Ting-Stadttor im Süden zum Tien-Stadttor im Norden. Quer dazu liegt eine weitere Verkehrsader, die im rechten Winkel zur Großen Allee steht; sie ist länger als die erste, denn sie verläuft vom Cha-Cua-Stadttor im Osten bis zum Cuan-Tsu-Stadttor im Westen. Diese Straße heißt Cha-Cua-Allee. Hundert Schritte von dem Schnittpunkt zwischen Großer Allee und Cha-

Cua-Allee entfernt wohnte die zukünftige Frau Kin-Fo.

Wir erinnern uns, daß die junge Witwe einige Tage nach Kin-Fos erster Hiobspost – die ihr mitteilte, ihr Verlobter sei ruiniert – einen zweiten Brief erhielt, der die erste Nachricht widerlegte und in welchem weiter zu lesen war, »der siebente Mond werde sich erst runden, wenn ›ihr kleiner jüngerer Bruder‹ wieder bei ihr weilen würde«.

Daß Lé-U seit jenem Tage – es war der 17. Mai – nicht nur die Tage, sondern gar die Stunden zählte, muß wohl nicht erst hervorgehoben werden. Aber Kin-Fo hatte nichts mehr von sich hören lassen. Denn während der ganzen unvernünftigen Reise wollte er unter keinen Umständen irgend jemand etwas von seinem Fahrplan verraten. Lé-U hatte nach Schanghai geschrieben. Ihre Briefe blieben unbeantwortet. Wir können darum ihre Beunruhigung wohl begreifen, als sie am 19. Juni noch immer keinen Brief erhalten hatte.

In diesen für sie so langen Tagen hatte die junge Frau ihr Haus an der Avenue Cha-Cua nicht verlassen. In großer Unruhe wartete sie. Die unangenehme Dienerin Nan war nicht dazu angetan, ihre Einsamkeit zu versüßen. Die ›alte Mutter‹ gab sich wunderlicher denn je, und sie hätte es hundertmal im Monat verdient, vor die Tür gesetzt zu werden.

Ach, wie viele nicht endenwollende und sorgenvolle Stunden sollten denn noch vergehen, bis Kin-Fo wieder in Peking sein würde! Lé-U zählte sie wohl, und es schienen ihr unzählige zu sein.

Ist die Religion des Lao-Tse die älteste in China, und wird andererseits die Lehre des Konfuzius, die zur selben Zeit verbreitet wurde (ungefähr 500 v. Chr.), vom Kaiser selbst, sowie von den Gelehrten und den hohen Mandarinen befolgt, so ist der Buddhismus – auch die Religion des Fo genannt – doch der Glaube mit den meisten Anhängern auf Erden: über dreihundert Millionen!

Der Buddhismus umfaßt zwei klar unterschiedene Sekten; die eine hat als Priester die Bonzen, in grauem Gewand und rotem Kopfputz; die andere hat die Lamas zu Priestern, in gelbem Kleid und gelbem Kopfputz.

Lé-U gehörte der ersten Sekte an. Die Bonzen konnten sie oft in den Tempel von Koan-Ti-Miao kommen sehen, der der Göttin Koanine geweiht ist. Dort betete sie für ihren Gatten und verbrannte Räucherstäbchen, wobei sie mit ihrer Stirn den Boden des Tempelvorhofes berührte.

An jenem Tage hatte sie gerade wieder den Gedanken, nochmals die Göttin Koanine anzuflehen und ihre Wünsche noch dringender zu gestalten. Irgendeine bange Ahnung sagte ihr, der von ihr so heiß Herbeigesehnte sei in großer Gefahr.

Lé-U rief darum nach der ›alten Mutter‹ und

gab ihr den Auftrag, Tragsessel und Träger von der Straßenecke bei der Großen Allee zu holen.

Nan hob frech – wie das ihrer ekelhaften Gewohnheit entsprach – die Achseln und ging, den erhaltenen Befehl auszuführen.

Inzwischen betrachtete die junge Witwe in ihrem einsamen Frauengemach traurig den stummen Phonographen, der ihr schon so lange nicht mehr die Stimme ihres fernen Geliebten übermittelt hatte.

»Ach!« seufzte sie, »wenigstens soll er wissen, daß ich unausgesetzt an ihn denke. Ja, meine Stimme soll es ihm bei seiner Rückkehr klarmachen!«

Worauf Lé-U auf den Knopf drückte, der den Rollmechanismus des Phonographen in Bewegung setzte, und dann sprach sie mit ihrer hohen Stimme all die zärtlichen Sätzchen, die ihr Herz ihr eingab.

Da trat Nan in ihrer unfeinen Art ins Zimmer und unterbrach den zarten Monolog: »Die Sänfte wartet draußen. Und Madame täte besser, zu Hause zu bleiben!«

Lé-U hörte gar nicht hin. Sie ging sogleich weg und ließ die ›alte Mutter‹ vor sich hinmaulen; Lé-U stieg in die Sänfte und gab den Trägern den Befehl, sie zum Koan-Ti-Miao-Tempel zu tragen.

Der Weg dorthin war denkbar kurz: Man brauchte bloß von der Cha-Cua-Allee in die Große Allee einzubiegen und dieser entlang zum Stadttor von Tien zu gehen.

Doch die Sänfte kam nur unter Schwierigkeiten voran. Es war eben noch Geschäftszeit, und der Hindernisse waren gerade in diesem Quartier viele, denn es ist eines der dichtest bevölkerten der Hauptstadt. In der Fahrbahn standen die Buden der Marktfahrer und gaben der Allee das Aussehen eines Messeplatzes. Der Lärm und das Geschrei waren ohrenbetäubend. Da standen zudem noch Freiluftredner, öffentliche Vorleser, Wahrsager, Photographen, Karikaturisten, die besonders für die Autorität der Mandarine wenig Respekt zeigten; sie alle schrien und gaben dem brodelnden Menschengewühl ihre besondere Note. Da wurde gerade jemand mit großem Gepränge zu Grabe getragen; dort drüben zog ein Hochzeitszug – weniger ausgelassen vielleicht als der Leichenzug, aber doch genauso hinderlich für den Verkehr ... Vor dem Yamen eines Beamten gab es eine Ansammlung: Ein Kläger hatte eben auf den ›Gong der Klagen‹ gehämmert und verlangte auf diese Weise einen Gerichtsentscheid. Auf dem ›Léu-Ping‹-Stein kniete ein Verbrecher, der soeben eine Stockstrafe hatte über sich ergehen lassen müssen; Polizeisoldaten bewachten ihn; sie trugen die Mandschu-Kappen mit den roten Eicheln daran, eine kurze Pike und – in derselben Scheide – zwei Schwerter. Etwas weiter drüben wurden ein paar chinesische Übeltäter auf den Posten geführt. Sie waren an ihren Zöpfen zusammengebunden. Ferner war da ein armer Teufel, dem man die linke Hand und den rechten Fuß in den Löchern eines Schandbrettes eingeschlossen hatte und der nun – wie ein seltsames Tier – dahinhoppelte. Dann gab es einen Dieb zu sehen, der, mit dem

Kopf nach unten in eine Kiste aus Holz eingepfercht, der Willkür der Zuschauer ausgeliefert war; andere Gauner trugen einen Schandpfahl und sahen aufs Haar aus wie Ochsen im Joch. Diese Unglücklichen suchten offenbar absichtlich die gutbesuchten Straßen und Plätze aus, um bessere Einnahmen zu erzielen, da sie das Mitleid der Passanten erregen wollten, was wiederum zum Nachteil der wirklichen Bettler geschah. Und von diesen letztern gab es eine unglaubliche Menge in allen Spielarten: Einarmige, Beinamputierte, Paralytiker, ganze Reihen von Blinden, die sich jeweils von Einäugigen führen ließen, ja, die ganze Skala der tausend Behinderungen und Verstümmelungen – echte und vorgetäuschte – war da zu sehen, wie sie ja in allen großen Städten des Blumenreiches anzutreffen ist.

Die Sänfte kam also langsam vorwärts. Und die Behinderung nahm in dem Maße zu, in dem sie sich dem äußeren Boulevard näherte. Schließlich kam sie aber doch durch und hielt unter dem Eckturm, der das Stadttor beschützt, ganz in der Nähe des Koanine-Tempels.

Lé-U stieg aus der Sänfte und trat in den Tempel, kniete erst und warf sich dann vor der Statue der Göttin auf den Boden. Dann stand sie auf und begab sich zu einem religiösen ›Apparat‹, der ›Gebetsmühle‹.

Das war eine Art Haspel und glich einer Garnwinde. Acht Stäbchen staken in einer Achse, und

an jedem Stäbchen waren außen kleine Papierfähnchen angebracht, auf denen heilige Sprüche standen.

Ein Bonze stand dabei und paßte mit ernster Miene auf, nahm die Wünsche entgegen – und vor allem das Geld für diese religiöse Handlung.

Lé-U überreichte dem Diener Buddhas einige Tael, die zur Bestreitung der Unkosten des Gottesdienstes verwendet wurden; hierauf ergriff sie die Kurbel der ›Garnwinde‹ und begann das felgenlose Rad leise zu drehen, wobei sie die linke Hand auf ihr Herz preßte. Offenbar drehte sie nun das Ding nicht schnell genug, was eine nachteilige Wirkung auf die fromme Bitte haben mußte, denn der Bonze bedeutete ihr mit einer aufmunternden Handbewegung: »Schneller!«

Worauf die junge Frau sogleich rascher zu haspeln begann.

So ging das etwa eine Viertelstunde lang; und dann versicherte der Bonze, die Gebete der Bittstellerin würden erhört werden.

Noch einmal warf sich Lé-U vor der Statue der Göttin Koanine zu Boden; dann verließ sie den Tempel und bestieg wieder ihre Sänfte, um sich auf den Heimweg zu begeben.

Aber in dem Moment, als sie in die Große Allee einbiegen wollten, mußten die Sänftenträger Platz machen: Soldaten trieben die Menge brutal zur Seite. Die Kaufläden mußten auf ihren Befehl sogleich geschlossen werden. Die Querstraßen schienen wie mit blauen Tapeten überzogen, so viele Tipaos versperrten sie.

Ein vielköpfiger Umzug kam lärmend die Große Allee entlang: es war der Kaiser Koang-

Sin – dessen Name soviel bedeutet wie ›Unaufhörlicher Ruhm‹ –, der in seine gute Tatarenstadt zurückkehrte. Gleich würde sich vor ihm die mittlere Pforte öffnen.

Hinter den zwei Herolden an der Spitze folgte ein Zug Wegbereiter, diesen wiederum ein Zug berittener Soldaten in zwei Kolonnen, und jeder von ihnen trug in seinem Bandelier einen Prügelstock.

Nun kamen die Offiziere, hohe Würdenträger, die den gelben Sonnenschirm, geschmückt mit Falbeln und dem kaiserlichen Drachen, trugen. Der Drache ist das Herrschaftszeichen des Kaisers, genau wie das Zeichen der Kaiserin der Phönix ist.

Es folgte der kaiserliche Tragsessel, dessen gelbseidene Vorhänge zurückgeschlagen waren. Er wurde von sechzehn Männern getragen, die in rote, mit weißen Rosetten verzierte Gewänder gekleidet waren. Dazu trugen sie gestickte Seidenwesten. Die Eskorte bildeten Prinzen von Geblüt, hohe Würdenträger, die alle auf schabrackenbehängten Pferden – auch sie in Gelb gekleidet – das kaiserliche Verkehrsmittel begleiteten.

Im Tragsessel aber räkelte sich – eher liegend als sitzend – der Sohn des Himmels, Vetter des Kaisers Tong-Tsche und Neffe des Prinzen Kong.

Hinter dem Tragsessel folgten Pferdeknechte und Ersatzträger. Und dann verschwand der ganze Umzug in der Pforte von Tien, zur großen Zufriedenheit sämtlicher Fußgänger, Händler,

Bettler, die nun endlich wieder ihren Geschäften nachgehen konnten.

Und auch die Sänfte mit Lé-U konnte sich wieder auf den Heimweg machen. Die Träger hielten vor ihrem Hause. Sie war genau zwei Stunden fort gewesen.

Ha! Was für eine Überraschung hatte die gute Göttin Koanine für die junge Frau bereitet!

Kaum hielt Lé-Us Sänfte an, als ein über und über verstaubter Reisewagen, gezogen von zwei Maultieren, vor ihrer Eingangstür zum Stehen kam. Kin-Fo, hinter ihm Craig-Fry und Sun, stiegen aus dem Wagen!

»Sie!... Sie!... sind es!« rief Lé-U freudig. Noch traute sie ihren Augen nicht.

»Liebe kleine Schwester!« rief seinerseits Kin-Fo, »Sie zweifelten nicht daran, daß ich zurückkommen würde!...«

Lé-U konnte nicht antworten. Sie ergriff ihren Freund bei der Hand und zog ihn in ihr Gemach, zog ihn vor den Phonographen, diesen verschwiegenen Vertrauten ihrer heimlichen Ängste!

»Ich habe keinen Augenblick aufgehört, auf Sie zu warten, liebes Seidenblumenherz!« hauchte sie.

Und dann setzte sie den Apparat in Bewegung. Kin-Fo vernahm sogleich eine sanfte Stimme, die ihm das wiederholte, was die liebliche Lé-U vor ein paar Stunden hineingesprochen hatte:

»Komm zurück, geliebter kleiner Bruder! Komm zu mir zurück! Unsere Herzen sollen nie mehr voneinander getrennt sein! Laß uns sein wie das Gestirn Castor und Pollux! Mit allen meinen Gedanken bin ich beim Augenblick deiner Rückkehr ...«

Der Apparat verstummte einen Augenblick ... nur einen Augenblick lang. Dann aber ging es mit kreischender Stimme weiter:

»Nicht genug damit, daß ich eine Herrin habe, jetzt soll auch noch ein Meister ins Haus! Wenn doch nur Prinz Ien die beiden erwürgte!«

Diese zweite, kreischende Stimme war nur allzuleicht zu erkennen: es war das Organ der Dienerin Nan. Die ekelhafte ›alte Mutter‹ hatte ihren Gefühlen etwas allzu unvorsichtig Luft gemacht, sobald Lé-U aus dem Hause war. Und dabei war der Apparat noch immer in Betrieb gewesen! All ihre bösen Worte waren so aufgezeichnet worden!

Dienerinnen und Diener! Hütet euch vor dem Phonographen!

Noch am selben Tage wurde Nan hinausgeworfen. Ihre Meister warteten damit nicht einmal auf die letzten Tage des siebten Mondes!

DAS FÜNFZEHNTE KAPITEL

HÄLT FÜR KIN-FO – UND VIELLEICHT AUCH FÜR DEN LESER – WAHRLICH EINE ÜBERRASCHUNG BEREIT

Es stand nun der Heirat des reichen Kin-Fo aus Schanghai mit der lieblichen Lé-U aus Peking nichts mehr im Wege. Die mit Wang vereinbarte Frist lief zwar erst in sechs Tagen ab; doch der unglückselige Philosoph hatte seine unerklärliche Flucht ja mit dem Leben bezahlt. Infolgedessen war von jener Seite nichts mehr zu befürchten. Die Hochzeit konnte gefeiert werden. Sie wurde auf den fünfundzwanzigsten Juni festgesetzt – auf den Tag, an dem Kin-Fo hatte sterben wollen!

Er hatte die junge Frau mit allen Einzelheiten bekanntgemacht. Sie wußte jetzt, was der Mann alles hatte durchmachen müssen, der sie zu Beginn dieser Geschichte erst nicht hatte arm und elend machen wollen und der dann nicht wollte, daß sie ein zweites Mal Witwe würde. Nun war er zurückgekommen, um sie glücklich zu machen.

Und dennoch vermochte Lé-U ihre Tränen nicht zurückzuhalten, als sie vom Tode des Philosophen hörte. Sie hatte ihn gut gekannt, hatte ihn gern gemocht. Er war der erste gewesen, zu dem sie von ihrer Liebe zu Kin-Fo gesprochen!

»Armer Wang!« schluchzte sie. »Wie wird er an unserem Freudentage fehlen!«

»Ja. Armer Wang!« Kin-Fo trauerte ebenfalls seinem Kameraden aus der Jugendzeit nach, dem

Manne, den er zwanzig Jahre lang gekannt hatte. »Und doch hätte er mich getötet, wie er es hat schwören müssen.«

»Nein, bestimmt nicht!« widersprach Lé-U und schüttelte ihr hübsches Köpfchen. »Vielleicht hat er nur deswegen den Tod im Pei-ho gesucht, weil er dieses schreckliche Versprechen nicht halten wollte!«

Ach ja! Die Hypothese war nur allzu wahrscheinlich: Wang ertränkte sich, weil er der Notwendigkeit, sein Versprechen einlösen zu müssen, entgehen wollte. In diesem Punkte dachte Kin-Fo genau wie die junge Frau, und in ihrer beiden Herzen würde das Andenken an den Philosophen immer bewahrt werden.

Es ist klar, daß nach dem Unglücksfall an der Palikao-Brücke die chinesischen Zeitungen es endlich unterließen, die lächerlichen Aufrufe des ehrenwerten William J. Bidulph abzudrucken. Die unbequeme Berühmtheit Kin-Fos verblaßte so schnell, wie sie entstanden war.

Was aber sollte nun aus Craig und Fry werden? Sie waren beauftragt, die Interessen der ›Centenaria‹ bis zum 30. Juni zu vertreten, also noch volle zehn Tage; andererseits hatte Kin-Fo ihre guten Dienste nicht mehr nötig. Bestand noch Gefahr, daß Wang sein Attentat ausführen könnte? Natürlich nicht, denn er lebte ja nicht mehr. Mußten die beiden Agenten befürchten, ihr Klient könnte selbst Hand an sich legen? Das schon gar nicht mehr: Kin-Fo begehrte jetzt nichts heißer als zu leben, gut zu leben – und so lange wie irgend möglich. Folglich hatte die pausenlose Überwachung von Craig-Fry keine Daseinsberechtigung mehr.

Eigentlich waren sie zwei gute Kerle, diese Dioskuren, diese unzertrennlichen Zwillinge. Wenn auch ihre hingebende Arbeit einzig dem Kunden der ›Centenaria‹ galt, so hatten sie sich doch jeden Augenblick pflichtbewußt eingesetzt. Kin-Fo bat sie darum, bei seinem Hochzeitsfest dabei zu sein, und sie nahmen die Einladung sofort an.

»Schließlich«, witzelte Fry seinem Partner Craig gegenüber, »schließlich ist ja eine Heirat auch so eine Art Selbstmord – manchmal wenigstens!«

»Man gibt sein Leben hin, und man behält es doch«, gab Craig liebenswürdig lächelnd zur Antwort.

Vom darauffolgenden Tage an war für die alte Nan im Hause an der Cha-Cua-Straße ein Ersatz gefunden: Eine Tante der jungen Frau, namens Frau Lutalu, war herbeigeeilt und sollte ihr nun bis zur Hochzeit als mütterliches Wesen beistehen. Frau Lutalu war die Frau eines Mandarins Vierten Ranges – wir wissen: zweite Klasse, blauer Knopf –, ehemaliger kaiserlicher Vorleser und Mitglied der Akademie der Han-Lin. Seine Gemahlin besaß alle physischen und moralischen

Qualitäten, die sie zur würdigen Erledigung ihrer neuen Aufgabe brauchte.

Kin-Fo hingegen rechnete damit, nach seiner Hochzeit Peking zu verlassen, denn er gehörte nicht zu jenen Söhnen des Himmels, denen es nur in der Nähe des Kaiserhofes wohl ist. Er würde erst wahrhaft glücklich sein, wenn er seine junge Frau in seinem luxuriösen Yamen in Schanghai untergebracht wußte. Inzwischen hatte er vorübergehend eine Wohnung im Tiene-Fu-Tang – was ›Tempel des himmlischen Glücks‹ bedeutet und ein Hotel-Restaurant in der Nähe der Tiene-Men-Allee ist, in dem sich gemütlich hausen ließ – mieten müssen. Es befand sich zwischen der Tataren- und der Chinesenstadt, und Craig und Fry hatten sich ebenfalls dort eingemietet, da sie aus purer Gewohnheit sich von ihrem Klienten nicht trennen konnten. Sun seinerseits hatte wieder wie gewöhnlich unter Brummen und Schimpfen seinen Dienst angetreten. Dabei achtete er aber sorgfältig darauf, daß er sich nicht in der Nähe eines Phonographen aufhielt. Nans Erlebnis hatte ihn vorsichtig gemacht.

Kin-Fo hatte das Vergnügen, in Peking zwei seiner Freunde aus Kanton wieder zu treffen, den Kaufmann Yin-Pang und den Gelehrten Hual. Ferner kannte er ein paar hohe Beamte und Kaufleute der Hauptstadt, und sie alle gaben sich große Mühe, ihm in diesen für ihn so wichtigen Zeiten beizustehen.

Ja, er war wirklich glücklich, der ehemalige Gleichgültige, der fischblütige Schüler des Philosophen Wang! Zwei Monate Sorgen, Befürchtungen, Verdruß, diese ganze aufregende Zeitspanne hatte ihm zum erstenmal in seinem Leben beigebracht, was Glücklichsein bedeutet, was es sein kann, was es hienieden sein muß. O ja, der weise Philosoph hatte recht behalten! Wie schade, daß er nicht mehr da war, um wieder einmal die tiefe Wahrheit seiner Lehre festzustellen!

Wenn er sich nicht den Vorbereitungen für die Hochzeit widmete, verbrachte Kin-Fo jeden Augenblick bei der jungen Frau. Und Lé-U war nur glücklich, wenn ihr Freund neben ihr weilte. Hatte er es also nötig, die reichsten und teuersten Läden der Hauptstadt zu bemühen, um seine Braut mit herrlichen Geschenken zu überhäufen? Sie dachte nur an ihn, und sie wiederholte für sich im Geiste die weisen Leitsätze der berühmten Pan-Hoci-Pan:

»Wenn eine Frau einen Gatten nach ihrem Herzen gewonnen hat, dann bleibt das ihr Leben lang so!«

»Die Frau soll vor demjenigen, dessen Namen sie trägt, grenzenlosen Respekt haben; sie soll darum unausgesetzt auf sich achthaben.«

»Die Frau soll im Hause sein wie ein reiner Schatten, wie ein einfaches Echo.«

»Der Gatte ist für die Gattin die Verkörperung des Himmels.«

Inzwischen ging es mit den Vorbereitungen zum Hochzeitsfest, das Kin-Fo prunkvoll aufziehen wollte, ständig voran. Schon standen die dreißig Paar gestickter Schuhe, die zur Aussteuer einer Chinesin gehören, hübsch aufgereiht im Hause an der Cha-Cua-Allee. Die Süßigkeiten aus dem ›Maison Sinuyane‹: Eingemachtes, getrocknete Früchte, Pralinés, Gerstenzucker, Pfläumchensirup, Orangen, Ingwer und Grapefruits; dann die tausend Kleinode pekinesischer Goldschmiedekunst: Geschmeide aus den kostbarsten Edelsteinen, herrlich ziseliert mit Goldarbeiten, Ringe, Armbänder, Fingernägelschoner, Haarnadeln und endlich die herrlichsten Seidenstoffe – das alles häufte sich zu kleinen Bergen im Gemach unserer Lé-U.

In diesem seltsamen Reich der Mitte bringt ein Mädchen, wenn es heiratet, nichts an Mitgift in die Ehe. Es wird von den Eltern des Bräutigams buchstäblich gekauft, manchmal auch vom Bräutigam selbst. Hat es keine Brüder, so kann es den Vater nicht beerben, außer er habe darüber eine ausdrückliche Erklärung abgegeben. Diese Bedingungen werden gewöhnlich durch Vermittler geregelt, die man ›Mei-jin‹ heißt, und die Heirat wird erst beschlossen, nachdem alle Einzelheiten bis ins kleinste klargestellt sind.

Dann wird die Braut den Eltern des Bräutigams vorgestellt. Er selbst sieht sie noch nicht. Er wird zum erstenmal einen Blick auf sie tun können, wenn sie in verschlossener Sänfte beim ehelichen Wohnsitz eintrifft. In diesem Augenblick wird dem Bräutigam der Schlüssel zur Sänfte ausgehändigt. Er nimmt ihn und öffnet die Sänfte. Gefällt ihm seine Braut, dann reicht er ihr die Hand; gefällt sie ihm nicht, dann schlägt er grob die Türe wieder zu, und die ganze Sache ist aus, unter der Bedingung natürlich, daß den Eltern des Mädchens ein Reue-Geld bezahlt wird.

Nichts dergleichen konnte bei Kin-Fos Hochzeit passieren. Er kannte die junge Frau bereits, er mußte sie auch nicht erkaufen. Das vereinfachte die ganze Geschichte.

Endlich war der 25. Juni da. Alles lag bereit.

Seit drei Tagen, wie der Brauch es erheischte, stand das Haus der Lé-U in Festbeleuchtung da. Seit drei Nächten hatte Madame Lutalu – sie vertrat die Familie der ›Zukünftigen‹ – nicht schlafen dürfen. Es ist dies die chinesische Art, sich traurig zu geben, weil die Braut das schützende Elternhaus auf immer verlassen will. Hätte Kin-Fo seine Eltern noch gehabt, dann wäre auch sein Vaterhaus gleicherweise beleuchtet gewesen. Ein Zeichen der Trauer auch das, »weil die Hochzeit des Sohnes gewissermaßen als ein Symbol des Sterbens des Vaters angesehen werden sollte und weil also der Sohn sein Nachfolger zu werden scheint«, heißt es im ›Hao-Khiéu-Tschuen‹.

Und wenn auch diese Bräuche im Falle unserer beiden Gatten keine Anwendung fanden, so gab es doch eine ganze Menge anderer, die es einzuhalten galt.

So waren zum Beispiel die astrologischen Vorschriften nicht vernachlässigt worden. Die nach allen Regeln der Kunst erstellten Horoskope ergaben eine vollkommene Übereinstimmung der beiden Schicksale und Temperamente. Jahreszeit und Mondphase erwiesen sich als günstig. Nie vorher war eine Hochzeit unter tröstlicheren Auspizien aufgezogen worden.

Der Empfang der Braut sollte um acht Uhr abends im ›Hotel zum Himmlischen Glück‹ stattfinden; die Braut sollte also unter großem Gepränge zur Wohnung des Gatten geleitet werden. In China müssen die Brautleute weder zu einer Ziviltrauung vor einem Beamten erscheinen, noch zu einer kirchlichen vor einem Priester, Bonzen, Lama oder sonst so etwas.

Um sieben Uhr empfing Kin-Fo – betreut von Craig und Fry, die strahlten, als wären sie Trauzeugen bei einer europäischen Hochzeit – auf der Schwelle seiner Wohnung alle seine Freunde.

Welch ein Überschwang an Höflichkeit! Die würdigen Gäste waren mit ein paar mikroskopisch kleinen Buchstabenreihen auf rotem Papier eingeladen worden. Die Einladung las sich etwa so:

»Monsieur Kin-Fo aus Schanghai entbietet Herrn... seine untertänigsten Grüße und bittet ihn noch viel untertäniger, an seiner bescheidenen Hochzeitsfeier...« und so fort.

Alle waren sie erschienen, um dem Brautpaar ihre Aufwartung zu machen und ihrerseits an dem für die Herren der Schöpfung reservierten Festmahl teilzunehmen, während die Damen sich um einen andern Tisch zu versammeln hatten, an dem eigens für sie aufgetragen wurde.

Da waren: der Kaufherr Yin-Pang und der Gelehrte Hual; ferner ein paar Mandarine, die an ihrer Amtsmütze eine taubeneigroße rote Kugel angebracht hatten, zum Zeichen, daß sie zu den drei höchsten Orden gehörten; andere wieder trugen bloß Knöpfe von stumpfem Blau oder Weiß. Die meisten von diesen waren Zivilbeamte chinesischer Herkunft, wie sich das für Freunde eines tatarenfeindlichen Bewohners von Schanghai gehörte. Alle waren sie in schönen Kleidern, in knalligen Roben und mit festlichem Kopfputz erschienen und ergaben so einen blendenden Festzug.

Wie es die Höflichkeit vorschrieb, erwartete sie Kin-Fo beim Eingang des Hotels. Sobald sie eintrafen, führte sie der Bräutigam in den Empfangsraum des Hotels, nachdem er sie erst zweimal deutlich ersuchen mußte, doch bitte voranzugehen. Das geschah bei jeder Türe, an die sie gerieten und die jeweils von reich livrierten Dienern geöffnet wurde. Er sprach sie mit ihrem ›erlauchten Namen‹ an, er erkundigte sich nach ihrer ›erlauchten Gesundheit‹, fragte nach den Mitgliedern ihrer ›erlauchten Familien‹. Kurz und gut, auch ein sehr genauer Beobachter der knabenhaften Ehrerbietung hätte nicht die geringste Unkorrektheit in Kin-Fos Benehmen festzustellen vermocht.

Craig und Fry bewunderten all diese Höflichkeitsfloskeln, ließen aber darum ihren makellosen Klienten dennoch keinen Augenblick aus den Augen. Beide hatten nämlich zur selben Zeit dieselbe Idee: Wenn jetzt – so unmöglich dies zwar scheinen mochte – Wang gar nicht in den Wassern des Flusses ertrunken war, wie das allgemein angenommen wurde? ... Wenn er sich nun unter die Geladenen gemischt hatte? ... Die vierundzwanzigste Stunde des fünfundzwanzigsten Juni war noch nicht angebrochen, diese kritische Stunde! Noch war die Hand des Tai-Ping nicht entwaffnet! Falls also im letzten Augenblick noch .. ja, was dann? ...

Nein! Eigentlich war das nicht sehr wahrscheinlich, aber möglich war es immerhin. Und aus übergroßer Vorsicht musterten Craig und Fry deshalb sorgfältig alle diese Leute ... Nach peinlich genauer Musterung war ihnen jedoch nichts Verdächtiges aufgefallen.

Unterdessen verließ die ›Zukünftige‹ ihr Haus an der Cha-Cua-Allee und setzte sich in einen geschlossenen Tragsessel.

Wenn auch Kin-Fo sich nicht in das Kostüm eines Mandarins zu kleiden begehrte, was jedem Bräutigam zusteht – zu Ehren des Hochzeitsbrauches, den die alten Gesetzgeber hochschätzten –, so hatte sich Lé-U ihrerseits an die Vorschriften der oberen Gesellschaftsschichten gehalten. Sie prunkte in einem tiefroten, bestickten Seidenkleid. Ihr Gesicht verbarg sich – wenn man es so ausdrücken darf – hinter einem Schleier feiner Perlen, die von dem kostbaren Diadem, das wie ein goldener Reif ihre Stirn umgab, herabzurieseln schienen. Edelsteine und geschmackvolle künstliche Blumen schmückten ihr Haupthaar und die herrlichen schwarzen Zöpfe. Kin-Fo mußte sie also noch schöner finden als je zuvor, wenn sie aus dem Tragsessel stieg, den seine Hand nun bald aufschließen würde.

Der Hochzeitszug setzte sich in Bewegung. Dann bog er um die Ecke, um sich der großen Allee entlangzubewegen, von dem der Boulevard Tiène-Men abzweigt. Natürlich wäre der Zug noch viel prächtiger gewesen, wenn es sich um ein Begräbnis, anstatt um eine Hochzeit, gehandelt hätte; aber immerhin: er verdiente es, daß die Fußgänger stehenblieben, um ihn besser sehen zu können.

Freundinnen und Gesellschafterinnen Lé-Us folgten dem Tragsessel und trugen mit großem Gepränge die einzelnen Stücke der Aussteuer. Zwanzig Musikanten marschierten dem Tragsessel voraus und machten mit ihren Kupferinstrumenten einen Heidenlärm; dazwischen dröhnte dumpf der große Gong. Um die Sänfte herum wirbelte eine ganze Menge von Fackel- und Laternenträgern, was dem Zuge ein farbiges Bild der Ausgelassenheit vermittelte. Und die ganze Zeit blieb die ›Zukünftige‹ den Augen der Neugierigen verborgen. Die ersten Blicke, die auf sie fallen würden – so verlangte es die Etikette –, mußten die ihres Bräutigams sein.

In diesem Stil und unter Mitwirkung einer lärmigen Anteilnahme der Bevölkerung kam der Umzug gegen acht Uhr abends beim ›Hotel zum Himmlischen Glück‹ an.

Kin-Fo stand vor dem festlich geschmückten Eingang. Er wartete auf die Ankunft des Tragsessels, um ihn aufzuschließen. Hierauf würde er seiner Braut aussteigen helfen und sie in die vorbereitete Wohnung führen, wo beide viermal den Himmel grüßen würden. Dann wollten sie beide zum Hochzeitsmahl wandeln. Die Braut sollte sich dann viermal vor ihrem Gatten auf die Knie werfen. Er würde dasselbe zweimal vor ihr tun. Daraufhin wurden dann zwei, drei Tropfen Wein als Trankopfer herumgespritzt. Dazu mußten sie eine gewisse Menge Lebensmittel den ›Vermittelnden Geistern‹ opfern. Hierauf würden ihnen zwei volle Becher gereicht. Jedes würde die Hälfte trinken, den Rest aber in einen einzigen Becher gießen, den sie dann gemeinsam auszutrinken hatten. Womit dann die Ehe geweiht war.

Die Sänfte war da. Kin-Fo trat vor. Ein Zeremonienmeister überreichte ihm den Schlüssel. Er nahm ihn, öffnete das Türchen und war seiner

Braut beim Aussteigen behilflich. Die schöne Lé-U war tief bewegt. Sie stieg leichtfüßig aus der Sänfte und ging durch die Menge der Gäste hindurch, die sich ehrfurchtsvoll verneigten, wobei sie die eine Hand auf ihr Herz drückten.

Gerade als die junge Frau über die Schwelle ins Hotel treten wollte, ertönte ein Signal. Riesige leuchtende Drachen erschienen am nächtlichen Himmel und zeigten, leise im Winde schaukelnd, ihre vielfarbigen Zeichnungen: Chinesische Drachen, Bilder des Phönix und andere Figuren, die als Sinnbilder der Ehe gelten. Äolische Tauben, denen ein kleiner tönender Apparat angehängt worden war, stiegen auf und erfüllten die Luft mit himmlischen Akkorden. Raketen stiegen pfeifend auf und zerplatzten in tausend herrlichen Farben, die sich wiederum in einen Goldregen auflösten.

Plötzlich vernahm man vom Boulevard Tiène-Men her entfernten Lärm, der rasch näher kam. Geschrei und vereinzelte Trompetenstöße waren zu hören. Dann war es wieder still. Und dann ging der Lärm wieder los. Das ganze Durcheinander von Lauten hatte nun die Straße erreicht, in der der Hochzeitszug zum Stehen gekommen war.

Kin-Fo horchte. Seine Freunde wußten nicht, was das alles heißen sollte, und warteten darauf, daß die junge Frau das Hotel beträte.

Und dann gab es plötzlich eine große Aufregung. Die Trompetenstöße wurden lauter und kamen immer näher.

»Was ist denn los?« verlangte Kin-Fo zu wissen.

Lé-Us Gesicht hatte sich mit einem Schlag verändert. Eine heimliche Vorahnung ließ ihr Herz schneller schlagen.

Und da strömte auch schon die Menge in die Straße. Sie scharte sich um einen Herold in kaiserlicher Livree, dem mehrere Stadtpolizisten folgten.

In die momentane Stille hinein warf der Herold

ein paar Worte, denen ein dumpfes Volksgemurmel folgte:

»Ableben der Kaiser-Witwe!

Verbot, Verbot!«

Kin-Fo hatte verstanden. Das war ein Schlag,

der ihn schwer traf. Er vermochte eine unwillkürliche Gebärde des Zornes nicht zu unterdrücken.

Die kaiserliche Trauer für die eben verstorbene Witwe des letzten Kaisers war von dem Herold verkündet worden. Es folgte nun eine gesetzlich noch festzulegende Zeitspanne, in der so ziemlich alles verboten war: es war verboten, sich den Kopf zu rasieren, verboten, öffentliche Feste zu feiern; verboten war ferner der Theater-Besuch, verboten war es den Gerichtshöfen, Urteile zu fällen; und verboten waren schließlich alle Hochzeitsfeiern!

Lé-U war verzweifelt. Trotzdem blieb sie mutig, um nicht ihrerseits noch zum Schmerz ihres Bräutigams beizutragen, ja sie zeigte sich sogar zuversichtlich. Sie hatte die Hand ihres geliebten Kin-Fo ergriffen und sagte mit schlecht verhohlener Bewegung in der Stimme:

»Wir wollen warten.«

Und hierauf ließ sie sich in der Sänfte wieder zu ihrem Hause an der Cha-Cua-Allee zurücktragen. Das Freudenfest mußte verschoben werden, die Tische wurden abgeräumt, die Musikanten heimgeschickt, und die Freunde des verzweifelten Kin-Fo liefen auseinander, nachdem sie ihm ihr Beileid ausgedrückt hatten.

Es war nämlich gefährlich, gegen das kaiserliche Verbotsdekret zu handeln.

Das Pech verfolgte Kin-Fo beharrlich weiter.

Schon wieder bot sich ihm Gelegenheit, die Lehren der Philosophie praktisch anzuwenden, die ihm sein ehemaliger Lehrer beigebracht hatte!

Kin-Fo war mit Craig und Fry in der verlassenen Wohnung im ›Hotel zum Himmlischen Glück‹ allein zurückgeblieben; und der Name des Hotels schien ihm plötzlich einen bitteren Sarkasmus zu enthalten. Die Verbotsfrist konnte nach dem persönlichen Gutdünken des Sohnes des Himmels hinausgeschoben werden, solange es diesem beliebte! Und dabei hatte Kin-Fo damit gerechnet, sofort nach der Trauung nach Schanghai zurückzukehren, um es in seinem luxuriösen Yamen der jungen Frau möglichst behaglich zu machen. In jener Umgebung hatte er ein neues Leben beginnen wollen!...

Eine Stunde später trat ein Diener bei ihm ein und überreichte ihm einen Brief, der soeben von einem Boten abgegeben worden war.

Kin-Fo warf einen Blick auf die Adresse – und stieß unwillkürlich einen Schrei aus: er erkannte die Schrift sogleich: der Brief war von Wang und enthielt folgende Worte:

»Freund, ich bin nicht tot; aber wenn Du diesen Brief in Händen hast, werde ich aufgehört haben zu leben! Ich sterbe, weil ich nicht den Mut habe, mein Versprechen zu halten; Du kannst indessen beruhigt sein, ich habe für alles vorgesorgt.

Lao-Shen, ein Führer der Tai-Ping und mein ehemaliger Kriegskamerad, hat jetzt Deinen Brief!

Er wird sowohl die Hand als auch das Herz haben, das, was ich nicht zu tun vermochte, auszuführen – jene schreckliche Mission, die Du mir damals aufgezwungen hast. Er also wird das Kapital, das auf Deinem Kopfe steht, bekommen, denn ich habe es ihm verschrieben. Er wird erben, wenn Du nicht mehr sein wirst!...

Lebe wohl! Ich schreite Dir im Tode voran! Bald sehen wir uns wieder! Lebe wohl!

Dein Wang«

DAS SECHZEHNTE KAPITEL
ZEIGT KIN-FO, WIE ER, IMMER NOCH LEDIG, HURTIGER DENN JE DURCHS LAND RENNT

Das also war jetzt Kin-Fos Situation: sie erwies sich als hundertmal schlimmer denn je zuvor!

Wang hatte, trotz des gegebenen Wortes, sich nicht dazu bringen können, seinen ehemaligen Schüler umzubringen. So hatte er also auch nichts von der Veränderung in Kin-Fos finanziellen Verhältnissen erfahren. Er erwähnte ja nichts davon in seinem Brief. Und darum hatte er einen andern mit der Mission beauftragt – und was für einen anderen! Den ärgsten aller Tai-Pings, der sich bestimmt wegen eines Mordes keinerlei Gewissensbisse machen würde, wegen eines Mordes zudem, für den man ihn überhaupt nicht zur Verantwortung ziehen konnte! Versicherte nicht der Brief von

Kin-Fos Hand ihn der Straffreiheit? Und verschaffte nicht das Testament Wangs ihm ein Kapital von fünfzigtausend Dollar?

»Also, jetzt reicht's mir dann bald!« schimpfte Kin-Fo vor sich hin, während Zorn in ihm aufwallte.

Craig und Fry hatten sich mit dem Inhalt von Wangs Brief inzwischen vertraut gemacht.

»Trägt denn Ihr Brief nicht das Datum des 25. Juni als absoluten Endtermin?« wollten die beiden wissen.

»Eben nicht!« gab Kin-Fo zurück. »Wang sollte und konnte ihn ja erst an meinem Todestag datieren! Und nun kann dieser Lao-Shen losschlagen, wann immer es ihm paßt, ohne an eine Frist gebunden zu sein!«

»Da sind wir anderer Meinung!« widersprachen Craig-Fry. »Er hat sogar ein großes Interesse daran, in der allernächsten Zeit zuzuschlagen.«

»Wieso das?«

»Damit das Kapital, das auf Ihrem Kopfe steht, von der Versicherungspolice gedeckt ist und ihm darum nicht entschlüpft.«

Dagegen ließ sich nichts mehr sagen.

»Also gut«, pflichtete Kin-Fo bei. »Es ist, wie zuvor, keine Stunde zu verlieren, wenn ich meinen Brief wiederbekommen will – und sollte ich dafür diesem Lao-Shen die fünfzigtausend Dollar bezahlen müssen, die ihm für meinen Kopf versprochen wurden!«

»Korrekt«, meinte Craig.

»Stimmt!« echote Fry.

»Dann fahre ich gleich los! Man muß zu erfahren versuchen, wo dieser Lao-Shen, der Führer der Tai-Ping, sich aufhält. Er ist vielleicht nicht so schwer zu finden wie damals Wang!«

Noch während er das sagte, konnte Kin-Fo sich nicht mehr stillhalten: er ging aufgeregt hin und her. Es war ja auch verständlich: diese ständigen Keulenschläge, die auf ihn herunterprasselten, hatten ihn in einen überreizten Zustand versetzt.

»Ich fahre los!« rief er. »Ich gehe Lao-Shen suchen! Was aber Sie betrifft, meine Herren, so tun Sie, was Ihnen beliebt.«

»Herr Kin-Fo«, stellten die beiden Agenten fest, »die Interessen der ›Centenaria‹ sind in größerer Gefahr, als sie es je zuvor waren! Wenn wir Sie jetzt im Stich lassen, dann vernachlässigen wir unsere Pflicht. Wir werden Sie nicht verlassen!«

Es war keine Stunde zu verlieren. Zuvor aber mußte genau festgestellt werden, wer dieser Lao-Shen eigentlich war und in welcher Gegend Chinas er sich aufhielt. Lao-Shens übler Ruf war indessen so weitherum bekannt, daß die Ermittlungen nicht schwierig waren.

Dieser frühere Spießgeselle Wangs gehörte zur Aufstandsbewegung der Mang-Tchao; er hatte sich nach dem Norden Chinas verzogen, auf die andere Seite der Großen Mauer, in das dem Golf von Leao-Tong benachbarte Gebiet; und das war wiederum ganz nahe am Golf von Pe-Tche-Li. Der Grund, warum die kaiserliche Regierung noch nicht mit ihm verhandelt hatte – wie sie das bereits mit einigen anderen Führern des Aufstandes getan –, war wohl darin zu suchen, daß Lao-Shen jenseits der Grenzen Chinas operierte, wo er sich in der bescheidenen Rolle eines Wegelagerers gefiel. O ja, Wang hatte schon den richtigen Mann für die Aufgabe ausgelesen! Der war bestimmt skrupellos, und ein Dolchstoß mehr oder weniger würde sein Gewissen bestimmt nicht belasten.

Kin-Fo und seine beiden Begleiter bekamen – wie wir sehen – über diesen Tai-Ping erschöpfende Auskunft. Sie erfuhren ferner, der Mann sei in der letzten Zeit in der Umgebung von Fu-Ning, einem kleinen Hafen am Golf von Leao-Tong, gesehen worden. Dorthin wollten sie sich denn unverzüglich begeben.

Erst aber mußte noch Lé-U über die neuesten Entwicklungen informiert werden. Ihre Angst wuchs. Ihre schönen Augen waren von Tränen verschleiert. Sie versuchte, Kin-Fo von seinem Vorhaben abzubringen. Lief er denn da nicht in eine unentrinnbare Gefahr hinein? War es nicht gescheiter abzuwarten oder fortzureisen, das Himmlische Reich zu verlassen, wenn nötig, sich irgendwo in der Welt zu verstecken, wo der fürchterliche Lao-Shen ihn nicht aufspüren konnte?

Kin-Fo jedoch machte der jungen Frau begreiflich, daß er es niemals ertragen könnte, unter solch einer unaufhörlichen Drohung zu leben, der Gnade eines derartigen Schurken ausgeliefert zu sein, für den sein Tod ein Vermögen wert war. Nein! Jetzt mußte ein für allemal Schluß gemacht werden. Noch am selben Tage fuhren Kin-Fo und seine beiden Schutzengel ab. Sie würden schon bis zu dem Tai-Ping gelangen, würden ihm den fatalen Brief mit Gold aufwiegen, und dann wollten sie in Peking zurück sein, noch ehe das Verbotsdekret aufgehoben war.

»Liebe kleine Schwester!« versuchte Kin-Fo seine Braut zu trösten, »ich bin nun weniger traurig darüber, daß wir unsere Hochzeit auf einige Zeit haben verschieben müssen. Denke dir doch: wenn wir jetzt verheiratet wären ... was für eine schlimme Sache für dich!«

»Wenn es so wäre, dann hätte ich das Recht und die Pflicht, dir überallhin zu folgen – und genau das würde ich tun!«

»Nein!« rief Kin-Fo aus, »lieber sterbe ich tausend Tode, als daß ich dich einer einzigen Gefahr aussetze! Lebwohl, Lé-U, lebe wohl! ...«

Und mit Tränen in den Augen riß sich Kin-Fo aus den Armen Lé-Us, die vergeblich versuchte, ihn zurückzuhalten.

Noch am gleichen Tage verreisten Kin-Fo, Craig und Fry sowie Sun, der das Pech zu haben schien, niemals mehr Ruhe zu finden. Sie ließen Peking hinter sich und begaben sich nach Tong-Tchéu. Nach einer Stunde waren sie schon dort.

Sie hatten sich auf folgenden Reiseplan geeinigt:

Zu Lande durch eine unsichere Provinz zu reisen, versprach ernsthafte Schwierigkeiten. Und hätte es sich darum gehandelt, bis zur Großen Mauer im Norden der Hauptstadt zu gelangen, dann hätten sie trotz den vielen Gefahren die hundertsechzig Li (vierzig Wegstunden) zu Lande hinter sich bringen müssen. Aber sie mußten ja nicht nach Norden; der Hafen von Fu-Ning befand sich im Osten. Wenn sie auf dem Seeweg dorthin fuhren, würden sie rascher und sicherer hingelangen. Innert vier bis fünf Tagen mußten Kin-Fo und seine Begleiter dort ankommen, und von dort würde man weiter sehen.

Ließ sich aber ein Schiff finden, das im Begriffe war, nach Fu-Ning auszulaufen? Das mußte erst einmal festgestellt werden. Darum begaben sie sich zu den Schiffsreedern von Tong-Tchéu.

Diesmal half der Zufall dem sonst ständig vom Pech verfolgten Kin-Fo: ein Schiff, das für Fu-Ning bestimmt war, hatte in der Mündung des Pei-ho angelegt.

Da hieß es rasch handeln: sie nahmen eines der schnellen Dampfschiffe, die dort den Strom befahren, erreichten mit ihm die Mündung und gingen sogleich an Bord des andern Schiffes. Das war das Programm des Tages.

Craig und Fry erbaten sich bloß eine Stunde für

ihre Reisevorbereitungen. Und diese Stunde benutzten sie, um alle bisher bekannten Rettungsausrüstungen einzukaufen, angefangen beim einfachen Korkgürtel bis zum unsinkbaren Schwimmtenue des Kapitäns Boyton. Kin-Fo war nämlich immer noch zweihunderttausend Dollar wert. Und jetzt begab er sich auf eine Meerfahrt, ohne eine Zusatzprämie bezahlen zu müssen – er hatte sich ja gegen alle Risiken versichert. Es konnte doch zu einer Schiffskatastrophe kommen! Da mußte eben an alles gedacht werden – und tatsächlich: es wurde diesmal an alles gedacht.

Am 26. Juni mittags gingen Kin-Fo, Craig-Fry und Sun an Bord der *Pei-tang* und fuhren den Pei-ho hinunter. Der Mäanderlauf dieses Stromes ist so launenhaft, daß man genau die doppelte Strecke zurücklegt, als wenn man auf einer Geraden fahren würde; doch ist der Strom kanalisiert und infolgedessen auch für Schiffe mit ansehnlicher Tonnage befahrbar. Der Schiffsverkehr ist beträchtlich und sogar viel intensiver als der Landverkehr auf der großen Straße, die fast parallel zum Strom verläuft.

Die *Pei-tang* fuhr sehr schnell zwischen den Bojen der Fahrrinne dahin und wühlte mit ihrer Schraube das schmutziggelbe Wasser des Stromes auf, wobei ihr Kielwasser die vielen Bewässerungsanlagen auf beiden Seiten des Stromes überflutete. Bald verschwand der hohe Turm einer Pa-

gode außerhalb von Tong-Tchéu hinter einer plötzlichen Krümmung des Flusses.

Hier war der Pei-ho noch nicht sehr breit. Er floß ruhig zwischen Sandbänken und kleinen Bauerndörfern dahin. Das ganze Gebiet war dort eher waldreich und malerisch durchsetzt von Obstgärten und Hecken. Mehrere größere Dörfer tauchten auf und verschwanden: Matao, He-Si-Wu, Nane-Tsae, Yang-Tsune; bis hierher machten sich schon die Gezeiten bemerkbar.

Und schon tauchte Tien-Tsin auf. Hier gab es einen Zeitverlust, weil die Brücke des Ostens aufgezogen werden mußte, welche die beiden Flußarme verbindet. Auch mußte das Dampfschiff zwischen Hunderten von Booten seinen Weg suchen, die den Hafen von Tien-Tsin verstopfen. Das geschah aber nur unter großem Geschrei und kostete mehr als einem Boot den Anker, der es in der Strömung festhalten sollte. Oft wurde gar eines der Boote angeschnitten, ohne daß sich jemand wegen des verursachten Schadens den Kopf zerbrochen hätte. Das gab dann jedesmal ein Durcheinander, eine Kollision von Booten, die durch die Strömung abgetrieben wurden; und die Hafenbehörden hätten viel zu tun gehabt, hätte es in Tien-Tsin so etwas wie eine Hafenbehörde gegeben.

Es wäre noch zu wenig gesagt, wenn wir hier feststellen, daß Craig und Fry ihrem Klienten während der ganzen Fahrt keinen Zoll von der Seite wichen. Sie nahmen ihre Aufgabe ernster denn je.

Es ging ja nicht mehr um den Philosophen Wang, mit dem es relativ einfach gewesen wäre, eine Vereinbarung zu erzielen, hätte man sich mit ihm in Verbindung setzen können. Jetzt ging es um Lao-Shen, den Tai-Ping, den sie nicht kannten, was die ganze Sache viel problematischer gestaltete. Da man sich auf dem Wege zu ihm befand, konnte man annehmen, Kin-Fo sei in relativer Sicherheit; aber wer sagte ihnen, daß Lao-Shen nicht bereits auf der Suche nach seinem Opfer war? Und wie sollte man ihm dann ausweichen, wie ihn benachrichtigen? Craig und Fry sahen schon in jedem Passagier der *Pei-tang* einen Mörder. Sie aßen nicht mehr, schliefen nicht mehr, sie wagten kaum mehr zu atmen!

Waren Kin-Fo, Craig und Fry ihrerseits sehr beunruhigt, so war Sun seinerseits steif vor Angst. Allein schon der Gedanke, eine Meerfahrt mitmachen zu müssen, machte ihm Bauchweh. Er wurde mit jeder Meile, mit der sie sich dem Golf von Pe-Tsche-Li näherten, bleicher. Seine Nase wurde spitzer, sein Mund zog sich zusammen. Und dabei brachten die ruhigen Wasser des Stromes das Dampfschiff noch nicht einmal zum Schaukeln.

Wie würde das werden, wenn Sun die kurzen Brecher in einer Meerenge durchzustehen hatte, jene Brecher, die das Schlingern eines Schiffes ärger machen und rascher aufeinander erfolgen lassen!

»Waren Sie nie vorher auf einem Schiff?« fragte ihn Craig.

»Nie!«

»Geht's Ihnen nicht gut?« erkundigte sich Fry.

»Nein!«

»Ich möchte Ihnen raten, den Kopf hochzuhalten«, fügte Craig bei.

»Den Kopf?...«

»Und den Mund zuzumachen...«, vervollständigte Fry.

»Den Mund?...«

Auf das hin gab Sun den beiden Agenten zu verstehen, er möchte lieber nicht mehr reden, und er begab sich zur Mitte des Schiffes. Von dort aus betrachtete er melancholisch den bereits sehr breiten Strom. Ein prädestiniertes Opfer der Seekrankheit, dieser Sun!

Die Gegend zu beiden Seiten des Stromes hatte sich verändert. Das steilere rechte Ufer kontrastierte mit seinem überhöhten Damm deutlich mit dem linken, dessen langes flaches Gestade ständig unter einer leichten Brandung schäumte. Dahinter erstreckten sich weite Felder von Mohrenhirse, Mais, Korn und gewöhnlicher Hirse. Wie überall sonst in China – China, die Mutter, die so viele Millionen von Kindern zu füttern hat – gab es auch hier keinen Fußbreit Boden, der nicht bebaut war, wenn er sich dazu hergab. Überall Bewässerungskanäle oder Bewässerungsanlagen aus Bambus, die – eine Art primitiver Paternoster – im Überfluß Wasser schöpften und verteilten. Da und dort sah man dicht bei Dörfern – die ganz aus Stroh und gelblichem Lehm gebaut waren – kleine Baumgruppen von alten Apfelbäumen, die auch einer Ebene in der Norman-

die wohl angestanden hätten. Auf den Uferdämmen gingen viele Fischer auf und ab, die sich Kormorane als Apportierhunde abgerichtet hatten. Diese Vögel tauchten auf ein Zeichen ihres Herrn und brachten die Fische zurück, die sie nicht hatten schlucken können, weil ihnen ein Ring um den Hals das Schlucken verunmöglichte. Ganze Wolken von Enten, Raben, Dohlen, Elstern und Sperbern wurden jeweils durch das Tuten des Dampfbootes aus dem hohen Gras am Ufer aufgescheucht.

Obgleich die große Straße dem Ufer entlang jetzt verlassen dalag, hatte der Verkehr auf dem Strom überhaupt nicht abgenommen. Welche Masse von Booten aller Art fuhren da hinauf oder hinunter! Da gab es Kriegsdschunken mit ihren Geschützbatterien, deren Überdachung von vorn nach hinten eine konkave Linie bildete und die durch eine Doppelreihe von Rudern oder durch eine von Menschenhänden getriebene Schiffsschraube vorwärts bewegt wurden; zweimastige Zolldschunken mit Schaluppensegeln und vorn und hinten mit phantastischen Tierköpfen und -schwänzen geschmückt; Handelsdschunken mit beträchtlichem Fassungsvermögen und riesigem Rumpf, die mit ihrer Ladung von kostbaren Produkten des Himmlischen Reiches sogar den Taifunen in den benachbarten Meeren trotzten; Passagierdschunken, die je nach den Gezeiten mit Rudern oder Zugseilen bewegt wurden, besonders für solche Reisende gebaut, die Zeit zum Verschwenden haben; dann schwammen da Mandarinendschunken, kleine Vergnügungsjachten mit noch kleineren Beibooten; Sampans jeder Art mit Segeln aus geflochtenen Matten, und deren kleinste von jungen Frauen gesteuert werden, die ihre Kleinkinder dazu auf dem Rücken tragen (es sind die Sampans, die wirklich ihren Namen verdienen; ›sampan‹ bedeutet nämlich: drei Planken); schließlich schwammen da ganze Züge aus Holz, mit Hütten darauf, mit schwimmenden Obstgärten und Gemüsegärten, eigentlich riesige Floße, aus einem kleineren Wald in der Mandschurei gebaut, den die Holzfäller zu diesem Zweck abgeholzt haben!

Nun wurden die Dörfer immer spärlicher. Kaum deren zwanzig konnte man zwischen Tien-Tsin und Taku, an der Mündung des Stromes, zählen. An den Ufern stiegen von einigen Ziegeleien riesige Rauchschwaden auf und verschmutzten mit dem Rauch der Dampfschiffe um die Wette die gute Luft. Es wurde Abend nach einer langen Dämmerung, wie sie im Juni dort üblich ist. Bald konnte man im Zwielicht noch weiße, symmetrisch und langweilig angeordnete Dünen unterscheiden. Es waren die Salzlager, die von den benachbarten Salzbergwerken hier zusammengetragen worden waren. Und dort vorn kam zwischen öden und unfruchtbaren Ufern die Mündung des Pei-ho in Sicht, von der Herr de Beauvoir sagt, es sei eine »traurige Durchfahrt, nichts als Sand, Salz, Staub und Asche«.

Am folgenden Tag – dem 27. Juni – legte die *Pei-tang* im Hafen von Taku an, der beinahe zuäußerst an der Mündung gelegen war.

Hier stehen zu beiden Seiten des Stromes das

Nord- und das Südfort. Heute sind es Ruinen. Im Jahre 1860 wurden sie von der englisch-französischen Armee erobert. Dort fand die heldenhafte Attacke durch General Collineau statt; das war am 24. August desselben Jahres; dort hatten sich die Kanonenboote den Eingang zum Strom erzwungen; dort auch befindet sich ein schmales Stück Land, kaum bevölkert, das den Namen ›französische Konzession‹ trägt; dort steht ferner das Soldatenmal, unter dem die Offiziere und Soldaten, die in jener Schlacht fielen, zur Ruhe gebettet sind.

Die *Pei-tang* durfte die Barriere nicht passieren. Alle Passagiere mußten in Taku von Bord gehen. Taku ist eine ziemlich wichtige Stadt – schon jetzt, und sie wird sich noch bedeutend mehr entwickeln, sobald die Mandarine sich entschließen können, eine Verbindungsbahn nach Tien-Tsin zu gestatten.

Das nach Fu-Ning auslaufende Schiff sollte noch am selben Tag in See stechen. Kin-Fo und seine Gefährten durften keine Minute verlieren. Sie winkten darum einen Sampan herbei, und kaum eine Viertelstunde darauf befanden sie sich an Bord der *Sam-Yep*.

DAS SIEBZEHNTE KAPITEL

STELLT DEN MARKTWERT KIN-FOS EIN WEITERES MAL IN FRAGE

Acht Tage zuvor hatte ein amerikanisches Schiff im Hafen von Taku Anker geworfen. Es war von der sechsten sino-kalifornischen Gesellschaft gechartert worden und fuhr im Auftrag der Agentur Fuk-Ting-Tong, die sich im Friedhof von I aurel Hill, in San Francisco, befindet.

Dort nämlich warten die in Amerika verstorbenen Chinesen – getreu ihrer Religion, die ihnen vorschreibt, sie müßten in chinesischer Erde begraben sein – auf den Tag ihrer Heimschaffung.

Dieses Überseeschiff, mit dem Bestimmungsort Kanton, hatte, auf schriftliche Ermächtigung der Agentur hin, eine Ladung von zweihundertfünfzig Särgen an Bord genommen, wovon fünfundsiebzig in Taku gelöscht werden sollten, um dann von dort aus in die nördlichen Provinzen weitertransportiert zu werden.

Die Umladung dieses Teils der Fracht vom amerikanischen Schiff auf das chinesische war bereits erfolgt, und an diesem 27. Juni sollte das chinesische Schiff nach dem Hafen Fu-Ning auslaufen.

Auf eben diesem Schiff hatten Kin-Fo und die Seinen ihre Überfahrt gebucht. Sicher hätten sie es nicht aus freiem Willen ausgesucht; da jedoch kein anderes Schiff nach dem Golf von Leao-Tong in See stach, mußten sie sich wohl oder übel auf diesem hier einschiffen. Schließlich handelte es sich ja bloß um eine Überfahrt von höchstens drei Tagen, was zu der herrschenden Jahreszeit keine Schwierigkeiten bereiten würde.

Die *Sam-Yep* war eine seetüchtige Dschunke von ungefähr dreihundert Tonnen. Sie erinnerte in ihrer modernen Konstruktion – eine beinahe gerade Linie von vorn bis hinten – an einen europäischen Schiffsrumpf. Da sie weder genagelt noch verzapft, sondern aus zusammengefügten Bambusrohren, aus Dussen und Kambodscha-Harz kalfatert war, war sie so wasserdicht geworden, daß man nicht einmal für nötig befunden hatte, eine Wasserpumpe anzubringen. Sie war so leicht, daß sie wie ein Korken auf dem Wasser schwamm. Der Anker bestand aus einem sehr harten Holz, die Takelage aus Palmenfibern von erstaunlicher Biegsamkeit, ebenso biegsame Segel, die von der Brücke aus bedient werden konnten und die sich wie ein Fächer öffnen oder schließen ließen; ferner besaß sie zwei Masten, die aussahen wie der große und der Besan-Mast eines englischen Luggers; kein Beisegel, keine Focksegel. So sah sie aus, diese Dschunke; im ganzen nicht schlecht ausgedacht, und für die Bedürfnisse der Küstenfahrt gut ausgerüstet.

Natürlich hätte kein Mensch beim Anblick der *Sam-Yep* sich träumen lassen, daß sie von ihren

Reedern für diese Fahrt in ein riesiges Leichenschiff verwandelt worden war.

Doch waren tatsächlich alle Teekisten, Seidenballen und Parfumpackungen gegen die bereits erwähnte ›Ware‹ ausgetauscht worden. Trotzdem hatte die Dschunke nichts von ihrer Farbenfreudigkeit verloren. Vorne und hinten flatterten vielfarbene Seidenfahnen und Quasten. Und am Bug war ein riesiges Auge angebracht, was dem Schiff das Aussehen eines Meerungeheuers verlieh. An den Mastspitzen flatterten die knalligen Wimpel der chinesischen Flotte. Zwei Schiffskanonen glänzten an den Verschanzungen mit offenen Schlünden wie Spiegel. Nützlicher Zubehör in diesen noch immer von Piraten befahrenen Gewässern! Alles an dem Schiff schien fröhlich, aufgeputzt und hübsch anzusehen. Schließlich handelte es sich doch um eine Heimschaffung, die die *Sam-Yep* bewerkstelligte – eine Heimschaffung von Leichen, das ist wahr, aber doch immerhin eine Heimschaffung von zufriedenen Leichen!

Weder Kin-Fo noch Sun stießen sich im geringsten daran, unter solchen Umständen zu reisen. Dazu waren sie zu sehr chinesisch. Craig und Fry hingegen ging es wie all ihren Landsleuten: sie reisten mit einem gewissen Unbehagen mit einer solchen Fracht, und sie hätten bestimmt irgendein anderes Handelsschiff vorgezogen – aber eben, sie hatten keine Wahl gehabt.

Ein Kapitän und sechs Leute bildeten die Mannschaft des Schiffes; das genügte vollauf für die einfache Bedienung des Segelzeugs. Man sagt, der Kompaß sei in China erfunden worden. Das mag zwar zutreffen, doch bedienen sich die Küstenfahrer seiner niemals, sondern sie segeln nach dem Gefühl. Genauso verfuhr auch dieser Kapitän. Er hieß Yin und steuerte die *Sam-Yep* ohne je die Küste aus den Augen zu lassen.

Dieser Kapitän Yin war ein kleiner Mann mit lachendem Mondgesicht, quicklebendig und schwatzhaft, ganz eigentlich das lebende Beispiel eines im Mechanischen sonst unmöglichen Perpetuum mobile. Er konnte keinen Augenblick stillstehen. Er hüpfte und gestikulierte dauernd. Seine Hände, seine Arme und seine Augen waren noch beredter als seine Zunge, die ihrerseits keinen Moment hinter den weißen Zähnen zur Ruhe kam. Er stieß seine Leute herum, schimpfte mit ihnen, fluchte sie an; doch im ganzen genommen war er ein guter Seemann, in gewissem Sinne durchaus praktisch, und er manövrierte seine Dschunke, als befände sie sich zwischen seinen Fingern. Der hohe Fahrpreis, den Kin-Fo ihm für sich und für seine Gefährten bezahlt hatte, beeinträchtigte seine gute Laune nicht im geringsten. Welch ein Glücksfall für ihn: Passagiere, die für eine Überfahrt von sechzig Stunden hundertfünfzig Tael (1200 Francs) bezahlten! Nun, ihm konnte das recht sein, solange sie nicht anspruchsvoller waren – was Komfort und Nahrung betraf – als die andern ›Passagiere‹ im Schiffsraum unten!

Kin-Fo, Craig und Fry hatten schlecht und recht Unterkunft unter dem Hinterdeck, Sun unter dem Vorderdeck gefunden.

Die stets mißtrauischen Agenten Craig und Fry hatten eine äußerst genaue Untersuchung der Besatzung und des Kapitäns vorgenommen. Nichts Verdächtiges an irgendeinem von ihnen. Und anzunehmen, sie seien mit Lao-Shen im Bunde, war völlig unwahrscheinlich, denn der Zufall selbst hatte diese Dschunke für ihren Klienten bereitgestellt. Und der Zufall konnte wohl kaum ein Verbündeter des berüchtigten Tai-Ping sein! Diese Überfahrt konnte – die Gefahren des Meeres nicht einberechnet! – wenigstens für einige Tage ihre täglichen Sorgen beheben. So konnten sie auch Kin-Fo etwas mehr sich selbst überlassen.

Kin-Fo war darüber durchaus nicht böse. Er schloß sich in seiner Kabine ein und gab sich ganz dem ›Philosophieren‹ hin. Armer Mann! Er hatte sein Glück nicht zu schätzen gewußt, hatte nicht erfaßt, wie wertvoll dieses Leben war; er hatte in seinem Yamen in Schanghai völlig sorgenfrei gelebt. Etwas Arbeit hätte ihn damals ein anderer werden lassen! Nun wollte er nur noch seinen Brief wiederhaben, und die Leute würden sehen, ob er aus dieser Erfahrung etwas gelernt hatte, ob der Narr zu einem Weisen geworden!

Würde er seinen Brief je wiederbekommen? Das

stand doch außer Zweifel, da er ja jeden Preis dafür zu zahlen bereit war. Für jenen Lao-Shen konnte das nur eine Frage des Preises sein. Trotzdem: der Mann mußte überrascht werden, es sollte aber keine Überraschung für Kin-Fo daraus werden! Da war der Haken! Lao-Shen mußte über jede Bewegung Kin-Fos im Bilde sein; Kin-Fo aber wußte überhaupt nicht, was Lao-Shen im Schilde führte. Daraus ergab sich eine ernstliche Gefahr, sobald der Klient von Craig-Fry einmal seinen Fuß auf den Boden jener Provinz gesetzt hatte, die vom Tai-Ping terrorisiert wurde. Es kam also nur auf das eine heraus: man mußte ihm zuvorkommen. Andererseits war es sicher logisch, anzunehmen, Lao-Shen nähme die fünfzigtausend Dollar von einem lebenden Kin-Fo lieber in Empfang als von einem toten. Denn dann könnte er sich eine Reise nach Schanghai in die Geschäftsräume der ›Centenaria‹ ersparen, was wohl nicht ganz ohne Gefahr für ihn war, so langmütig die Regierung ihm gegenüber auch sein mochte.

Das etwa waren die Gedanken des heute so gewandelten Kin-Fo. Und wir dürfen ruhig annehmen, daß die liebenswürdige junge Witwe in Peking in seinen Zukunftsträumen eine wichtige Rolle spielte!

Was aber dachte unser Sun auf dieser Reise?

Nun, Sun dachte nichts. Sun lag ausgestreckt auf seiner Koje und opferte den bösen Göttern des Pe-

Tsche-Li-Golfes. Kaum daß seine Kräfte zum Fluchen und Verfluchen reichten! Er verfluchte seinen Herrn, verfluchte den Philosophen Wang und nicht zuletzt den Banditen Lao-Shen! Sein Herz war benommen. Ihm war speiübel. Seine Gedanken waren benommen – seine Gefühle ebenfalls. Er durfte nicht einmal mehr an Tee oder an Reis – *ai ai ya!* – denken. Welch schreckliches Schicksal hatte ihn hierher verschlagen! Wie dumm, wie tausendmal dümmer als dumm war er gewesen, in die Dienste eines Herrn zu treten, der die Meere befuhr! Wie gern hätte er den letzten Rest seines Zopfes geopfert, um nicht auf diesem Schiff zu sein! Lieber den Kopf rasieren und Bonze werden! Ein gelber Hund, der an seiner Leber und an seinen Eingeweiden nagte! *Ai ai ya!*

Unterdessen segelte die *Sam-Yep* mit drei bis vier Meilen Geschwindigkeit dem flachen Küstengebiet entlang. Der Wind blies recht günstig aus Süden, die Küste war west-östlich orientiert. Die Dschunke fuhr an Peh-Tang, der Stadt an der Flußmündung gleichen Namens vorbei. Dort in der Nähe hatten seinerzeit die europäischen Armeen ihre Landungsoperationen durchgeführt. Und weiter ging's an Shantung, an Tschiang-Ho (an der Mündung des Tau) und an Hai-Ve-Tse vorüber.

Dieser Teil des Golfes war fast gar nicht befahren. Der Seeverkehr, der vor der Mündung des Pei-ho so intensiv war, strahlte kaum zwanzig

Meilen in die Runde aus. Einige wenige Handelsdschunken, die der Küste entlang schlichen, ein knappes Dutzend Fischerbarken, die die fischreichen Gewässer der Küste befuhren und mit ihren Zugnetzen die Flußmündungen kämmten – und draußen ein absolut leerer Horizont – so etwa sah es in diesen von der *Sam-Yep* befahrenen Gewässern aus.

Craig und Fry war schon aufgefallen, daß die Fischerboote – auch wenn sie die Fünf- bis Sechs-Tonnengröße nicht überstiegen – alle mit mindestens einer oder zwei Bordkanonen ausgerüstet waren.

Als sie ihre Beobachtung dem Kapitän Yin mitteilten, rieb der sich diensteifrig die Hände und erklärte:

»Man muß doch den Piraten Angst machen!«

»Wie? Piraten in diesem Abschnitt des Golfs von Pe-Tsche-Li?« rief Craig verwundert aus.

»Wieso denn nicht?« Yin war ganz erstaunt. »Hier ist's nicht anders als überall sonst! An diesen guten Leuten fehlt es in den chinesischen Gewässern sicher nicht!«

Dazu zeigte der würdige Kapitän lachend zwei Reihen blendendweißer Zähne.

»Sie aber scheinen sie nicht besonders zu fürchten?« bemerkte lauernd Fry.

»Habe ich denn nicht meine beiden Bordkanonen? Zwei Mädchen, die sehr laut zu reden beginnen, wenn man ihnen zu nahe kommt!«

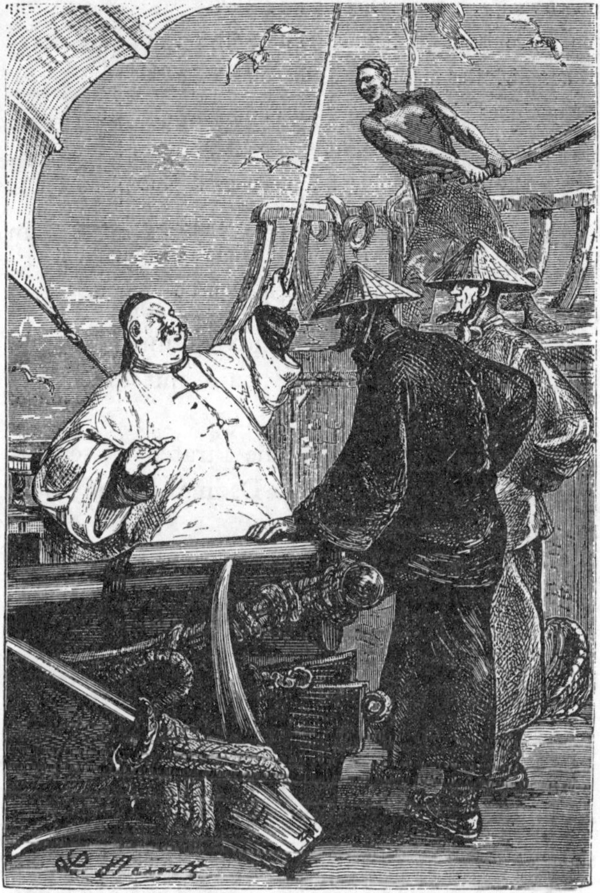

»Sind sie geladen?« Craig wollte es genau wissen.

»Meistens.«

»Und jetzt?«

»Nein.«

»Wieso nicht?« fragte Fry.

»Weil ich kein Schießpulver an Bord habe«, war die ruhige Antwort des Kapitäns.

»Wofür sollen dann Ihre Kanonen in diesem Falle gut sein?« Craig-Fry waren mit der Auskunft offenbar nicht ganz zufrieden.

»Wofür sie gut sein sollen?« rief der Kapitän lachend. »Nun, eben, um eine Fracht zu verteidigen, wenn es sich der Mühe lohnt, zum Beispiel, wenn meine Dschunke randvoll mit Tee und Opium beladen ist! Aber heute, mit dieser Ladung!...«

»Und wie sollen denn die Piraten wissen, ob sich ein Überfall auf Ihre Dschunke lohnt oder nicht?«

»Ach, Sie erwarten wohl den Besuch dieser guten Leute, wie?« fragte der Kapitän nun seinerseits. Er drehte sich um die eigene Achse und hob die Schultern.

»Eben«, bemerkte trocken Fry.

»Ihr habt doch keine kostbare Fracht an Bord?«

»Stimmt!« gab Craig zu. »Aber wir haben besondere Gründe, ihren Besuch nicht herbeizuwünschen!«

»Seien Sie nur unbesorgt«, erwiderte der Kapitän; »denn sollten wir Piraten begegnen, dann werden sie unsere Dschunke nicht verfolgen.«

»Und weshalb das?«

»Weil sie im voraus über unsere Fracht im klaren sind, sobald sie uns erblickt haben.«

Und mit diesen Worten wies Kapitän Yin auf einen weißen Wimpel, der auf halber Masthöhe im Winde flatterte.

»Weißer Wimpel auf Halbmast! Trauerwimpel! Die guten Piraten würden sich nie die Mühe nehmen, eine Ladung von Särgen zu plündern!«

»Sie könnten aber auch annehmen, daß Sie nur zum Schein unter dem Trauerwimpel segeln. Sie könnten trotzdem an Bord kommen...«, vermutete Craig.

»Falls sie kommen, werden wir ihnen einen würdigen Empfang bereiten, sie werden uns ihren Besuch abstatten, und dann werden sie wieder gehen, wie sie gekommen sind!«

Craig und Fry verfolgten das Thema nicht weiter, teilten aber des Kapitäns Zuversicht nur halb. Eine Dschunke von dreihundert Tonnen zu kapern, ist auch im Osten eine rentable Angelegenheit für derartige ›brave Leute‹ und lohnt einen Versuch. Sei dem, wie es wolle, sie mußten sich in die Lage zu finden versuchen und hoffen, die Reise werde glücklich ausgehen.

Im übrigen hatte der Kapitän nichts außer acht gelassen, damit alles unter günstigsten Auspizien vor sich gehe. Als sie die Anker lichteten, hatte ein Hahn sein Leben zu Ehren der Meergötter aushauchen müssen. Noch hingen die Federn des armen Kerls am Besanmast. Einige Tropfen seines Blutes wurden auf Deck verspritzt, dazu noch ein kleiner Becher Wein, und das hatte das Opfer vervollständigt. Und wenn schon die *Sam-Yep* dergestalt geweiht war, was hatte sie noch zu befürchten, besonders unter dem Kommando des würdigen Kapitäns Yin?

Wir haben jedoch Grund zur Befürchtung, die launischen Götter seien nicht ganz zufrieden gewesen. Vielleicht war ihnen der Hahn zu mager; mag sein, der Wein aus dem Rebberg von Chao-Chigne war nicht gerade vom besten Jahrgang – jedenfalls überfiel ein plötzlicher heftiger Windstoß die Dschunke. Nichts hatte ihn angezeigt, den ganzen Tag über war der Himmel sauber und klar gewesen, und eine stetige sanfte Brise hatte ihn rein gefegt. Der durchtriebenste Seemann hätte nicht vorauszusagen vermocht, daß sich ein Windsturm zusammenbraute.

Gegen acht Uhr abends schickte sich die *Sam-Yep*, die alle Segel gesetzt hatte, an, bei starkem Backstagwind das Kap zu umsegeln, das von der Küste in jener Gegend gebildet wird und das nach Nordwesten orientiert ist. Von dort mußte die Dschunke einfach bei gleichem Wind der Küste entlang weiterfahren. Kapitän Yin rechnete deshalb damit, daß sie ohne große Anstrengungen innerhalb von vierundzwanzig Stunden in Fu-Ning anlegen könnten.

Kin-Fo erwartete voller Ungeduld den Augenblick der Landung. Sun war furchtbar aufgeregt. Craig und Fry hingegen machten die folgende Überlegung: wenn ihr Klient in den nächsten drei

Tagen jenen Brief, der sein Leben gefährdete, dem Tai-Ping Lao-Shen aus den Händen nehmen konnte, dann hatte die ›Centenaria‹ keine weiteren Sorgen mehr um diesen Kunden. Denn seine Versicherungspolice erlosch am 30. Juni um Mitternacht, da er eine einzige Prämie für zwei Monate dem ehrenwerten William J. Bidulph auf die Hand gezählt hatte. Und somit war alles:

»All...« machte Fry.

»right!« schloß Craig.

Gegen Abend, als die Dschunke eben zum Eingang des Golfes von Leao-Tong kam, sprang der Wind plötzlich nach Nordosten um; zwei Stunden später war er, kurze Zeit aus Nord blasend, wieder auf Nordwest umgesprungen.

Hätte Kapitän Yin ein Barometer an Bord gehabt, dann hätte er feststellen können, daß die Quecksilbersäule mit einemmal vier bis fünf Millimeter gefallen war.

Diese rapide Luftverdünnung deutete auf einen Taifun*, der sich schon ganz nahe befinden mußte und dessen Heftigkeit die atmosphärischen Schichten durcheinanderbrachte. Wenn andererseits Kapitän Yin mit den Beobachtungen des Engländers Paddington und des Amerikaners Maury vertraut gewesen wäre, dann hätte er versucht, seine Dschunke nach Nordost zu steuern,

* Die Wirbelstürme heißen ›Tornado‹ an der Westküste Afrikas, ›Taifun‹ in den chinesischen Gewässern. Der wissenschaftliche Name ist ›Zyklon‹.

weil er dann hoffen konnte, in etwas weniger gefährliche Windstriche zu gelangen, die sich außerhalb des Zentrums dieses Taifuns befanden.

Doch Kapitän Yin konsultierte das Barometer ja nie, er kannte auch die Gesetzmäßigkeiten der Wirbelstürme nicht. Und hatte er nicht sogar einen Hahn geopfert? Dies Opfer mußte ihn doch aus allen Fährnissen befreien!

Trotz alledem war Yin ein guter Seemann, Aberglaube hin oder her, und er stellte jetzt seine Fähigkeiten unter Beweis. Er manövrierte gewissermaßen aus Instinkt so geschickt, daß ein europäischer Kapitän es nicht hätte besser machen können.

Dieser Taifun erwies sich als ein kleinerer Wirbelsturm, der gerade deswegen von großer Drehgeschwindigkeit war und der sich mit einem Tempo von über hundert Stundenkilometern vorwärtsbewegte. Er stieß darum die *Sam-Yep* nach Osten, was wiederum ein glücklicher Zufall war, denn die Dschunke wurde dadurch von der Küste abgetrieben, die keine Zuflucht bot und auf der das Boot innerhalb kürzester Zeit aufgelaufen und unweigerlich verloren gewesen wäre.

Um elf Uhr nachts hatte der Sturm seinen Höhepunkt erreicht. Kapitän Yin, den seine Mannschaft tatkräftig unterstützte, manövrierte vorbildlich. Er lachte zwar nicht mehr, hatte aber doch kaltes Blut bewahrt. Mit fester Hand führte er das Ruder und steuerte sein leichtes Schiff wie eine Möwe über die Wellenkämme.

Kin-Fo hatte seinen Standort auf dem Hinterdeck verlassen, hatte sich an der Schanzverkleidung des Schiffes angebunden und starrte nun auf die jagenden Wolken am Himmel, die vom Orkan zerfetzt und deren Dunstfetzen bis auf die Wellen heruntergetrieben wurden. Er sah auf das Meer hinaus, das in der dunklen Nacht im weißen Gischt leuchtete und das vom Taifun durch die gigantische Saugwirkung mit einer Wasserfläche nichts mehr gemeinsam zu haben schien. Die gefährliche Situation schien ihn weder zu verwundern noch zu erschrecken. Sie war für ihn einfach ein Teil der vielen Aufregungen, die das Pech ihm bescherte, das sich an ihm festgeklebt hatte. Eine Überfahrt von sechzig Tagen ohne Sturm, bei mildem Wetter – nun, das war in Ordnung für Glückskinder, er gehörte wohl nicht mehr zu ihnen!

Craig und Fry waren bedeutend besorgter, des Handelswertes ihres Klienten wegen, natürlich! Bestimmt war ihnen ihr Leben so teuer wie das von Kin-Fo. Wenn sie mit ihm untergingen, dann waren sie ihrer Verpflichtungen der ›Centenaria‹ gegenüber entbunden. Aber diese pflichtbewußten Agenten dachten gar nicht mehr an sich selbst, sondern einzig an ihre Pflicht. Umkommen? Nun, ihnen war das recht. Sei es auch mit Kin-Fo! Dann aber *nach* dem 30. Juni um Mitternacht, bitte! Craig-Fry wollten nämlich eine Million einsparen, das war der Grund!

Sun hingegen zweifelte keinen Moment, daß die Dschunke verloren sei, das heißt, daß die Passagiere alle bereits dem Untergang geweiht waren, als sie sich auf dieses heimtückische Element hinausgewagt hatten, und wäre es auch bei schönstem

Wetter geschehen. Aber eben: die Passagiere im Schiffsrumpf hatten es besser. Die spürten weder Schlingern noch Stampfen. *Ai ai ya!* Und der unselige Sun fragte sich, ob er in ihrem Quartier wohl auch seekrank geworden wäre...

Drei Stunden lang war die Dschunke in ziemlichen Schwierigkeiten. Eine einzige falsche Ruderbewegung – und sie wäre verloren gewesen, die Wellen hätten das Deck zerschlagen. Auch wenn die Dschunke so wenig umschlagen konnte wie ein Zuber, so konnte sie immerhin voll Wasser laufen und absaufen. Es war zudem ein müßiges Unterfangen, sie stetig in einer Richtung steuern zu wollen, da die Brecher aus allen Richtungen auf sie einstürzten – der Taifun drehte sie um und um und um... Und mit der Orientierung stand es darum kein bißchen besser.

Immerhin gelangte die *Sam-Yep* durch einen glücklichen Zufall genau in die Mitte des Wirbels, wo sich wie ein gewaltiger Teller das Meer auf drei Meilen wie ein stiller See ausnahm, während rings herum der Ozean in den Himmel zu steigen schien. Der Taifun selber wütete ungefähr auf einer Fläche von hundert Kilometer Durchmesser.

Daß der Orkan die Dschunke in das Zentrum des Wirbels manövriert hatte, ohne daß ein Segel gesetzt war, bedeutete für das Schiff die Rettung. Gegen drei Uhr morgens war der Sturm vorbei wie durch ein Wunder, die See um die ruhigen

Wasser im Mittelpunkt beruhigte sich fast schlagartig.

Doch als der Tag anbrach, suchten die Leute auf der *Sam-Yep* vergeblich den Horizont nach Land ab. Die Küste war verschwunden. Ringsum erstreckte sich das Meer, soweit sie sehen konnten.

DAS ACHTZEHNTE KAPITEL

ERZÄHLT, WIE CRAIG UND FRY AUS NEUGIERDE DEN LADERAUM DER ›SAM-YEP‹ AUFSUCHEN

»Wo sind wir, Kapitän Yin?« fragte Kin-Fo, als die Gefahr vorüber war.

»Ich weiß es nicht bestimmt«, gab der Kapitän zurück. Sein Gesicht war wieder ein lachender Mond.

»Sind wir im Golf von Pe-Tsche-Li?«

»Mag sein.«

»Oder vielleicht im Golf von Leao-Tong?«

»Auch das ist möglich.«

»Und wo werden wir landen?«

»Dort, wo der Wind uns hinbläst!«

»Und wann wird das sein?«

»Das kann ich unmöglich wissen.«

»Ein richtiger Chinese ist immer im Bilde, Herr Kapitän!« Ziemlich übelgelaunt machte Kin-Fo diese Bemerkung, die damals gerade in ganz China sehr im Schwange war.

»Auf dem Lande schon! Auf dem Meere nicht!«

hatte der Kapitän dazu zu bemerken. Dabei grinste er von einem Ohr zum andern.

»Das ist kein Grund zum Lachen!« knurrte Kin-Fo.

»Aber auch nicht zum Weinen«, lachte der Kapitän gutmütig.

Es war schon so: ihre Lage war zwar nicht alarmierend, aber dem Kapitän Yin war es tatsächlich unmöglich zu sagen, wo die *Sam-Yep* sich befand. Wie wollte er auch die Richtung feststellen, in der sie segelten, nachdem sie vom Wirbelsturm um und um getrieben worden waren, ohne Kompaß und bei Winden, die aus drei verschiedenen Himmelsrichtungen bliesen? Die Dschunke war der Spielball des Orkans gewesen, hatte dem Ruder überhaupt nicht gehorcht, da man die Segel hatte reffen müssen. Wir begreifen daher die etwas unsicheren Antworten des Kapitäns. Nur hätte er sie vielleicht mit etwas weniger Heiterkeit äußern dürfen.

Wenn aber alles in Betracht gezogen wurde – ob die *Sam-Yep* nun in den Golf von Leao-Tong getrieben worden war oder ob sie in den Golf von Pe-Tsche-Li zurückgeworfen wurde –, so war es doch für sie das beste, wenn sie einfach wieder die nordwestliche Richtung einschlug. Dort mußte notwendigerweise Land sein. Fragte sich bloß noch, wie weit waren sie davon entfernt?

Deshalb hätte der Kapitän – falls das etwas genützt hätte – die Segel setzen lassen und wäre der Sonne entgegen gefahren, die strahlend vom Himmel schien.

Aber es hätte nichts genützt.

Denn nach dem Taifun wehte nun nicht das leiseste Lüftchen – völlige Flaute! Vor ihnen lag ein Meer ohne ein Fältchen, kaum daß man die Dünung wahrzunehmen vermochte. Man wurde gewiegt, aber nicht befördert. Die Dschunke hob und senkte sich rhythmisch, kam jedoch kein bißchen vorwärts. Ein warmer Dunst lag über dem Wasser, und der Himmel, der in der Nacht so böse Miene gemacht hatte, schien jetzt außerstande, mit den andern Elementen einen Kampf aufzunehmen. Eine Flaute, die von den Seeleuten ›weiße Windstille‹ genannt wird, hatte eingesetzt, von der niemand auch nur schätzen konnte, wie lange sie dauern würde.

›Ausgezeichnet!‹ sagte sich Kin-Fo. ›Nach dem Sturm, der uns aufs offene Meer hinausgetrieben hat, kommt die Windstille, die es uns verunmöglicht, ans Land zurückzufahren!‹

Dann wandte er sich an den Kapitän:

»Wie lange mag diese Windstille wohl dauern?«

»In dieser Jahreszeit, Herr?! Ja, wer das wüßte!«

»Stunden- oder tagelang?«

»Tage- oder wochenlang!« Yin gab die Antwort mit seiner grinsenden Miene, die sanfte Ergebung ausdrücken sollte, seinen Passagier hingegen zur Raserei zu bringen drohte.

»Wochenlang!« brüllte Kin-Fo den Kapitän an. »Ja, glauben Sie denn, ich könne wochenlang hier warten!«

»Sie werden es wohl müssen, es sei denn, wir nehmen unsere Dschunke ins Schlepptau!«

»Zum Teufel mit Ihrer Dschunke und allen, die darauf sind! Mit mir vor allem, der ich die blöde Idee hatte, je auf diesem Kasten eine Überfahrt zu buchen!«

»Herr! Darf ich Ihnen zwei gute Ratschläge erteilen?« fragte nun Kapitän Yin seinen Fahrgast.

»Erteilen Sie meinetwegen!«

»Der erste Rat: Gehen Sie erst einmal ruhig schlafen, so wie ich das gleich tun werde; das ist das gescheiteste, nach der Nacht, die wir an Deck verbracht haben.«

»Und der zweite Rat?« drängte Kin-Fo, den die Ruhe des Kapitäns fast noch mehr aufbrachte als die Ruhe des Meeres.

»Der zweite Rat? Nun gut: Machen Sie es meinen anderen Passagieren, die im Laderaum unten liegen, nach. Die beklagen sich nämlich nicht und nehmen das Wetter, wie es eben kommt.«

Nach dieser philosophischen Bemerkung, die eines Wang würdig gewesen wäre, zog sich der Kapitän in seine Kajüte zurück. Zwei, drei Mann der Besatzung hatten sich auf Deck bereits ausgestreckt.

Eine Viertelstunde lang ging Kin-Fo nervös auf und ab, vom Vorderdeck zum Hinterdeck und wieder zurück, wobei seine Finger auf den verschränkten Armen einen Wirbel der Ungeduld trommelten. Schließlich warf er einen letzten Blick auf die trübselige Unendlichkeit, in deren Mitte die *Sam-Yep* verloren schaukelte, zuckte die Schultern und verschwand unter dem Vorderdeck, ohne auch nur Craig oder Fry eines Wortes gewürdigt zu haben.

Die beiden Agenten lehnten zusammen über die Reling und unterhielten sich, wie das so ihre Gewohnheit war, ohne ein Wort zu sagen aufs beste. Sie hatten die Fragen Kin-Fos, die Antworten des Kapitäns mit angehört, ohne sich einzumischen. Was hätte das auch genützt, und wieso sollten sie sich überhaupt über eine Verspätung beklagen, obgleich ihr Klient deswegen so in Harnisch zu geraten schien? Denn was sie da an Zeit verloren, gewannen sie an Sicherheit. Da Kin-Fo an Bord keinerlei Gefahr lief und die Hand Lao-Shens ihn nicht zu erreichen vermochte, was wollten sie noch mehr?

Außerdem rückte der Termin, nach welchem ihre Verantwortung erlosch, immer näher. Noch vierzig Stunden, und dann war es ihnen egal, ob die gesamte Armee der Tai-Ping sich auf den Ex-Kunden der ›Centenaria‹ stürzte! Sie würden kein Härchen riskieren, um ihn noch zu verteidigen. Praktisch denkende Leute, diese Amerikaner! Sie waren Kin-Fo ergeben, solange er ein Kunde der ›Centenaria‹ und zweihunderttausend Dollar wert war. Uninteressiert jedoch an seinem Schicksal, sobald er für sie keinen Cent mehr galt!

Nachdem Craig und Fry zusammen zu diesem Schluß gekommen waren, speisten sie gemeinschaftlich mit großem Appetit. Ihre Lebensmittelvorräte waren von erstklassiger Qualität. Sie aßen aus derselben Schüssel, demselben Teller die gleiche Anzahl Bissen Brot, gleichviel kaltes Fleisch. Sie tranken dieselbe Anzahl Gläser eines ausgezeichneten Weines von Chao-Chigne auf das Wohl des ehrenwerten William J. Bidulph. Sie rauchten zusammen dieselben sechs Zigarren und bewiesen so, daß man sehr wohl ein siamesischer Zwilling sein kann – was Geschmack und Gewohnheit betrifft –, auch wenn man es nicht von Geburt ist.

Ihr guten Yankees! Ihr glaubt, ihr seid bereits am Schluß eurer Mühsale...

Der Tag verging ohne Zwischenfall und ohne Unfall. Immer dieselbe stille Atmosphäre, derselbe sanfte Himmel. Kein Anzeichen, daß sich in der nächsten Zeit etwas am Wetter ändern würde. Die Wasser der See lagen vollkommen still da, als wären sie ein Binnensee.

Gegen vier Uhr erschien Sun auf Deck. Er schwankte und stolperte wie ein Betrunkener, obgleich er wahrscheinlich in seinem ganzen Leben nie weniger getrunken hatte als in diesen letzten Tagen. Nachdem sein Gesicht erst violett, dann indigo und schließlich bläulich gewesen, nahm es nun langsam wieder eine gelbe Farbe an. So hatte denn seine Haut die gesamten Farben des Spektrums durchlaufen; denn sobald er wieder an Land war, würde sein Gesicht wieder die normale Orangefarbe annehmen, die sich im Zorn ins Knallrote verfärbte; keine Schattierung war dann ausgelassen worden...

Sun schleppte sich zu den beiden Agenten hin. Seine Augen waren halb geschlossen. Er wagte keinen Blick über die Reling hinaus zu tun.

»Sind wir da?...« fragte er matt.

»Nein!« antwortete Fry.

»Sind wir bald da?...«

»Nein!« half Craig nach.

»Ai ai ya!« ließ Sun sich schwach vernehmen.

Dann streckte er sich verzweifelt unter dem großen Mast aus. Er hatte nicht mehr die Kraft, mehr zu sagen. Konvulsivische Zuckungen liefen durch seinen Körper, und sein armseliges Zöpfchen bewegte sich hin und her wie ein Hundeschwänzchen.

Inzwischen waren auf Befehl des Kapitäns Yin die Luken geöffnet worden, damit der Schiffsraum etwas entlüftet würde. Eine weise Vorsicht, von einem weisen Mann angeordnet! Die Sonne würde ziemlich rasch die Feuchtigkeit aufsaugen, die durch ein paar Brecher des Taifuns eingedrungen war.

Craig-Fry spazierten an Deck und blieben verschiedentlich vor der großen Öffnung stehen. Eine gewisse Neugierde trieb sie schließlich, diesen Laderaum-Friedhof etwas näher zu untersuchen. So drängten sie sich denn durch die Stützbalken in das Innere.

Die Sonne malte ein großes Trapez von Licht auf den Boden des Laderaums, direkt unterhalb der Öffnung. Der Rest des Schiffsraumes aber blieb in völliger Dunkelheit. Bald jedoch hatten sich die Augen von Craig-Fry an die herrschende Dunkelheit gewöhnt, und sie begannen die Schichtung der seltsamen Ladung der Dschunke zu erkennen.

Der Schiffsraum war nicht, wie in anderen Handelsdschunken, durch Zwischenwände unterteilt. Er verlief also vom einen Ende des Schiffes zum andern und war ausschließlich für die Ladung vorgesehen, da das Zwischendeck zur Unterbringung der Mannschaft voll und ganz genügte.

Dort unten, sauber aufgeschichtet wie im Vorzimmer eines Mausoleums, standen die fünfundsiebzig Särge, die für Fu-Ning bestimmt waren. Sie waren solide verankert und konnten deshalb weder sich verschieben, wenn das Schlingern und Rollen stark wurde, noch in irgendeiner Weise die Sicherheit der Dschunke gefährden.

Ein Laufgang war zwischen den Doppelreihen der Särge freigelassen worden, so daß man durch den ganzen Laderaum gehen konnte; unter der offenen Luke war man im Licht, zu beiden Seiten jedoch spazierte man im Dunkeln.

Craig und Fry wahrten ehrfürchtiges Schweigen, als wären sie in einem Mausoleum, und leise gingen sie durch den schmalen Gang nach hinten. Sie sahen sich mit einer gewissen Neugierde um.

Da standen Särge von allen nur möglichen Formen und Dimensionen, die einen prunkvoll, andere ärmlich. Von diesen Emigranten, die durch wirtschaftliche Not auf die andere Seite des Pazifischen Ozeans verschlagen wurden, hatten die einen in kalifornischen Plantagen oder in den Bergwerken von Nevada oder Colorado ihr Glück gemacht, die wenigsten von ihnen, zwar! Die übrigen waren als Bettler hinübergefahren, und als Bettler kamen sie zurück. Doch alle kehrten sie wieder in ihr Geburtsland zurück, alle hatte der Tod einander gleichgestellt. Etwa zehn der Särge waren aus kostbarem Holz geschnitzt und zeigten den ganzen phantasievollen Luxus, wie ihn nur Chinesen ausdenken können; die übrigen Särge waren grob aus vier Brettern zusammengenagelt und gelb angestrichen. Das also war die Ladung der *Sam-Yep*. Ob reich oder arm, ein jeder Sarg wies einen Namen auf: Lien-Fu aus Yun-Ping-Fu, Nan-Lou von Fu-Ning, Shen-Kin von Lin-Kia, Luang von Ku-Li-Koa, und so weiter. Craig und Fry lasen die Namen und dachten sich, so sei keine Verwechslung möglich. Ein jeder Leichnam war sorgfältig beschriftet und konnte so an seine Heimadresse befördert werden; dann würde er irgendwo in einem Obstgarten, oder mitten auf einem Feld, vielleicht auch irgendwo auf der Hochebene auf die Stunde seiner definitiven Beisetzung warten müssen.

»Gut aufgemacht!« bemerkte Fry.

»Gut erhalten«, ergänzte Craig.

Auf die gleiche Weise hätten sie über das Lagerhaus eines Kaufherren oder über die Docks einer Handelsgesellschaft in San Francisco oder New York gesprochen.

Craig und Fry waren am Ende des Laufganges – vorn im Schiff – angekommen. Hier war es auch am finstersten. Sie drehten sich um und blickten den Gang entlang, der so genau abgezirkelt war wie der Kiesweg eines Friedhofs.

Gerade wollten sie nach dieser Inspektionsreise wieder an Deck zurück – als sie ein leises Geräusch vernahmen, das augenblicklich ihre gespannte Aufmerksamkeit erregte.

»Muß wohl eine Ratte sein!« stellte Craig fest.

»Muß wohl eine Ratte sein!« echote Fry.

Das war für Nager eine schlimme Fracht! Eine Ladung Hirse, Reis oder Mais wäre sicher eher nach ihrem Geschmack gewesen.

Das Geräusch dauerte an. Es schien von Steuerbord, etwa auf Gesichtshöhe, zu kommen, also aus einem Sarg in der oberen Rcihe. Wenn es nun aber nicht ein nagendes Geräusch war, konnte es ein Kratzen von Krallen oder Fingernägeln sein?

»Sch! sch!« machten Craig und Fry.

Das Geräusch dauerte trotzdem an.

Die beiden Agenten ließen sich näher zusammen und horchten mit angehaltenem Atem. Ja, nun waren sie ihrer Sache sicher: das Geräusch kam von einem der Särge in der oberen Reihe.

»Sollte einer der Chinesen nur scheintot gewesen sein? . . .« rätselte Craig.

»Und erst nach einer Überfahrt von fünf Wo-

chen erwachen? Denkst du!« gab Fry spöttisch zurück.

Die beiden Agenten legten ihre Hände auf den verdächtigen Sarg: ja, da drin bewegte sich etwas!

»Verflucht noch mal!« flüsterte Craig.

»Verflucht noch mal!« kam Frys Echo.

Beiden kam wieder einmal zur selben Sekunde derselbe Gedanke: ihrem Klienten drohte irgendeine Gefahr von hier aus!

Dann zogen sie ihre Hand aber rasch zurück: der Deckel des Sarges wurde sorgfältig gehoben!

Craig und Fry ließen sich jedoch nicht erschrekken und verhielten sich mäuschenstill. Es war so dunkel, daß sie kaum etwas wahrzunehmen vermochten; aber deshalb hörten sie um so deutlicher. Und was sie hörten, machte ihnen nun doch etwas Angst.

Fast gleichzeitig ging dicht neben ihnen, aber auf Backbord, ein anderer Sargdeckel auf, und eine Stimme flüsterte:

»Bist du's, Fa-Kien?«

Und dann folgten rasch aufeinander ein paar Fragen und Antworten:

»Heute nacht also?«

»Heute nacht.«

»Noch vor Mondaufgang?«

»Bei der zweiten Wache.«

»Und unsere Genossen?«

»Sind benachrichtigt.«

»Sechsunddreißig Stunden im Sarg! Mir reicht's!«

»Mir schon lange!«

»Je nun, Lao-Shen hat es befohlen!«

»Sei doch still!«

Craig und Fry hatten beim Hören des berüchtigten Namens unwillkürlich eine leichte Bewegung gemacht.

Sofort fielen die Sargdeckel wieder in ihre Plätze zurück. Wieder herrschte im Laderaum der *Sam-Yep* vollkommene Stille.

Fry und Craig krochen auf den Knien durch den Gang zurück bis zur Tageshelle der offenen Luke und stiegen auf der Stufenleiter des Stützbalkens wieder an Deck. Erst als sie auf dem Hinterdeck waren, hielten sie an und verschnauften.

»Tote, die reden...« begann Craig.

»...sind nicht tot!« schloß Fry scharfsinnig.

Ein Name hatte ihnen alles verraten: Lao-Shen!

So hatten sich also Spießgesellen des berüchtigten Tai-Pingführers an Bord geschlichen. Konnte es sein, daß der Kapitän sie dabei unterstützt hatte? Oder seine Besatzung? Hatten die Hafenarbeiter von Taku die Hand im Spiel gehabt? Sie hatten ja die Särge an Bord getragen. Nein! Nachdem die traurige Fracht vom amerikanischen Schiff gelöscht war, hatten die Särge zwei Tage und zwei Nächte in einem Lagerhaus gelegen. Zehn, zwanzig, vielleicht noch mehr Piraten, die mit der Lao-Shen-Bande zusammenarbeiteten, hatten die Särge aufgebrochen, die Leichen hinausgeworfen und selber Platz in den Totenbäumen genommen. Aber um diesen Handstreich derartig vorzubereiten, mußten sie gewußt haben, daß Kin-Fo sich auf der *Sam-Yep* einschiffen werde. Und woher konnten sie das wissen?

Das war ein im Augenblick noch völlig dunkler Punkt, den zu erhellen jetzt aber kaum Zeit zur Verfügung stand.

Eines war klar: An Bord der Dschunke befanden sich im Augenblick Chinesen von der allerschlimmsten Sorte. Und zwar waren sie seit Taku an Bord! Darum war der Name Lao-Shen gefallen, darum auch war das Leben Kin-Fos in der allernächsten Zeit in größter Gefahr!

Diese Nacht also, die Nacht vom 28. auf den 29. Juni, sollte die ›Centenaria‹ zweihunderttausend Dollar kosten – und vierundfünfzig Stunden später hätte die Versicherungsgesellschaft den Nutznießern der Versicherungspolice keinen Cent mehr zahlen müssen, da die Police nicht erneuert wurde!

Es hieße jedoch Fry und Craig verkennen, wenn man glauben wollte, sie hätten bei diesen schwierigen Verhältnissen und Vermutungen den Kopf verloren. Ihr Entschluß stand augenblicklich fest: sie mußten Kin-Fo überreden, die Dschunke vor der zweiten Wache zu verlassen und dann mit ihm zusammen fliehen. Wie aber war das zu bewerkstelligen: Sollten sie das einzige Rettungsboot an Bord stehlen? Ausgeschlossen. Es war dies ein schwerer Kahn, bei dessen Aussetzung sich die gesamte Besatzung anstrengen mußte, um ihn vom Deck ins Wasser zu befördern. Und dazu hätten sich Kapitän Yin und seine Leute bestimmt nicht hergegeben. Also mußte notwendigerweise ein anderer

Ausweg gefunden werden, so groß die Gefahren dieses Auswegs auch sein mochten.

Es war nun sieben Uhr abends. Der Kapitän lag immer noch in seiner Kajüte und war nicht wieder an Deck erschienen. Ganz offensichtlich wartete er auf die mit den Piraten abgemachte Stunde...

»Wir dürfen keine Minute mehr verlieren!« Darin waren sich Craig und Fry einig.

Nein, keine Minute war zu verlieren! Die beiden Agenten hätten auf einem Munitionsschiff, auf dem schon die Lunte brannte, nicht in größerer Gefahr sein können.

Die Dschunke schien nun völlig der Strömung überlassen zu sein. Ein einziger Matrose schnarchte im Bug.

Craig und Fry stießen die Tür zum vorderen Zwischendeck auf und näherten sich dem schlafenden Kin-Fo. Ein leichter Druck der Hand genügte, ihn aufzuwecken.

»Was wollt ihr von mir?« fragte er schlaftrunken.

Mit wenigen Worten setzten die Agenten ihn ins Bild. Doch zeigte er Mut und Kaltblütigkeit auch jetzt.

»Wir werfen einfach all die falschen Leichname ins Wasser!« rief er aus.

Eine kühne Idee, aber leider keineswegs durchführbar, wenn Yin mit seinen Passagieren im Laderaum unter einer Decke steckte.

»Was sollen wir denn sonst tun?« begehrte er zu wissen.

»Das hier anziehen!« antworteten Craig-Fry.

Und mit diesen Worten öffneten sie eines der großen Pakete, die sie in Tong-Tschéu eingeladen hatten. Sie überreichten ihrem Klienten einen jener wunderbaren nautischen Anzüge, die seinerzeit von Kapitän Boyton erfunden wurden. Das Paket enthielt noch drei weitere derartige Anzüge, zusammen mit all den Zubehörteilen, die ihn vervollständigten und ihn zu einem regelrechten erstklassigen Rettungsgerät machten.

»Das machen wir!« Kin-Fo war einverstanden. »Holen Sie mir Sun herbei!«

Gleich darauf schleppte Fry den völlig schlaftrunkenen Sun herbei. Sie mußten ihn anziehen wie ein Kind. Er ließ alles mit sich geschehen, als sei er eine mechanische Puppe. Seine Hilfe dabei bestand aus vielen *»Ai ai ya!«*, die den anderen beinahe ans Herz gegriffen hätten...

Um acht waren Kin-Fo und seine Gefährten bereit. Sie glichen aufs Haar vier Robben aus dem Eismeer, die gerade ins Meer tauchen wollen. Allerdings müssen wir hier anfügen, daß die Robbe Sun eine wenig vorteilhafte Vorstellung von der Biegsamkeit jener Meeressäugetiere vermittelte, denn er glich eher einem Bügeleisen oder einem mit Steinen gefüllten Sack; von erstaunlicher Biegsamkeit konnte darum bei Sun in seinem unsinkbaren Rettungsanzug kaum die Rede sein.

Von Osten her kroch die Nacht heran. Die Dschunke schaukelte auf der glatten Meeresoberfläche inmitten einer unendlichen Stille.

Craig und Fry stießen eine der Stückpforten vor den Fenstern des hinteren Zwischendecks auf, deren Öffnung auf das Backbord der Dschunke hinausging. Sun wurde ohne Federlesens aufgehoben und durch die Stückpforte ins Meer geworfen. Kin-Fo sprang ihm nach. Dann sprangen auch Craig und Fry, nachdem sie alle Zubehörteile und Apparate, die zur Ausrüstung gehörten, gepackt hatten.

Niemand an Bord der *Sam-Yep* hatte bemerkt, daß die vier Passagiere das Schiff verlassen hatten!

DAS NEUNZEHNTE KAPITEL
GEHT NICHT GUT AUS – WEDER FÜR KAPITÄN YIN, DEN KOMMANDANTEN DER ›SAM-YEP‹, NOCH FÜR SEINE BESATZUNG

Die Rettungsausrüstung des Kapitäns Boyton besteht ausschließlich aus einem Gummianzug, dieser wiederum aus Hose, Jacke und Kapuze. Durch die Eigenschaften des verwendeten Stoffes ist die Ausrüstung völlig wasserdicht. Da aber die Wasserdichtigkeit bei längerem Aufenthalt in eisigen Gewässern nicht genügen würde, sind die Anzüge aus zwei aneinanderliegenden Gummistoffen konstruiert, zwischen die eine gewisse Menge Luft geblasen werden kann. Diese Luftfüllung hat einen doppelten Zweck: erstens hält sie den Schwimmenden über Wasser; zweitens verhindert sie den körperlichen Kontakt mit dem flüssigen Element, isoliert den Körper also gegen jede Unterkühlung.

So angezogen, kann darum ein Mensch eine fast unbeschränkte Zeit im Wasser verbringen.

Selbstverständlich war bei diesen Anzügen die Dichtigkeit der Nähte absolut vollkommen. Die Hosen, deren Füße mit schweren Sohlen versehen waren, wurden mit einem Gürtel aus Metall um den Leib befestigt, jedoch so, daß dem Körper noch genügend Spielraum gelassen wurde. Die Jacke war ebenfalls mit diesem ringähnlichen Gürtel verbunden, und sie wies am oberen Ende einen soliden Kragen auf, an den sich die Kapuze anschloß. Die Kapuze wiederum umschloß hermetisch den Kopf vermittels eines elastischen Bandes der Stirn, den Wangen und dem Kinn entlang, so daß vom Gesicht nur noch Nase, Augen und Mund freigelassen waren.

An die Jacke waren verschiedene Gummischläuche angeschlossen, die zur Luftregulierung dienten, wobei sich jede gewünschte Komprimierung erreichen ließ. Man konnte also bis zum Hals eintauchen, konnte es so einrichten, daß man nur bis zur Hüfte im Wasser ›stand‹; wenn es einem beliebte, konnte man auch die horizontale Lage einnehmen. Kurz, man hatte völlige Bewegungsfreiheit, gepaart mit garantierter Sicherheit.

So sieht die Ausrüstung aus, die ihrem kühnen Erfinder so viel Erfolg gebracht hat und deren praktische Anwendung durch eine ganze Reihe von Rettungsaktionen auf dem Meer dokumentiert ist. Verschiedene Zubehörteile vervollständigten die Erfindung: ein wasserdichter Sack, der wichtige Utensilien enthielt und der am Ringgürtel festgeschnallt wurde; ein solider Stock, der in eine Fassung am Fuße gesteckt werden konnte und an dem man ein winziges Focksegel in Dreiecksform anbringen konnte; ein leichtes Paddel, mit dem man je nach Belieben entweder rudern oder steuern konnte.

Kin-Fo, Craig-Fry und Sun trieben nun, derart ausgerüstet, auf den Wellen. Sun wurde von dem einen der Agenten gestoßen und ließ alles mit sich geschehen. Mit einigen Paddelschlägen vermochten sie sich recht rasch von der Dschunke zu entfernen.

Noch war die Nacht sehr dunkel und begünstigte dadurch ihr Unternehmen. Falls Kapitän Yin oder einer von der Besatzung auf die Brücke stiegen, vermochten sie die Flüchtlinge sicher nicht zu sehen. Außerdem ahnte ja wohl keiner, daß sie nicht mehr auf der Dschunke waren. Und die Gauner im Laderaum würden es erst im letzten Augenblick merken.

»Bei der zweiten Wache«, hatte der falsche Leichnam im hintersten Sarg gesagt. Das bedeutete: gegen Mitternacht.

Kin-Fo und seine Gefährten hatten also einige Stunden Frist für ihre Flucht, und in dieser Zeit hofften sie doch mindestens eine Meile Abstand von der *Sam-Yep* zu bekommen. Denn nun hatte plötzlich eine frische Brise eingesetzt und kräuselte das Wasser um sie herum. Noch war sie aber zu wenig stark, als daß sie das Paddeln hätten aufgeben dürfen.

Innerhalb weniger Minuten hatten sich Kin-Fo, Craig und Fry so an die Handhabung ihrer Ausrüstung gewöhnt, daß sie fast instinktiv das Richtige taten, ohne je zögern zu müssen, was für eine Bewegung sie nun zu machen hatten oder was für eine Haltung sie einnehmen sollten. Sun seinerseits war bald einmal wieder guten Mutes; er fühlte sich unvergleichlich wohler als an Bord der Dschunke. Seine Seekrankheit war mit einem Schlag verschwunden. Dem Schlingern und Rollen eines Schiffes ausgesetzt sein, oder bis zur Körpermitte im Wasser zu schwimmen und die leise Dünung zu verspüren – das sind zwei ganz verschiedene Empfindungen. Mit Behagen stellte Sun dies fest.

War Sun nicht mehr seekrank, so hatte er dafür jetzt panische Angst. Er sagte sich, die Haifische seien vielleicht noch nicht schlafen gegangen, und instinktiv zog er seine Beine an, als würde er in der nächsten Minute geschnappt... Ehrlich gesagt: ein bißchen Besorgnis in dieser Richtung war gar nicht so fehl am Platz!

So trieben Kin-Fo und seine Gefährten dahin. Das Pech warf sie in immer neue bestürzende Situationen. Beim Paddeln lagen sie fast völlig horizontal im Wasser. Wenn sie ausruhten, stellten sie sich vertikal zur Oberfläche.

Eine Stunde, nachdem sie die *Sam-Yep* verlas-

sen hatten, befand diese sich eine halbe Meile vor dem Wind von ihnen entfernt. Sie machten eine Pause, stützten sich auf ihre Paddel, die sie flach vor sich ins Wasser legten, und hielten mit leiser Stimme Kriegsrat.

»Dieser Gauner von einem Kapitän!« ließ Craig sich vernehmen.

»Lao-Shen – welch ein Pirat!« entgegnete Fry.

»Seid ihr darüber erstaunt?« fragte nun Kin-Fo in einem Ton, der den Mann verriet, den nichts mehr verwundert.

»Doch!« erwiderte Craig, »denn ich kann immer noch nicht verstehen, wie diese elenden Kerle darauf kamen, daß wir uns auf der *Sam-Yep* einschiffen würden!«

»Tatsächlich unverständlich!« fügte Fry an.

»Ist doch egal!« meinte nun Kin-Fo. »Sie haben es gewußt, und damit gut. Jedenfalls sind wir ihnen entwischt!«

»Entwischt? Nein!« fühlte Craig sich bemüßigt zu verbessern. »Solange die *Sam-Yep* in Sichtweite ist, sind wir nicht außer Gefahr!«

»Nun also, was sollen wir denn tun?« fragte ihn Kin-Fo.

»All unsere Kraft zusammennehmen und so weit von der *Sam-Yep* wegrudern, daß wir bei Tagesanbruch nicht mehr entdeckt werden!« Fry sagte das sehr klar.

Und mit diesem Rat blies Fry ein gewisses Quantum Luft in seinen Anzug, so daß er bis zur Hüfte ins Wasser zu stehen kam. Dann zog er den wasserdichten Sack an sich heran, öffnete ihn und entnahm ihm eine Flasche und ein Glas. Er goß das Glas mit einem stärkenden Schnaps voll und reichte es seinem Klienten.

Kin-Fo ließ sich nicht lange bitten und leerte das Glas bis zum letzten Tropfen. Craig-Fry machten es ihm nach. Auch Sun wurde nicht vergessen.

»Geht's jetzt wieder...«, erkundigte sich Craig bei ihm.

»Besser!« bedankte sich Sun, nachdem er getrunken. »Wenn's jetzt noch einen guten Happen zu essen gäbe...«

»Morgen«, tröstete ihn Craig, »morgen mittag gibt's zu essen und ein paar Tassen Tee dazu...«

»Kalten!« rief Sun aus und schüttelte sich.

»Warmen!« verbesserte Craig.

»Wollen Sie Feuer machen?«

»Jawohl. Ich werde Feuer machen.«

»Warum denn bis morgen warten?« wollte Sun wissen.

»Ja, wollen Sie denn, daß unser Feuer uns dem Kapitän Yin verrät? Ihm und seinen Spießgesellen?«

»Nein! Das ja nicht!«

»Also dann doch morgen!«

Die guten Leute unterhielten sich da im Wasser, als wären sie zu Hause! Nur daß die Dünung sie auf und ab wiegte, was dem Ganzen einen urkomischen Anstrich gab. Sie stiegen abwechselnd auf und sanken wieder ab, ganz abhängig von der launischen Wellenbewegung, wie die Hämmer eines Klaviers, wenn der Pianist darauf spielt.

»Der Wind frischt auf«, bemerkte Kin-Fo.

»Dann wollen wir die Segel setzen«, antworteten darauf Craig-Fry.

Und sie machten sich daran, die mitgebrachten Stöcke mit dem kleinen Focksegel zu versehen, als Sun plötzlich einen Entsetzensschrei ausstieß.

»Willst du wohl still sein, du Trottel!« zischte ihn sein Herr an. »Du hast wohl keine Ruhe, bis du uns verraten hast, wie?«

»Aber ich glaubte doch, ich sehe ...«

»Was?«

»Ein riesiges Untier ... es kam auf uns zu! ... Vielleicht ein Hai! ...«

»Irrtum, Sun!« erklärte ihm Fry, nachdem er sorgfältig mit den Augen die Wasseroberfläche abgesucht hatte.

»Aber ... ich glaubte, ich fühlte ...« beharrte Sun.

»Willst du endlich dein Maul halten, Lümmel!« herrschte Kin-Fo ihn an und legte dem Diener eine Hand auf die Schulter. »Und wenn du fühlst, daß dir ein Bein abgebissen wird, darfst du auch nicht schreien, sonst ...«

»Sonst«, ergänzte Fry, »stecken wir ihm ein Messer in seinen Anzug und senden ihn auf den Meeresgrund! Dort kann er dann nach Herzenslust schreien.«

Der unselige Sun – wir sehen es – war noch nicht am Ende seiner Leiden angelangt. Die Angst hatte ihn an der Gurgel, aber er wagte nun keinen Ton mehr von sich zu geben. Wenn er sich noch nicht nach der Dschunke zurücksehnte, nach der Seekrankheit und nach den üblen Passagieren im Laderaum, so war das nur eine Zeitfrage.

Wie Kin-Fo vorausgesagt hatte, so kam es: der Wind hatte aufgefrischt; aber wahrscheinlich war es bloß eine trügerische Brise, die bis Sonnenaufgang wieder einschlafen würde. Trotzdem mußten sie einen Vorteil daraus zu ziehen versuchen, damit sie so weit als nur möglich von der *Sam-Yep* wegkamen. Denn sobald die Spießgesellen des Lao-Shen entdeckten, daß Kin-Fo nicht mehr in seiner Koje lag, würden sie bestimmt sofort nach ihm zu suchen beginnen, und wenn er irgendwo in Sichtweite war, kämen sie ihn sicherlich mit dem Rettungskahn zurückholen. Um jeden Preis also mußten sie vor Sonnenaufgang außer Reichweite sein.

Die Brise wehte aus Ost. In welche Gegend der Orkan die Dschunke auch gestoßen haben mochte, in den Golf von Leao-Tong, den Pe-Tsche-Li-Golf oder gar in das Gelbe Meer, auf alle Fälle mußte man sich der Küste nähern, wenn man westwärts fuhr. In jener Gegend mußte man ja auch auf Handelsschiffe stoßen, die die Mündung des Pei-ho anlaufen wollen. Die Möglichkeiten, von einem Schiff an Bord genommen zu werden, wuchsen sicherlich ständig an. Auch die Fischerbarken waren dortherum ja Tag und Nacht vor der Küste tätig. Wenn andererseits der Wind aus dem Westen gekommen wäre und die *Sam-Yep* weiter nach Süden als zur Küste von Korea abgetriftet war, dann hätten Kin-Fo und seine Gefährten nicht die geringste Aussicht gehabt, gerettet zu werden. Dann hätte sich vor ihnen das gewaltige Meer ausgedehnt, und im Falle sie bis an die japanische Küste getrieben wurden, dann höchstens noch als Leichen, die noch immer in ihren unsinkbaren Anzügen steckten.

Aber, wie wir schon sagten, diese Brise würde wahrscheinlich bei Sonnenaufgang wieder einschlafen, und sie wollten sie darum bis zum letzten ausnützen, um außer Sicht der Dschunke zu kommen.

Es war jetzt ungefähr zehn Uhr abends. Kurz vor Mitternacht würde der Mond über den Horizont steigen. Es durfte wieder einmal keine Zeit verschwendet werden.

»Segel setzen!« befahlen Craig-Fry.

Das taten denn auch alle sogleich. Eine einfache Sache, im Grunde genommen. In der Sohle des rechten Fußes ihrer Schwimmanzüge befand sich eine Fassung, die für den Segelstock war, der so zu einem richtigen kleinen Mast wurde.

Erst einmal streckten sich Kin-Fo und die andern behaglich auf dem Rücken aus. Dann brachten sie den rechten Fuß dem Körper entlang hoch und steckten den Stock in die Fassung, nachdem sie vorher das winzige Segel befestigt hatten. Sobald sie nun den Fuß wieder in seine natürliche

Lage gebracht hatten, stand der Segelstock senkrecht zu ihrem Körper auf.

»Und jetzt: hissen!« kommandierten Craig-Fry. Worauf ein jeder an einer Leine zog und damit das Segel mit dessen spitzestem Winkel zur

Mastspitze brachte. Dann befestigten sie die Segelleine an ihrem Gürtel und hielten sie zusätzlich mit der einen Hand fest. Und nun blies der Wind die kleine Flotte in ihren Schwimmanzügen vor sich her, wobei jeder hinter sich hübsche kleine Wirbel verursachte.

Diese ›menschlichen Barken‹ verdienten eigentlich weit eher den Namen Skaphander als die fälschlich so benannten Unterwasser-Arbeiter.

Nach weiteren zehn Minuten vermochte jeder von ihnen mit vollkommener Sicherheit und Leichtigkeit zu manövrieren. Sie segelten eng beieinander, ohne daß sich der eine oder andere hätte abtriften lassen. Man hätte sie für eine Gruppe großer Möwen halten können, die sich mit ausgebreiteten Flügeln vom Winde treiben ließen. Das Meer eignete sich aber zu jener Zeit gerade ausgezeichnet für diese Art der Fortbewegung: keine einzige größere Welle störte die ruhige, lange Dünung, weder kurze Brecher, noch Brandungswellen.

Zwei-, dreimal vergaß der ungeschickte Sun die Ermahnungen von Craig-Fry und mußte darum jedesmal einige Schlücke des bitteren Meerwassers schlucken, weil er den Kopf drehte, um in der Gegend herumzugaffen. Es tat ihm aber nicht viel, wenn man von den Übelkeitswellen absieht, die dann in ihm aufstiegen. Das scherte ihn weiter nicht, vielmehr hatte er eine Heidenangst, er würde einer Herde von Tigerhaien begegnen! Immerhin konnten ihm die andern begreiflich machen, er riskiere weniger in der horizontalen als in der vertikalen Lage. Und in der Tat zwingt die eigenartige Stellung des Maules den Hai, sich abzudrehen, um seine Beute zu schnappen, und das fällt ihm dann am schwersten, wenn diese Beute flach auf dem Wasser liegt. Ferner hat man beobachtet, daß diese Menschenfresser sich zwar auf leblose Körper stürzen, aber vor denen, die sich bewegen, zurückweichen. Daher mußte Sun sich unaufhörlich bewegen, und das tat er denn auch und ruderte, was er konnte!

So segelten die ›Skaphander‹ etwa eine Stunde lang. Kin-Fo und seine Leute mußten wenigstens so lange durchhalten, bis sie genügend Abstand von der Dschunke bekamen. Und länger hätten sie es nicht mehr ausgehalten, weil das angespannte Segel und die nun immer heftiger auftretenden Brecher sie zu sehr ermüdeten.

Craig und Fry ordneten darum einen ›Stop‹ an. Die Segelleinen wurden losgelassen und die kleine Flotte kam zum Halten.

»Fünf Minuten Pause, ist Ihnen das recht, Herr Kin-Fo?« wandte Craig sich an den teuren Klienten.

»Aber gern.«

Alle außer Sun, der ›aus Vorsicht‹ in der Horizontalen blieb und weiter zappelte, nahmen die vertikale Stellung ein.

»Ein zweites Glas Schnaps?« bot Fry an.

»Mit Vergnügen!« dankte Kin-Fo.

Mehr als einige Schlücke des stärkenden Getränks waren im Moment nicht nötig. Der Hunger quälte sie bis jetzt noch nicht. Eine Stunde vor dem Verlassen der Dschunke hatten sie ausgiebig zu Abend gegessen, konnten also gut bis zum nächsten Morgen warten. Und zu wärmen brauchten sie sich überhaupt nicht, das war unnötig. Die Luftschicht zwischen ihrem Körper und dem Wasser schützte sie vor jeder Kälteeinwirkung. Jedenfalls hatte ihre Körpertemperatur seit Beginn dieser Fahrt nicht um ein einziges Grad abgenommen.

Wo war die *Sam-Yep*? Sah man sie noch immer?

Craig und Fry drehten sich um. Fry entnahm dem wasserdichten Sack ein Nachtglas und suchte damit sorgfältig den ganzen Horizont ab.

Nichts! Es war keiner jener Schatten zu erspähen, die von den Schiffen gegen den Horizont gebildet werden. Dazu war es eine wirklich dunkle Nacht, etwas diesig und fast sternenlos. Die Planeten bildeten kaum einen schwachen Nebelfleck. Doch sehr wahrscheinlich würde der Mond, der nun bald als halbe Scheibe zu sehen war, die verhüllenden Nebel auflösen und die Gegend weit herum erhellen.

»Die Dschunke ist fort!« erklärte Fry.

»Die Gauner schlafen wohl noch und haben darum den Wind noch nicht ausgenützt.«

»Von mir aus kann's weitergehen«, bemerkte

nun Kin-Fo, zog an der Segelleine und setzte so sein Segel.

Seine Gefährten taten es ihm gleich, und alle fuhren in derselben Richtung weiter, diesmal unter einem etwas stärkeren Wind.

Sie trieben westwärts. Infolgedessen schien ihnen der Mond, der nun aufging, nicht direkt ins Gesicht, denn er ging ja im Osten auf. Aber er erhellte mit seinem ersten Schein den gegenüberliegenden Horizont, und gerade den mußten sie besonders genau im Auge behalten. Vielleicht zeigte er doch statt der langweiligen Kreislinie an der Grenze zwischen Himmel und Wasser auf einmal ein unebenes Profil mit helleren und dunkleren Stellen. Die Segler würden das schon zu deuten wissen. Es wäre natürlich die chinesische Küste, und wo sie dort auch anlegten, es würde für sie die Rettung bedeuten. Die Küste dortherum war offen, die Brandung unbedeutend. Also konnte das Landen keine Schwierigkeiten bieten. Und waren sie einmal an Land, dann konnten sie ruhig weiter beraten, was nun geschehen sollte.

Ein Viertel vor zwölf wurde ein schwacher Schein von den Dunstwolken über ihnen zurückgeworfen. Die Mondsichel erschien über der Wasserlinie.

Weder Kin-Fo noch einer seiner Gefährten drehten den Kopf danach um. Der immer kräftiger werdende Wind stieß sie jetzt mit ziemlicher Geschwindigkeit, während der Nebel sich zu heben begann. Sie fühlten mehr als sie sahen, daß die Gegend heller wurde.

Zugleich traten die Sterne deutlicher hervor. Der starke Wind fegte die letzten Nebelschwaden fort, und das Kielwasser um die Köpfe unserer Segler wurde deutlicher.

Die Mondsichel wechselte nun von dem ursprünglich kupferigen Rot zu einem Silberweiß, und das Firmament wurde hell erleuchtet.

Plötzlich entfuhr dem Munde Craigs ein saftiger, hörbarer und typisch amerikanischer Fluch, und dann sagte er scharf:

»Die Dschunke!«

Alle vier hielten an.

»Weg mit den Segeln!« befahl Fry.

Im nächsten Augenblick hatten sie ihre Focksegel eingezogen und die Stöcke aus der Fußsohle gezogen.

Kin-Fo und die andern stellten sich vertikal ins Wasser und schauten hinter sich.

Dort kam die *Sam-Yep* daher, weniger als eine Meile von ihnen weg, und alle Segel waren gesetzt.

Das war sie allerdings, die Dschunke! Sie nützte nun ebenfalls die Brise aus, wie sie sehen konnten. Kapitän Yin hatte zweifellos ihr Verschwinden bemerkt, ohne sich eine Vorstellung davon machen zu können, wie es Kin-Fo und seinen Leuten gelungen war zu fliehen. Auf gut Glück hatte er sich an die Verfolgung gemacht, im Einvernehmen mit seinen Spießgesellen aus dem Laderaum, und innert einer Viertelstunde würden Kin-Fo, Sun, Craig und Fry wieder in seinen Händen sein!

Waren sie denn schon gesehen worden auf diesem irisierenden Wasserspiegel, den der Mond in ein Meer von Licht zu tauchen schien? Nein, möglicherweise noch nicht!

»Runter mit den Köpfen!« befahl Craig, der sich an die Hoffnung klammerte, sie seien noch nicht entdeckt.

Die andern hatten ihn verstanden. Durch die Gummischläuche ließen sie etwas Luft hinaus, so daß außer ihren von der Kapuze umrahmten Gesichtern nichts von ihnen sichtbar war. Nun mußten sie sich vollkommen still verhalten und einfach warten.

Die Dschunke kam mit großer Geschwindigkeit näher. Ihre riesigen Segel warfen zwei noch riesigere Schatten auf das Wasser.

Fünf Minuten später war die Dschunke bloß noch eine halbe Meile von ihnen entfernt. Über der Verschanzung liefen die Matrosen hin und her. Hinten im Schiff hielt der Kapitän das Ruder. Manövrierte er, um die Flüchtlinge einzuholen? Oder hielt er das Schiff einfach vor dem Wind? Wer konnte das wissen?

Plötzlich wurde lautes Geschrei hörbar. Eine Menge von Menschen erschien an Deck der *Sam-Yep*. Das Geschrei wurde lauter.

Ganz offensichtlich fand ein Kampf zwischen den falschen Leichen und der Besatzung der Dschunke statt. Ja, aber warum wurde denn gekämpft? Steckten also diese Gauner, Matrosen und Piraten des Lao-Shen, doch nicht unter einer Decke?

Kin-Fo und seine Leute hörten ganz deutlich teils entsetzliche Flüche, teils Schreie des Schmerzes und der Verzweiflung, die aber nach wenigen Minuten erstickt waren.

Dann klatschte etwas heftig ins Wasser: auf der ganzen Länge der Dschunke wurden Menschen ins Wasser geworfen.

Also doch nicht! Yin und seine Besatzung standen noch nicht mit Lao-Shen im Bunde! Ganz im Gegenteil: die armen Teufel waren von den Piraten überfallen und abgemurkst worden! Die Banditen, die sich an Bord versteckt hatten – zweifellos mit Hilfe der Hafenarbeiter in Taku –, hatten kein anderes Ziel verfolgt, als sich der Dschunke zu bemächtigen, um sie in den Dienst der Tai-Ping zu stellen, und ganz bestimmt hatten sie nie gewußt, daß Kin-Fo als Passagier auf der *Sam-Yep* mitfuhr!

Wenn sie ihn gesehen hätten, wenn er in ihre Hände fiel, dann hatten weder er noch seine Begleiter das geringste Mitleid von diesen elenden Kerlen zu erwarten!

Die Dschunke fuhr unterdessen immer weiter, sie kam auf die gleiche Höhe mit den Flüchtlingen,

aber durch einen unverhofften Zufall gerieten sie in den Schlagschatten der beiden Segel.

Einen Moment lang tauchten sie.

Als sie wieder auftauchten, war die Dschunke bereits an ihnen vorbei, ohne daß jemand darauf sie gesehen hätte, und sie glitt davon in einem Tempo, daß ihr Kielwasser mächtig rauschte.

Hinterher trieb ein Leichnam. Die Wirbel des davonfahrenden Schiffes brachten ihn den vier Leuten in den Taucheranzügen immer näher.

Es war die Leiche des Kapitäns Yin, des Kommandanten der *Sam-Yep!* In seiner Seite stak noch der Dolch des Mörders. Die weiten Falten seines Gewandes hatten soviel Luft eingeschlossen, daß er davon eine Zeitlang über Wasser gehalten wurde.

Aber dann war er plötzlich in der Tiefe verschwunden.

So ging der leutselige Kapitän von der *Sam-Yep* zugrunde!

Nach weiteren zehn Minuten war die Dschunke hinter dem westlichen Horizont verschwunden, und Kin-Fo, Fry-Craig und Sun waren allein auf der riesigen Wasserfläche zurückgeblieben.

DAS ZWANZIGSTE KAPITEL
LEGT DAR, WAS MIT JENEN GESCHIEHT, DIE KAPITÄN BOYTONS ANZÜGE VERWENDEN ...

Drei Stunden darauf setzte die Morgendämmerung langsam ein, das erste hellere Grau hob sich am Horizont ab. Und bald war es heller Tag, so daß die ganze Weite des Meeres überblickt werden konnte.

Die Dschunke blieb verschwunden. Sie hatte die ›Skaphander‹ rasch hinter sich gelassen, die sich natürlich mit ihr an Schnelligkeit nicht messen konnten. Sie trieben zwar in derselben westlichen Richtung, von derselben Brise gestoßen, doch mußte sich die *Sam-Yep* nun schon mindestens drei Meilen vor dem Wind befinden. Von den Kerlen, die auf ihr fuhren, war also nichts mehr zu befürchten.

Immerhin machte diese bewältigte Gefahr ihre Lage nicht weniger prekär.

Das Meer war völlig frei von Schiffen. Nicht einmal eine Fischerbarke ließ sich sehen. Von Land keine Spur, weder im Norden noch im Osten. Kein Anzeichen, das auf eine nahe Küste hingedeutet hätte. Schwammen sie eigentlich im Golf von Pe-Tsche-Li oder im Gelben Meer? In dieser Hinsicht schwebten sie ganz und gar im ungewissen.

Wenigstens war der Wind noch nicht ganz eingeschlafen. Sie wollten ihn deshalb bis zum letzten Lüftchen nutzen. Die von der Dschunke eingeschlagene Richtung ließ vermuten, daß früher oder später von dort her Land auftauchen müßte. Im Westen allein war es zu suchen.

Die vier Schwimmer beschlossen, wieder die kleinen Segel zu setzen, natürlich erst, nachdem sie sich richtig gestärkt hatten. Der Magen knurrte und wollte gefüttert sein. Seit zehn Stunden trieben sie nun schon dahin, der Hunger meldete sich gebieterisch.

»Wir wollen frühstücken«, verfügte Craig.

»Reichlich«, ergänzte Fry.

Kin-Fo gab durch eine Handbewegung sein Einverständnis, und Sun schnalzte bereits mit der Zunge – bei ihm ein unmißverständliches Zeichen ... In diesem Moment dachte der Ausgehungerte nicht mehr daran, er könnte verschlungen werden. Ganz im Gegenteil!

Der wasserdichte Sack wurde aufgemacht. Fry entnahm ihm verschiedene Lebensmittel von guter Qualität: Brot, Konserven, Tischgedeck – einfach alles, was zu einer Mahlzeit notwendig ist. Von den hundert Gängen, die bei einer normalen chinesischen Mahlzeit aufgetragen werden, fehlten zwar deren achtundneunzig. Doch die vier Tafelgefährten waren sehr hungrig, und hier war kaum der Ort, heikel zu sein.

Sie frühstückten also mit kräftigem Appetit. Der Sack enthielt Lebensmittel für zwei Tage. Nun, innerhalb von zwei Tagen waren sie schon lange an Land – oder dann sahen sie es ohnehin nie wieder...

»Wir haben aber berechtigte Hoffnung«, behauptete Craig.

»Warum das?« In Kin-Fos Frage schwang deutlich eine gewisse Ironie mit.

»Weil uns das Glück wieder zu lachen beginnt«, meinte Fry.

»Ach, finden Sie wirklich?«

»Aber ja doch!« fuhr Craig weiter. »Das höchste Gefahrenmoment war die Dschunke – und der sind wir entkommen.«

»Noch nie, werter Herr«, ließ sich nun Fry vernehmen, »noch nie, seit wir die Ehre haben, Ihrer werten Person zugeteilt zu sein, waren Sie in größerer Sicherheit als gerade jetzt!«

»Alle Tai-Ping der Welt...« sagte Craig.

»... könnten jetzt nicht an Sie herangelangen!« schloß Fry.

»Und sie schwimmen sehr leicht...«

»... für einen Mann, der zweihunderttausend Dollar schwer ist!«

Kin-Fo konnte sich eines Lächelns nicht erwehren.

»Wenn ich mich über Wasser zu halten vermag, dann dank Ihnen, meine Herren! Ohne Ihre Hilfe wäre ich jetzt dort, wo der tapfere Kapitän Yin liegt!«

»Wir aber auch!« ließen die zwei Agenten sich hören.

»Und erst ich!« mischte Sun sich ein, wobei ihm ein großer Bissen Brot, den er vom Mund in den Rachen zu befördern im Begriffe war, fast die Worte verschlug.

»Jedenfalls weiß ich, was ich euch zu verdanken habe«, stellte Kin-Fo fest.

»Sie schulden uns überhaupt nichts, wo Sie doch Kunde der ›Centenaria‹ sind...«, wehrte Fry ab.

»... unserer Lebensversicherungsgesellschaft...«

»... mit einem Garantiekapital von zwanzig Millionen Dollar...«

»... und wir hoffen doch sehr...«

»... daß sie Ihnen nichts zu bezahlen haben wird!«

Eigentlich war Kin-Fo recht gerührt über die Hingebung und Aufopferung der beiden Agenten ihm gegenüber, was auch immer die Triebfeder dazu sein mochte. Auch machte er kein Hehl aus seinen Gefühlen ihnen gegenüber.

»Wir reden noch über all das, sobald ich von Lao-Shen den Brief wieder in Händen habe, den Wang so ärgerlicherweise weitergegeben hat!«

Craig und Fry sahen sich an. Ein fast unmerkliches Lächeln erschien auf ihren Lippen. Ganz klar: sie hatten wieder einmal denselben Gedanken zur selben Zeit gehabt.

»Sun?« fragte Kin-Fo.

»Herr?«

»Der Tee?«

»Schon da!« meldete Fry.

Und Fry hatte Grund, sich zu melden: Unter diesen Umständen Tee zu kochen, schien Sun ein Ding der Unmöglichkeit zu sein.

Eine solch unwichtige Angelegenheit war nämlich für die beiden Agenten kaum der Rede wert. Sie kamen keinen Moment in Verlegenheit. Fry zog aus dem Wundersack ein kleines Gerät, das zu den Einzelteilen des Boytonschen Rettungsanzugs gehört. Dieses Gerät kann als Feuerzeichen in

Notzeiten, als Wärmequelle, wenn einen friert, und eben auch als Ofen verwendet werden, wenn man sich ein heißes Getränk zubereiten möchte.

Eigentlich eine recht einfache Erfindung: ein sechs Zoll langer Schlauch wird an einen metallischen Behälter angeschlossen, der über einen oberen und einen unteren Auslaßhahn verfügt – das ganze in eine Korkhülle gesteckt, wie man das für schwimmende Thermometer seit langem zu tun pflegt, und wie sie in den Badehäusern üblich sind, das ist alles.

Fry legte diesen Apparat auf das Wasser, das nun wieder völlig ruhig dalag.

Mit der einen Hand öffnete er den oberen Hahn, mit der andern den unteren, der zum Inhalt des Behälters führte. Sogleich brannte eine schöne kleine Flamme am Schlauchende und verbreitete eine angenehme Wärme.

»Da hätten wir einmal den Ofen!« stellte Fry befriedigt fest.

Sun traute seinen Augen nicht.

»Wie? Sie machen aus Wasser Feuer?« rief er verwundert aus.

»Stimmt. Mit Wasser und Calcium-Phosphor.« Craig war ganz stolz.

Tatsächlich ist dieser Apparat so konstruiert, daß er sich eine eigenartige Qualität des Phosphor-Calciums zunutze macht, das beim Kontakt mit Wasser phosphorisierten Wasserstoff produziert. Nun brennt dieses Gas bei der Berührung

mit Sauerstoff spontan, und weder Regen noch Meerwasser vermögen es auszulöschen. Es findet jetzt auch schon Verwendung zur Beleuchtung der verbesserten Rettungsbojen. Beim Abwerfen der Boje kommt das Wasser in Berührung mit dem

Phosphor-Calcium, und sofort schießt eine lange Stichflamme aus der Boje, die es dadurch möglich macht, den über Bord Gefallenen zu beleuchten und ihm durch die Matrosen Hilfe zu bringen*.

Während das Gas am Schlauchende nun brannte, hielt Craig ein Gefäß mit Süßwasser – das er einem kleinen Fäßchen aus dem Wundersack entnommen hatte – über die Flamme.

Nach ein paar Minuten kochte das Wasser schon. Craig goß es in eine Teekanne, in der sich bereits ein paar Prisen eines ausgezeichneten Tees befanden, und für dieses eine Mal tranken Kin-Fo und Sun ›Tee à l'américaine‹, was ihnen aber gar nicht zuwider war.

Der heiße Tee bildete den schönen Abschluß eines guten Frühstücks, auf der Wasseroberfläche serviert, auf soundsoviel nördlicher Breite und soundsoviel östlicher Länge. Nun fehlten ihnen bloß noch ein Sextant und ein Chronometer zur Bestimmung ihrer Position. Und eines Tages wird der Boytonsche Rettungsapparat auch diese Dinge als letzte Perfektion zu den zusätzlichen Geräten seiner Erfindung zählen, so daß die Schiffbrüchigen nie mehr Gefahr laufen, sich auf dem Meere zu verirren.

Nun waren Kin-Fo und seine Gefährten gut

* Herr Seyferth und Herr Silas, zwei Archivare der Französischen Gesandtschaft in Wien, haben diese Rettungsboje erfunden, die heute auf allen Kriegsschiffen Verwendung findet.

ausgeruht, gut verpflegt und konnten endlich ihre kleinen Segel setzen. Sogleich ging die Reise westwärts weiter, die so angenehm durch ein herrliches Mahl unterbrochen worden war.

Zwölf Stunden lang wehte die Brise ständig, und die Schwimmer kamen gut vorwärts. Kaum daß sie von Zeit zu Zeit die Fahrtrichtung durch einen Paddelschlag korrigieren mußten. In dieser horizontalen Lage, weich und warm gebettet, entwickelte sich natürlich bald einmal ein Hang zum Einschlafen. Diesem Hang jedoch mußten sie widerstehen, da ihnen dadurch gewisse Gefahren drohen konnten. Craig und Fry wehrten dem Schlaf durch das Anzünden einer starken Zigarre. So rauchten sie denn wie die badenden Snobs in einem Schwimmkurs.

Mehrmals wurden unsere Schwimmer durch spielende Meerestiere beunruhigt. Sun stand dann jedesmal Todesängste aus.

Glücklicherweise waren es bis jetzt nur harmlose Tümmler. Diese Clowns des Meeres kamen aus lauter Neugier daher, um sich die seltsamen Wesen anzusehen, die da in ihrem Gebiet herumschwammen – Säugetiere zwar wie sie, aber bestimmt keine Meeresbewohner!

Ein interessantes Schauspiel boten sie, diese Tümmler! Sie kamen in Gruppen dahergeschwommen, pfeilten an den Menschen vorbei und verliehen dem schimmernden Wasser mit ihren Smaragdfarben zusätzlichen Reiz; dann sprangen sie plötzlich fünf bis sechs Fuß hoch aus dem Wasser und überschlugen sich dabei, was von der unerhörten Biegsamkeit und Kraft ihres Körpers zeugte. Ha! Wenn die vier Schwimmer das Wasser mit einer derartigen Geschwindigkeit hätten durchpfeilen können, einer Geschwindigkeit, welche die der schnellsten Schiffe weit übertrifft! Da wären unsere vier rasch an einer Küste gewesen! Sie verspürten große Lust, sich von einem dieser Tiere ins Schlepptau nehmen zu lassen. Aber eben: diese Sprünge! Diese Tauchsprünge dazu! Da war es doch noch besser, den Wind für ihre Vorwärtsbewegung zu verpflichten. Das war zwar unendlich viel langsamer, aber auch viel praktischer und sicherer.

Doch gegen Mittag erstarb der Wind völlig. Erst blies er noch rasch launig ein paarmal in die kleinen Segel, um sie im nächsten Augenblick schlaff herunterfallen zu lassen. Die Segelleine in ihren Händen straffte sich nicht einmal mehr. Das Kielwasser rauschte nicht mehr um ihre Köpfe...

»Eine kleine Schwierigkeit...«, meinte Craig.

»Eine ernste!« verbesserte Fry.

Sie machten wieder für kurze Zeit Pause. Die Masten wurden eingezogen, die Segel gerefft. Jeder nahm die vertikale Stellung ein und suchte den Horizont ab.

Noch immer weit und breit kein Schiff zu sehen! Kein Segel, keine Dampferrauchfahne, nichts! Eine sengende Sonne hatte alle Dunstwolken aufgesogen und die Atmosphäre verdünnt. Die Wassertemperatur wäre auch Leuten warm vorgekommen, die nicht in Gummianzügen steckten.

So zuversichtlich sich Fry-Craig in bezug auf dieses Abenteuer gaben, sie wurden nun doch ein bißchen besorgt. Die Strecke, die sie seit sechzehn Stunden zurückgelegt hatten, war schwer zu schätzen; daß aber weder ein Kauffahrteischiff noch ein Fischerboot sich zeigen wollte, wurde immer unerklärlicher.

Glücklicherweise waren weder Kin-Fo noch Craig und Fry von der Sorte Menschen, die sich vorzeitig geschlagen geben. Sie gaben noch nicht auf. Denn noch hatten sie für einen weiteren Tag zu essen, und das Wetter schien sich halten zu wollen.

»Los, paddeln wir ein bißchen!« schlug Kin-Fo vor.

Das war sein Startsignal. Und die Schwimmer paddelten – mal auf dem Rücken, dann wieder auf dem Bauch – unverdrossen westwärts.

Schnell ging es nicht. Diese Paddelei ermüdete die an derartige Anstrengungen nicht gewöhnten Arme ziemlich rasch. Immer wieder mußten sie anhalten und auf Sun warten, der ständig zurückblieb und sein Gejammer wieder angefangen hatte. Sein Herr ermahnte ihn, beschimpfte ihn, drohte ihm; doch Sun, der seiner Kapuze wegen für sein bißchen Zopf nichts zu fürchten hatte, ließ ihn wettern. Nur die Angst, im Stich gelassen zu werden, brachte ihn dazu, noch mitzurudern.

Gegen zwei Uhr tauchten ein paar Vögel auf: Möwen! Diese Küstenvögel aber wagen sich oft sehr weit aufs Meer hinaus. Sie durften aus ihrer Anwesenheit noch nicht auf Landnähe schließen, unsere vier Leute. Trotzdem werteten sie die Begegnung positiv.

Eine Stunde darauf gerieten die Schwimmer in ein Netz von Seetang, aus dem sie sich nur mit großer Mühe herauszuhauen vermochten. Sie hingen darin fest wie die Fische in den Maschen eines Sacknetzes. Sie mußten ihre Messer fleißig gebrauchen, um aus diesem marinen Unterholz herauszukommen. Dabei verloren sie nicht nur eine halbe Stunde, sondern vergeudeten viel Kraft, die sie zum Paddeln besser hätten verwenden können.

Schon um vier Uhr mußten sie wieder anhalten, begreiflicherweise recht erschöpft. Zwar war eine neue Brise aufgekommen; leider blies sie aus Süd. Etwas beunruhigend schien ihnen das schon zu sein. Denn die Skaphander konnten nicht mit Backstagwind segeln, sondern waren für die Richtungskorrektur auf ihre Paddel angewiesen. Und mit dem Wind nordwärts segeln wollten sie nicht, da sie sonst einen Teil des bereits nach Westen zurückgelegten Weges wieder eingebüßt hätten.

Die Rast dehnte sich diesmal lange aus. Sie wurde nicht nur zum Ausruhen, sondern zum Verpflegen gebraucht, damit sie neue Kräfte bekämen.

Dieses Abendessen wurde weniger lustig als die Mahlzeit am Morgen. In ein paar Stunden würde es Nacht sein. Der Wind hatte aufgefrischt ... Was sollten sie beschließen? Kin-Fo stützte sich auf sein Paddel, runzelte die Stirn und war vorläufig eher ärgerlich als besorgt wegen dieses neuerlichen Pechs. Er sprach kein Wort. Sun jammerte unablässig und nieste bereits wie ein Sterblicher, dem ein schrecklicher Stockschnupfen droht. Craig und Fry fühlten, wie die beiden andern gern ihre Meinung erfahren hätten, doch wußten auch sie nicht mehr, was da noch zu sagen war.

Endlich lieferte ihnen ein glücklicher Zufall den nötigen Gesprächsstoff. Kurz vor fünf Uhr zeigten plötzlich Craig und Fry gleichzeitig nach Süden und schrien auf:

»Ein Segel! ein Segel!«

Und in der Tat: drei Meilen vor dem Wind tauchte ein Schiff auf, das alle Segel gesetzt hatte. Wenn es in derselben Richtung weiterfuhr, die es eingeschlagen hatte, mußte es sehr wahrscheinlich ganz in der Nähe der Schwimmer vorbeifahren.

Da gab's nur eines: dem Schiff den Weg abschneiden, sich direkt vor seine Fahrtrichtung begeben!

Die Schwimmer machten sich augenblicklich an die Ausführung dieser Idee. Wie durch ein Wunder fühlten sie neue Kräfte. Jetzt, wo die Rettung sozusagen vor der Tür stand, wollten sie das ihrige dazu beitragen.

Nun durften sie aber die kleinen Segel nicht mehr brauchen, da der Wind in der falschen Richtung blies. Die Paddel mußten für den Zweck genügen, da die zurückzulegende Distanz eine relativ kurze war.

Rasch kam das Segelschiff näher und wurde größer. Da sahen sie, daß es eine Fischerbarke war. Seine Gegenwart besagte ihnen, daß die Küste nicht mehr fern sein konnte, denn die chinesischen Fischer wagen sich nur selten weiter aufs Meer hinaus.

»Mut! Mut gefaßt!« feuerten Craig und Fry die beiden anderen an, wobei sie selbst aus Leibeskräften ruderten. Sie hätten aber ihre Gefährten kaum noch anzufeuern brauchen. Kin-Fo hatte sich so flach ausgestreckt, als ihm möglich war, und nun pflügte er durchs Wasser wie ein Rennboot. Sun war nicht wiederzuerkennen: er war über sich selbst hinausgewachsen und lag tatsächlich an der Spitze der kleinen Flotte. Natürlich geschah das wieder nur aus Furcht, er könnte jetzt noch hinter den andern zurückbleiben!

Im ganzen hatten sie etwa eine halbe Meile zu paddeln, um genau in den Kurs der Barke zu kommen. Zudem war es immer noch heller Tag, und die Schwimmer, falls sie nicht nahe genug kamen, um gesehen zu werden, wollten sich bestimmt durch Rufen bemerkbar machen! Konnte es jedoch nicht auch sein, daß die Fischer beim Anblick der seltsamen Meeresungeheuer, die ihnen da zuriefen, die Flucht ergreifen würden? Da lag jedenfalls eine schlimme Möglichkeit.

Sei dem, wie ihm wolle, sie mußten jeden Augenblick ausnützen. Mit weit ausholenden Armen paddelten sie heftig durch die schaumgekrönten kleinen Wellen, die Distanz zwischen ihnen und der Barke nahm sichtlich ab – als Sun, der immer noch führte, einen entsetzlichen Schreckensschrei ausstieß:

»Ein Hai! Ein Hai!«

Und diesmal hatte sich Sun nicht getäuscht. In einer Entfernung von kaum zwanzig Fuß tauchten zwei Flossen auf, die zu einem menschenfressenden Hai gehörten, einem Tigerhai also. Und er verdient seinen Namen wirklich, denn er ist doppelt so fürchterlich wie der gewöhnliche Hai.

»Die Messer hervor!« schrien Craig und Fry gleichzeitig.

Das waren die einzigen Waffen, die ihnen zur Verfügung standen, und vielleicht waren sie nicht ganz das Richtige in diesem Moment!

Natürlich hatte sich Sun sofort umgewandt und versuchte zu seinen Gefährten zu stoßen.

Nun hatte der Hai die Schwimmer gesehen und kam auf sie los. Den Bruchteil einer Sekunde konnten sie seinen riesigen Leib im durchsichtigen Wasser erkennen. Er war gestreift und grün gefleckt, und er maß sicher seine sechzehn bis achtzehn Fuß. Ein Ungetüm!

Er stürzte sich erst auf Kin-Fo, drehte sich halb um, damit er zuschnappen konnte.

Kin-Fo verlor keinen Augenblick die Nerven. In derselben Sekunde, als der Hai zuschnappen wollte, stieß er ihm sein Paddel in den Rücken und stieß sich so von ihm weg. Craig und Fry waren schon zur Stelle, bereit zum Angriff, bereit zur Verteidigung.

Der Hai war einen Moment getaucht und kam nun wieder geschossen, mit offenem Maul, das aussah wie eine gewaltige, mit einer vierfachen Reihe von messerscharfen Zähnen bewehrte Schere.

Kin-Fo versuchte denselben Trick noch einmal; aber sein Paddel stieß diesmal in den Rachen des Tieres – und wurde glatt entzweigeschnitten.

Und nun stürzte sich der Hai, der auf der Seite lag, auf seine Beute. Im gleichen Augenblick spritzte auch schon das Blut in einem dicken Strahl auf. Das Meer färbte sich rot.

Craig und Fry hatten das Tier mit zwei gutgezielten Messerstößen getroffen. Obschon die Haut des Hais doch unglaublich zäh ist, hatten ihre amerikanischen langen Klingen sie doch zu durchstoßen vermocht.

Das Maul des Ungetüms schnappte nun mit einem schauderhaften Geräusch auf und zu, während die Schwanzflosse das Wasser peitschte. Dabei wurde Fry erwischt und zehn Fuß weit aus dem Wasser geschleudert.

»Fry!« schrie Craig schmerzerfüllt auf, als hätte ihn selber der Schlag erwischt.

»Hurra!« brüllte seinerseits Fry und kehrte auf den Kampfplatz zurück. Er war unverletzt. Sein Gummianzug hatte den heftigen Schlag aufgefangen und gebremst.

Nun gingen sie alle vier wütend auf den Hai

los. Er drehte und drehte sich um die eigene Achse. Kin-Fo war es gelungen, dem verwundeten Tier den abgebrochenen Stiel seines Paddels ins Auge zu stoßen, wo er ihn nun – auf die Gefahr hin, in zwei Stücke zerschnitten zu werden – festzuhalten versuchte. Craig und Fry versuchten zur gleichen Zeit, den Hai ins Herz zu treffen.

Wahrscheinlich gelang den beiden genau das, denn das Ungeheuer drehte sich noch einmal um sich selbst und versank dann in einer aufquellenden Masse von Blut.

»Hurra! Hurra! Hurra!« brüllten Craig und Fry im Chor und schwenkten dazu ihre Messer.

»Danke!« sagte Kin-Fo einfach.

»Gerne geschehen!« gab Craig höflich zurück. »Können Sie denken: ein Maulvoll von zweihunderttausend Dollar für einen Fisch!«

»Käme doch nicht in Frage!« meinte Fry dazu.

Und nun Sun: wo war Sun? Ganz weit vorn diesmal, schon nahe der Barke, die kaum drei Kabellängen weit entfernt daherkam.

Der Lümmel hatte sich heftig paddelnd geflüchtet. Das hätte ihm beinahe Unglück gebracht.

Die Fischer hatten ihn entdeckt, konnten sich aber nicht vorstellen, daß in diesem Seehundsfell ein Mensch stecken könnte. Sie trafen darum Anstalten, ihn zu erlegen, wie man einen Delphin oder einen Tümmler erlegt. Sie warfen also eine lange Leine aus, an deren Ende sich ein scharfer Haken befand.

Der Haken traf Sun knapp oberhalb des Gürtels, rutschte an ihm entlang – und zerschliß seine Jacke über den Rücken hinauf bis zum Nacken...

Sun, der nun nicht mehr von der Luftschicht zwischen dem Doppelkleid getragen wurde, sank vornüber, weil nur noch die Hosen ihn trugen, und trieb so dahin.

Kin-Fo und Craig kamen glücklicherweise dazu und nahmen in gutem Chinesisch mit den Fischern Verhandlungen auf.

Waren die guten Leute erschrocken! Tümmler, die reden konnten! Hatte man je so etwas gehört! Sie trafen Anstalten, sofort die Segel zu setzen und so rasch wie nur möglich zu fliehen...

Kin-Fo vermochte aber doch noch, sie zu überreden, erklärte ihnen, wer er und die andern Schwimmer seien: Menschen wie sie, Chinesen wie sie!

Einen Augenblick später waren die drei Landsäugetiere an Bord. Blieb noch Sun. Er wurde mit einem Bootshaken herbeigezogen und sein Kopf aus dem Wasser gehoben. Einer der Fischer packte ihn an seinem Zöpfchen und riß darin – es blieb ihm in der Hand... Und Sun mußte von neuem tauchen.

Die Fischer banden ihm nun ein Seil um den Bauch, und mit viel Mühe hißten sie den Diener endlich an Bord.

Kaum war es soweit und Sun hatte das viele

Meerwasser, das er hatte schlucken müssen, wieder herausgegeben, kam Kin-Fo auf ihn zu und fragte in drohendem Tone:

»Er war also falsch?«

»Herr«, antwortete Sun, »wäre er nicht falsch

gewesen, wäre ich nie in Ihre Dienste getreten. Ich wußte schon von Ihren Gewohnheiten!...«

Und das sagte er so komisch, daß alle Umstehenden in ein Gelächter ausbrachen.

Die Fischer waren von Fu-Ning. Weniger als zwei Meilen weg also befand sich der Hafen, den Kin-Fo angesteuert hatte.

Noch am gleichen Abend, etwa um acht Uhr, ging er mit seinen Gefährten in diesem Städtchen von Bord der Barke, schälte sich mit seinen Leuten aus dem Rettungsanzug des Kapitäns Boyton, und alle sahen sie endlich wieder menschlich aus.

DAS EINUNDZWANZIGSTE KAPITEL

BERICHTET, MIT WELCHER ERLEICHTERUNG CRAIG UND FRY DEN MOND AUFGEHEN SEHEN

»Und jetzt zum Tai-Ping!«

Das waren die ersten Worte, die Kin-Fo am folgenden Morgen, dem 30. Juni, sprach, nach einer geruhsamen Nacht, welche die Helden dieses seltsamen Abenteuers reichlich verdient hatten.

Endlich befanden sie sich im Gebiet, wo Lao-Shen hauste. Der Kampf sollte nun ernstlich beginnen.

Würde Kin-Fo als Sieger daraus hervorgehen? Ja, zweifellos; das heißt, wenn er den Tai-Ping zu überraschen vermochte; denn er wollte ihm den Brief mit der Summe abkaufen, die Lao-Shen von ihm verlangte. Und andererseits würde er mit Sicherheit unterliegen, wenn er sich von Lao-Shen überraschen ließ, wenn ein Dolchstoß ihn mitten in die Brust traf, ehe er mit dem schrecklichen Beauftragten Wangs hatte verhandeln können.

»Zum Tai-Ping!« echoten Craig-Fry, nachdem sie einen heimlichen Blick gewechselt hatten.

Die Ankunft Kin-Fos und seiner Begleiter in jenen eigenartigen Anzügen, die Umstände, unter denen sie von den Fischern aufgenommen worden waren, das beschäftigte die Einwohner des kleinen Hafens Fu-Ning ganz enorm. Es weckte Neugier und Rührung zugleich. Der öffentlichen Neugier auszuweichen, war eher schwierig. Die Bevölkerung hatte ihnen schon am Vorabend das Geleit bis zur Herberge gegeben, wo sie sich, dank dem im Gürtel Kin-Fos verwahrten Geld und demjenigen im wasserdichten Sack, neu einzukleiden vermochten. Wären Kin-Fo und seine Leute etwas weniger von Neugierigen bedrängt gewesen, als sie zur Herberge begleitet wurden, dann hätten sie möglicherweise einen gewissen ›Himmlischen‹ bemerkt, der ihnen beharrlich auf den Fersen blieb. Und ihre Verwunderung hätte noch zugenommen, wenn sie ihn während der Nacht durch das Schlüsselloch in der Herberge hätten spähen gesehen. Ihr Mißtrauen gar wäre geweckt worden, wenn sie entdeckt hätten, daß der gleiche ›Himmlische‹ am folgenden Morgen noch an derselben Stelle stand.

Doch sie sahen nichts, vermuteten nichts, sie hatten nicht einmal Gelegenheit, sich zu verwundern, als dieses verdächtige Individuum sich ihnen unterwürfig näherte, um ihnen seine Dienste als Führer anzubieten, kaum waren sie aus der Herberge getreten.

Es war ein Mann von etwa Dreißig, und er machte eigentlich einen recht vertrauenswürdigen Eindruck.

Und doch hatten Craig und Fry irgendwie Verdacht gefaßt, denn sie fragten den Mann genau aus:

»Warum wollen Sie uns als Fremdenführer dienen, und wohin gedenken Sie uns eigentlich zu führen?«

Eine ganz natürliche Doppelfrage, aber die Antwort darauf tönte ebenso natürlich:

»Ich nehme doch an, ihr Herren, daß Sie die Große Mauer sehen wollen, wie das alle Fremden tun, wenn sie nach Fu-Ning kommen. Ich kenne die Gegend und möchte Ihnen meine Dienste anbieten.«

»Guter Freund«, mischte sich nun Kin-Fo ein, »bevor ich mich entscheide, möchte ich wissen, ob diese Provinz für Reisende sicher ist.«

»Absolut sicher«, behauptete der Führer.

»Wird denn nicht hier herum von einem gewissen Lao-Shen gesprochen?« fragte lauernd Kin-Fo.

»Lao-Shen, der Tai-Ping?«

»Den meine ich.«

»Tatsächlich«, antwortete der Führer, »den gibt's. Aber von dem ist nichts zu befürchten, jedenfalls nicht diesseits der Großen Mauer. Er würde nicht wagen, sich auf kaiserliches Gebiet zu begeben. Seine Bande wütet nur auf der anderen Seite, in den mongolischen Provinzen.«

»Ist bekannt, wo er sich zur Zeit aufhält?« wollte Kin-Fo wissen.

»Neuerlich wurde er in der Gegend von Tsching-Tang-Ro gesehen, einige Meilen jenseits der Großen Mauer.«

»Und wie weit ist es von Fu-Ning nach Tsching-Tang-Ro?«

»Ungefähr fünfzig Li, oder 10 Meilen.«

»Gut denn, ich nehme Sie in meine Dienste.«

»Um Sie zur Großen Mauer zu führen?«

»Um mich zum Lager des Lao-Shen zu führen!«

Der Führer wich einen Schritt zurück.

»Sie werden gut dafür bezahlt!« versicherte Kin-Fo.

Der Führer hatte sich gefaßt und schüttelte nun den Kopf, wie ein Mann, der nicht daran denkt, die Grenze zu überschreiten. Dann sagte er:

»Bis zur Großen Mauer komme ich schon. Aber auf die andere Seite ... Nie! Das hieße sein Leben aufs Spiel setzen.«

»Dann sagen Sie mir, was Ihnen Ihr Leben wert ist! Ich bezahle es Ihnen.«

»In diesem Falle: einverstanden!« erwiderte der Führer.

Nun drehte sich Kin-Fo zu den beiden Agenten und fügte hinzu:

»Meine Herren, es steht Ihnen frei, mich noch weiter zu begleiten oder nicht!«

»Wo Sie hingehen ...« begann Craig.

»... da gehen auch wir hin!« schloß Fry fromm.

Denn der Kunde der ›Centenaria‹ war immer noch zweihunderttausend Dollar wert!

Nach dieser Unterhaltung waren die Agenten über die Person des neuen Führers beruhigt. Wenn man hingegen seinen Worten glauben wollte, dann mußte man auf schwerste Zwischenfälle gefaßt sein, sobald man jenseits jener Wehrmauer war, die seinerzeit die Chinesen gegen den Einfall mongolischer Horden errichtet hatten.

Die Vorbereitungen zur Abreise wurden sogleich in Angriff genommen. Sun wurde gar nicht gefragt, ob es ihm passe oder nicht, diese letzte Reise anzutreten. Er mußte einfach mit.

Im kleinen Nest Fu-Ning gab es keinerlei Transportmittel, weder Wagen noch Karren, weder Pferde noch Maultiere. Immerhin standen einige Kamele zur Verfügung, die von den Mongolen für ihre Handelskarawanen verwendet werden. Die abenteuerlichen Händler reisen mit diesen Tieren auf der Straße von Peking nach Kiatcha und treiben die riesigen Herden von Fettschwanzschafen, mit denen sie handeln, vor sich her. Sie stellen die Verbindung zwischen dem Himmlischen Reich und dem asiatischen Rußland her. Nie aber reisen sie allein über die unendliche Steppe, sondern nur in großen, gutbewaffneten Gruppen.

»Es sind stolze und wilde Menschen«, sagt Herr von Beauvoir von ihnen. »Für sie ist ein Chinese höchstens ein Ding, das kaum ihrer Verachtung wert ist.«

Fünf Kamele mit äußerst primitivem Lederzeug wurden eingekauft. Die Lebensmittel wurden aufgeladen, Waffen wurden eingehandelt, und dann konnte die Reise unter Führung des verdächtigen Chinesen beginnen.

Die Reisevorbereitungen hatten aber doch einige Zeit beansprucht, und so wurde es ein Uhr nachmittags, bis sie endlich Fu-Ning verlassen konnten. Trotz dieser Verspätung gab sich der Führer große Mühe, damit sie noch vor Mitternacht bei der Mauer ankämen. Dort wollten sie ihr Lager aufschlagen und am nächsten Tage, falls Kin-Fo auf seinem unvorsichtigen Entschluß beharren sollte, die Grenze überschreiten.

Die Gegend um Fu-Ning war ziemlich hügelig. Ganze Wolken gelben Sandes wurden auf den Wegen zwischen den Feldern aufgewirbelt. Die Gegend war gut bebaut, und sogar hier verspürte man noch den fleißigen Geist des chinesischen Reiches.

Die Kamele marschierten mit abgemessenem Schritt, eher langsam, aber stetig. Der Führer ritt vor Kin-Fo, dann folgten Sun, Craig und Fry, eingepfercht zwischen den Höckern ihrer Reit-

tiere. Sun paßte diese Art des Reisens ausgezeichnet. Er wäre so bis ans Ende der Welt geritten.

Wenn auch der Weg nicht beschwerlich war, so war es bestimmt die Hitze. Auf den von der Rückstrahlung des heißen Bodens erhitzten Luftschichten entstanden die eigenartigsten Luftspiegelungen. Gewaltige Wasserflächen zeigten sich plötzlich, groß wie ein Meer – und verschwanden ebenso plötzlich wieder. Das war dann jedesmal Sun sehr recht, denn er befürchtete schon wieder eine neue Seereise.

Obgleich diese Provinz ganz an der Grenze Chinas lag, war sie keineswegs unbewohnt. Das Himmlische Reich, so groß es ist, hat doch für seine Einwohner viel zuwenig Platz. Darum sind die Bewohner so zahlreich, daß auch die weite asiatische Wüste nicht menschenleer ist.

In den Feldern arbeiteten Männer. Tatarenfrauen, die an den rosenfarbenen und blauen Farben zu erkennen waren – sie woben ihre Kleider nur in diesen Farben –, beschäftigten sich mit andern landwirtschaftlichen Arbeiten.

Herden von gelben Schafen mit langen Schwänzen – wie beneidete sie unser Sun! – weideten da und dort, bewacht von schwarzen Adlern. Wehe dem armen Schaf, das sich von der Herde entfernte! Diese Adler sind gefürchtete Raubvögel, die den Schafen Fehde geschworen zu haben scheinen, und nicht nur den Schafen, auch den jungen Antilopen. Die Kirgisen in den zentralasiatischen Steppen brauchen diese Adler als Jagdtiere.

Und nach allen Seiten flatterten ganze Wolken von Federwild auf. Ein Gewehr wäre in diesen Breiten gar nicht mehr zur Ruhe gekommen. Doch hätte ein richtiger Jäger sich hier grün geärgert:

überall lagen Fangnetze und -schlingen und eine ganze Menge anderer Tierfallen in den Ackerfurchen zwischen Korn, Hirse und Mais.

Inzwischen ritten Kin-Fo und seine Gefährten mitten durch die mongolischen Staubwirbel. Nirgends hielten sie an, weder an schattigen Wegstellen noch bei einsamen Bauernhäusern, die von der übrigen Provinz getrennt waren, auch nicht in den Dörfern, deren Begräbnistürme – errichtet zu Ehren irgendeines Helden aus der buddhistischen Kirchengeschichte – sie jedesmal schon von weitem erblicken konnten. Sie ritten in Einerkolonne, wobei sie sich von den Kamelen führen ließen, die es im Blute haben, so hintereinander zu marschieren. Ein rotes Glöcklein, das an ihrem Halse hängt, rhythmisiert ihren Paßgang.

So war natürlich eine Unterhaltung ausgeschlossen. Der Führer war von Natur aus kein Schwätzer, und er behielt seinen Platz an der Spitze des Zuges. Von dort beobachtete er unausgesetzt die Gegend, obgleich das Blickfeld durch die dicken Staubwolken sehr eingeengt war. Nie zögerte er, welchen Weg er nun einschlagen sollte, auch nicht bei gewissen Straßenkreuzungen, bei denen kein Wegweiser stand. Craig und Fry hatten zwar ihr Mißtrauen dem Führer gegenüber aufgegeben, beobachteten aber darum den kostbaren Kunden der ›Centenaria‹ um so schärfer. Aus ganz natürlichen Gründen wurde ihre Unruhe in dem Maße stärker, je näher sie ihrem Ziele kamen. Jeden Augenblick konnten sie einem Mann gegenüberstehen, der mit einem wohlgezielten Dolchstoß der Urheber eines Verlustes von zweihunderttausend Dollar sein konnte. Wie hätten sie das verhindern sollen?

Kin-Fo hingegen befand sich in einer Geistesverfassung, in der die Erinnerung an die Vergangenheit die Ängste und Befürchtungen der Gegenwart und der Zukunft überragte. Er ging im Geiste noch einmal sein Leben in den letzten zwei Monaten durch. Die Beständigkeit, mit der ihn das Pech verfolgt hatte, gab ihm ernstlich zu denken. War er denn nicht ganz außerordentlich vom Pech verfolgt seit jenem Tage, als der Brief aus San Francisco mit der Mitteilung seines finanziellen Ruins ihn erreicht hatte? Diese Pechsträhne müßte doch eigentlich in dem Augenblick abreißen, in dem er jenen Brief wieder in der Hand hielt – und der jetzt noch in der Hand des Lao-Shen war –, vorausgesetzt, daß er ihn jenem zu entreißen vermochte. Würde wohl der zweite Teil seines Lebens wiedergutmachen, was er aus Dummheit im ersten verachtet hatte? Würde es der liebenswerten Lé-U durch ihre Gegenwart, ihre Umsorge, ihre Zärtlichkeit und ihre reizende Fröhlichkeit gelingen, die bösen Geister zu bannen, die sich gegen ihn verschworen hatten? Ja, nun zog all das wieder durch sein Gedächtnis, er beschäftigte sich damit, sorgte sich! Und dieser Wang! Klar, er konnte ihm nicht übelnehmen, daß er sein gegebenes Versprechen auf diese Weise einzuhalten versuchte; aber Wang, der Philosoph, der fleißige Gast im Yamen von Schanghai würde nun nicht mehr zugegen sein, um ihn zu lehren!...

»Gleich fallen Sie vom Kamel!« schrie in diesem Augenblick der Führer ihn an. Kin-Fos Reittier hatte das des Führers angestoßen, und Kin-Fo wäre beinahe unsanft aus seinen Träumen gerissen worden.

»Sind wir schon da?« fragte er.

»Es ist jetzt acht Uhr. Ich schlage vor, wir machen hier unsern Abendbrothalt.«

»Und danach?«

»Danach machen wir uns wieder auf den Weg.«

»Es wird aber schon Nacht sein.«

»Ach, Sie brauchen keine Angst zu haben, daß ich Sie in die Irre führe! Die Große Mauer ist kaum zwanzig Li von hier, und wir müssen erst unsre Tiere verschnaufen lassen!«

»Also gut«, gab Kin-Fo nach.

Neben der Straße stand eine alte, baufällige Hütte. Ein kleiner Bach lief dicht daneben in einer engen, kleinen und gewundenen Schlucht, wo die Kamele sich laben konnten.

Inzwischen hatten sich Kin-Fo und seine Leute in der alten Hütte niedergelassen, und dort schmausten sie tüchtig, denn der lange Weg hatte ihren Appetit mächtig angeregt.

Mit der Unterhaltung war es aber nicht weit her. Ein- oder zweimal lenkte Kin-Fo das Gespräch auf das Thema Lao-Shen. Er fragte den Führer aus, wer dieser Tai-Ping eigentlich sei. Der Führer aber schüttelte entweder bloß den Kopf oder antwortete überhaupt nicht, wenn er es einrichten konnte.

»Kommt er hie und da in diese Provinz?« verlangte Kin-Fo zu wissen.

»Nein«, gab der Führer zurück, »aber Tai-Pings aus seiner Bande haben verschiedentlich die Große Mauer überstiegen, und dann war es nicht gut, ihnen zu begegnen! Möge Buddha uns vor den Tai-Pings behüten!«

Bei diesen Antworten, deren Wichtigkeit für den Fragenden dem Führer ja nicht bewußt sein konnte, sahen sich Craig und Fry stirnrunzelnd an, zogen ihre Uhren, studierten sie eingehend und nickten schließlich mit den Köpfen.

»Warum bleiben wir eigentlich nicht bis zum Morgen hier drin?« schlugen sie vor.

»Was? In dieser Hütte?« rief der Führer erregt. »Da ist mir die weite Ebene noch lieber! Dort wird man weniger überfallen!«

»Wir haben abgemacht, daß wir heute nacht bis zur Großen Mauer kommen«, stellte Kin-Fo fest. »Dort will ich hin, und dorthin komme ich auch!«

Das sagte er in einem Ton, der keine Widerrede duldete. Sun, der ohnehin vor Angst schlotterte, wagte keinen Einwand.

Kaum hatten sie darum ihr Mahl beendet – es war kurz nach neun –, erhob sich der Führer und gab das Zeichen zum Aufbruch.

Kin-Fo begab sich zu seinem Reittier. Da kamen Craig und Fry auf ihn zu.

»Verehrter Herr«, begannen sie im Chor, »sind Sie wirklich fest entschlossen, sich in die Hände dieses Lao-Shen zu geben?«

»Wirklich fest entschlossen«, erwiderte Kin-Fo. »Ich will meinen Brief wieder haben, koste er, was er wolle.«

»Sie spielen mit hohem Einsatz, wenn Sie sich ins Lager des Tai-Ping wagen!«

»Ich bin nicht bis hierher gekommen, um feige zurückzuweichen! Es steht Ihnen ja frei, zurückzubleiben, wenn Sie nicht mitkommen wollen!«

Der Führer hatte eine kleine Taschenlaterne angezündet. Die beiden Agenten begaben sich dorthin und konsultierten wieder ihre Uhren.

»Es wäre bestimmt gescheiter, wir warteten bis morgen«, warfen sie nochmals dazwischen.

»Wieso denn das?« Kin-Fo war ungehalten. »Morgen ist Lao-Shen genauso gefährlich wie heute oder übermorgen! Vorwärts, marsch!«

»Vorwärts, marsch!« kam zweistimmig das unvermeidliche Echo.

Der Führer hatte das Ende ihrer Unterhaltung mitbekommen. Schon einige Male vorher, während der Rast, als die beiden Agenten versucht hatten, Kin-Fo umzustimmen, hatte er unwillig die Stirn gerunzelt. Jetzt hingegen, als er merkte, daß sie das Thema wieder anschnitten, konnte er sich einer unwilligen Bewegung nicht enthalten.

Das war nun wiederum Kin-Fo nicht entgangen, der entschlossen war, jetzt nicht mehr umzukehren. Wie groß war aber seine Verwunderung, als der Führer ihm beim Aufsteigen behilflich war und dabei in sein Ohr flüsterte:

»Hüten Sie sich vor diesen beiden Männern!«

Kin-Fo wollte gerade für diese Worte eine Erklärung verlangen ... da gab ihm der Führer verstohlen ein Zeichen zu schweigen, winkte den andern, loszureiten, und dann wagte sich die kleine Karawane quer durch das Land in die Nacht hinaus.

Zeigte sich auf einmal ein Quentchen Trotz im Benehmen des Kunden von Craig-Fry? War es menschenmöglich, daß durch die paar Worte, die unerwarteten und unerklärlichen Worte dieses Führers, in seinem Geist die zwei Monate hingebender Aufopferung, die er durch die beiden Agenten hatte erfahren dürfen, einfach aufgehoben wurden? Nein, wahrlich nicht! Und doch fragte sich Kin-Fo, warum Craig-Fry ihm geraten hatten, entweder seinen Besuch im Lager des Tai-Ping zu verschieben, oder den Plan überhaupt aufzugeben. Hatten sie denn nicht Peking damals so Hals über Kopf verlassen, um mit Lao-Shen zusammenzutreffen? Lag denn das wichtigste Interesse der beiden Agenten der ›Centenaria‹ nicht gerade darin, daß ihr Klient so rasch als möglich wieder in den Besitz jenes dummen, kompromittierenden Briefes gelangte? Da bestand doch ein schwer verständlicher Widerspruch.

Kin-Fo verriet nichts von seinen ihn bewegenden Gefühlen. Er hatte wieder seinen Platz hinter dem Führer eingenommen. Craig-Fry folgten hinter ihm. So ritten sie zwei lange Stunden dahin.

Es mußte nun ganz nahe an Mitternacht sein, als der Führer anhielt und nach Norden auf eine lange schwarze Linie zeigte, die sich etwas vom leicht helleren Himmel abzeichnete. Hinter dieser Linie erhoben sich wiederum einige zackige Bergspitzen, die bereits im aufgehenden Mondlicht standen, obschon der Planet für unsere Reisenden noch nicht sichtbar war.

»Die Große Mauer!« murmelte der Führer.

»Können wir sie heute nacht noch übersteigen?« wollte Kin-Fo wissen.

»Ja, wenn Ihnen soviel daran liegt!« gab der Führer zur Antwort.

»Es liegt mir daran!«

Die Kamele hatten angehalten.

»Ich gehe jetzt den Durchgang rekognoszieren. Warten Sie hier auf mich!« Schon war der Führer verschwunden.

Und in diesem Augenblick kamen Craig und Fry auf Kin-Fo zu.

»Herr!« begann Craig.

»Herr!« das Echo Fry. Und beide im Chor:

»Waren Sie mit unseren Diensten zufrieden? Wir meinen in den zwei Monaten, die wir im Auftrage des ehrenwerten William J. Bidulph in Gesellschaft Ihrer Person verbracht haben?«

»Sehr zufrieden!«

»Wäre der Herr bitte so freundlich, uns dieses kleine Zeugnis zu unterschreiben, daß er für unsere guten und treuen Dienste des Lobes voll ist?«

»Dieses Zeugnis?« Kin-Fo war höchlich überrascht, als Craig ihm ein Blatt, das er aus seinem Notizbuch gerissen hatte, unter die Nase hielt.

»Dieses Zeugnis wird uns möglicherweise eine Belobigung durch unseren Direktor einbringen«, erklärte Fry.

»Und zweifellos eine zusätzliche Gratifikation!« fügte Craig an. »Hier, bedienen Sie sich bitte meines Rückens als Unterlage!« Und Craig bückte sich.

»Hier ist auch die notwendige Tinte, damit der geehrte Herr uns seine werte Unterschrift zu geben vermag«, schloß Fry.

Kin-Fo mußte nun doch lachen und unterschrieb sogleich.

»So, und jetzt möchte ich wissen: wozu all dies Getue an diesem Ort und zu dieser Stunde?«

»An diesem Ort: weil wir die Absicht haben, Sie keinen Schritt weiter zu begleiten! Darum!« bemerkte Fry patzig.

»Zu dieser Stunde: weil es in ein paar Minuten Mitternacht sein wird!« erklärte Craig.

»Wieso soll denn diese Stunde für Sie wichtig sein?«

»Herr«, begann wiederum Craig, »das Interesse, das Ihnen unsere Versicherungsgesellschaft entgegengebracht hat ...«

»... erlischt in wenigen Augenblicken!« vollendete Fry den Satz.

»Und nun können Sie sich umbringen ...«

»... oder sich umbringen lassen ...«

»... soviel es Ihnen beliebt!«

Kin-Fo starrte sie an, ohne ein Wort von all dem zu erfassen, was ihm da im liebenswürdigsten Tone mitgeteilt wurde. Und jetzt ging der Mond über dem Horizont im Osten auf und warf seine silbernen Strahlen über die Szene.

»Der Mond!« rief Fry aus.

»Und heute, am 30. Juni ...« rief Craig seinerseits.

»... geht er um Mitternacht auf ...«

»... und da Ihre Versicherungspolice nicht erneuert wurde ...«

»... sind Sie ab sofort nicht mehr Klient der ›Centenaria‹ ...«

»Guten Abend, Herr Kin-Fo!« sagte Craig.

»Herr Kin-Fo, wünsche noch einen guten Abend!« schloß endgültig Fry.

Damit lenkten die beiden Agenten ihre Reittiere in der umgekehrten Richtung und verschwanden in der Ferne. Ihr Klient blieb völlig verblüfft stehen.

Und kaum war der Schritt der Kamele der beiden vielleicht etwas zu praktischen Amerikaner verhallt, als eine Truppe von Reitern, angeführt von seinem Führer, sich auf Kin-Fo stürzte, der vergeblich versuchte, sich zu wehren; Sun wurde ebenfalls gepackt, obschon er zu fliehen versuchte.

Ein paar Augenblicke später wurden Herr und Diener in ein Verließ in einem der großen unbenutzten Wehrtürme der Großen Mauer geschleppt, und die Tür wurde sorgfältig verriegelt.

DAS ZWEIUNDZWANZIGSTE KAPITEL HÄTTE DER LESER SELBST GESCHRIEBEN HABEN KÖNNEN; ES SCHLIESST NÄMLICH NICHT UNERWARTET!

Die Große Mauer – ein chinesischer Windschirm von vierhundert Meilen Länge – wurde im dritten Jahrhundert von Kaiser Tisi-Chi-Huang-Ti errichtet. Sie erstreckt sich vom Golf von Leao-Tong – in dem sich beide Seitenwände baden – bis zum Kan-Su, wo sie die Proportionen einer landesüblichen Mauer annimmt. Sie stellt eine ununterbrochene Folge von doppelten Bollwerken dar, verstärkt durch Wehrtürme von fünfzig Fuß Höhe und zwanzig Fuß Breite, aus Granit an der Basis, aus Backstein der Oberbau. Diese Mauer folgt streng dem Profil der launigen Bergformationen an der russisch-chinesischen Grenze.

Auf der Seite gegen das Himmlische Reich ist sie in recht schlechtem Zustand. Auf der mandschurischen hingegen sieht sie noch einigermaßen vertrauenerweckend aus, und die Zinnen sind dort als guterhaltene Mauerkronen aus Stein erhalten.

Vergeblich würde man Verteidiger auf dieser langen Befestigung suchen. An Kanonen ist nicht eine einzige zu erblicken. Der Russe, der Tatar, der Kirgise und sogar der Sohn des Himmels können nach Gutdünken hin und her durch die Pforten der Mauer. Diese Trennwand ist kein Schutz mehr für die Nordgrenze des Kaiserreichs, nicht einmal ein Schutz gegen den feinen mongolischen Staub, den der Nordwind oft bis an die Pforten der Hauptstadt trägt.

Durch eine dieser Pforten einer verlassenen Bastion wurden Kin-Fo und sein Diener am nächsten Tag – nach einer schlimmen, auf Stroh verbrachten Nacht – unter starker Bewachung von einem guten Dutzend Männern geführt; und dem Aussehen nach konnten die Kerle nur zu der Bande des Lao-Shen gehören.

Der Führer war verschwunden. Doch Kin-Fo machte sich keine Illusionen in diesem Punkt. Das war kein Zufall, der diesen Verräter auf seinen Pfad geführt hatte! Der Elende hatte ganz offensichtlich auf Kin-Fo gewartet. Sein Zögern, sich auf die andere Seite der Großen Mauer zu wagen, war nichts als eine Kriegslist gewesen, um einen etwaigen Verdacht von sich abzulenken. Der Schurke gehörte natürlich dem Tai-Ping an und hatte bestimmt auf Befehl gehandelt.

Und nachdem Kin-Fo einen der Leute, die zur Wache gehörten, darüber befragt hatte, blieben keine Zweifel mehr übrig:

»Sie führen mich ohne Zweifel ins Lager von Lao-Shen, Ihrem Gebieter, ja?«

»Wir werden noch vor einer Stunde dort sein!« lautete die Antwort.

Und übrigens: was wollte der Schüler Wangs hier anderes? Nur den Beauftragten des Philosophen aufsuchen! Nun also, sie führten ihn ja jetzt zu ihm! Ob er nun freiwillig oder durch Gewalt dorthin kam, spielte doch letzten Endes keine Rolle mehr. Das konnte höchstens Sun nicht gleich sein, dessen Zähne unaufhörlich klapperten und der schon fast fühlte, wie sein Schelmenkopf auf den Schultern lose wurde...

Der phlegmatische Kin-Fo hatte sich nun einmal für dieses Abenteuer entschieden, und darum ließ er sich willig führen. Endlich sollte es möglich werden, mit Lao-Shen über den Rückkauf des bewußten Briefes zu verhandeln, oder wenigstens eine Verhandlung darüber zu versuchen. Das war es, was er wollte. Es war alles gut so, wie es war.

Nachdem sie die Große Mauer passiert hatte, folgte die kleine Gruppe von Männern nicht mehr der großen ›Straße der Mongolei‹, sondern bog auf enge und steile Saumpfade ab, die rechterhand in das Hügelland der Provinz führten. So ging es eine Stunde lang stetig bergan, so rasch die Leute die Steigung zu bewältigen vermochten. Kin-Fo und Sun mußten stets in der Mitte der Gruppe gehen, damit sie nicht fliehen konnten. Übrigens dachten sie nicht daran.

Nach anderthalb Stunden erblickten Wächter und Gefangene, als sie um den Ausläufer des Berghangs bogen, ein halbverfallenes Gebäude. Es schien ein ehemaliges Bonzenkloster zu sein, das, auf einer der vielen Hügelkuppen errichtet, einen eigenartigen Anblick buddhistischer Architektur bot. Doch mußte man sich unwillkürlich fragen, wer wohl unter den Gläubigen den Mut gehabt hatte, in dieser gottverlassenen Gegend an der russisch-chinesischen Grenze diesen Tempel zum Beten zu benutzen. Denn ein jeder, der es tat, hatte mit dem Leben gespielt. Die Gegend war voller kleiner Schluchten und eignete sich ausgezeichnet zu Bespitzelung und Hinterhalt.

Daß der Tai-Ping Lao-Shen sein Hauptquartier gerade hier aufgeschlagen hatte, war der Beweis, daß er düstere Geschäfte trieb. Und wirklich, als Kin-Fo dem Führer der Wachen eine diesbezügliche Frage stellte, gab er ihm zur Antwort, Lao-Shen wohne tatsächlich in jenem Bonzenkloster dort.

»Ich verlange, sofort zu ihm geführt zu werden!« erklärte Kin-Fo.

»Sofort ist richtig«, antwortete der Anführer.

Kin-Fo und Sun, denen man vorher bereits die Waffen abgenommen hatte, wurden in die große Vorhalle des Tempels geführt. Da standen schon etwa zwanzig Männer in Waffen, sehr malerisch anzusehen in ihren Räuberkleidern. Ihre bösartigen Gesichter verhießen nichts Gutes.

Kin-Fo ging entschlossen durch die Doppelreihe von Tai-Pingleuten hindurch. Sun hingegen mußte immer wieder heftig an den Schultern vorwärts gestoßen werden – und er wurde in dieser Hinsicht nicht geschont.

Dieser Vorhof wies an seinem anderen Ende eine in die dicken Mauern eingelassene Treppe auf, die tief ins Bergesinnere hinunterführte. Das bewies,

daß eine Art Krypta unter dem Hauptgebäude des Bonzenklosters verborgen sein mußte. Und sie wäre wohl äußerst schwierig zu finden gewesen, wenn man sich in den labyrinthartigen Gängen dort unten nicht auskannte

Erst ging es also etwa dreißig Stufen hinunter, dann rund hundert Schritte geradeaus. Rauchende Fackeln wiesen den Weg. Die Wache und die beiden Gefangenen standen plötzlich in einem weiten Saal, der von Fackeln schwach erhellt wurde.

Es war tatsächlich eine Krypta. Massive Säulen – sie waren mit jenen häßlichen Köpfen von Ungeheuern verziert, die in der grotesken Fauna der chinesischen Mythologie so häufig sind – trugen das breite Bogengewölbe, dessen Grate alle zu schweren Schlußsteinen zusammenliefen.

Sobald die beiden Gefangenen hereingebracht wurden, vernahm man ein dumpfes Murmeln, das durch den ganzen unterirdischen Raum sich fortzupflanzen schien. Und der Saal war alles andere als leer. Eine wahre Volksmenge füllte ihn bis in die dunkelsten Winkel aus.

Das war sie nun, die Bande der Tai-Ping, die hier zu irgendeiner finsteren Feier zusammengeströmt war!

Im Hintergrund der Krypta stand auf einem Balkon aus Stein ein hochgewachsener Mann. Er nahm sich aus wie der Präsident eines Femegerichtes. Drei oder vier Spießgesellen standen neben ihm als unbewegliche Gehilfen.

Jetzt gab der Große ein Zeichen. Sofort wich die Menge zur Seite und öffnete für die beiden Gefangenen eine Gasse.

»Lao-Shen«, sagte der Anführer der Wache, und deutete mit der Hand auf den Großen.

Da trat Kin-Fo einen Schritt vor und – wie ein Mann, der gewillt ist, zu einem guten Ende zu führen, was er angefangen hat – ergriff das Wort:

»Lao-Shen! Du bist im Besitze eines Briefes, der dir von deinem ehemaligen Kriegskameraden Wang zugestellt wurde. Dieser Brief ist nun gegenstandslos geworden. Darum bin ich hier, um ihn von dir zurückzufordern.«

Auf diese mit fester Stimme geäußerten Worte zuckte der Tai-Ping nicht einmal mit der Wimper. Er hätte ebensogut eine Statue aus Bronze sein können.

»Wieviel verlangst du für den Brief?« fragte Kin-Fo geradeheraus.

Er wartete auf eine Antwort. Es kam keine.

»Lao-Shen, ich werde dir einen Geldbrief ausstellen – auf einen Bankier, der dir paßt, in einer von dir zu bestimmenden Stadt. Und ich verspreche dir, daß dem Boten, den du damit schickst, kein Haar gekrümmt wird!«

Dieselbe eisige Stille von seiten des finsteren Tai-Ping – eine Stille, die nichts Gutes versprach.

Mit noch härterer Betonung fuhr Kin-Fo weiter:

»In welcher Form soll ich den Geldbrief abfassen? Ich biete dir fünftausend Tael!«

Keine Antwort.

»Zehntausend Tael!«

Lao-Shen und seine Gehilfen verharrten unbeweglich und ebenso stumm wie die Statuen in dieser seltsamen Bonzenbehausung.

Beinahe wäre Kin-Fo jähzornig geworden. Sein Angebot, wie er es vorgeschlagen hatte, verdiente doch, daß der andere darauf einging.

»Hörst du nicht, was ich sage?« rief er dem Tai-Ping zu.

Lao-Shen geruhte, diesmal mit dem Kopf zu nicken. Er hatte sehr wohl verstanden.

»Zwanzigtausend Tael! Dreißigtausend Tael!« Kin-Fo schrie nun bereits. »Ich bezahle, was die ›Centenaria‹ dir bezahlen würde! Das Doppelte! Das Dreifache! So sag doch etwas! Ist dir das genug?«

Kin-Fo, den dieses halsstarrige Schweigen völlig verrückt machte, trat noch näher auf die Gruppe von Taubstummen zu und kreuzte seine Arme:

»Zu welchem Preis willst du mir denn meinen Brief verkaufen?«

»Zu gar keinem!« Endlich hatte der Tai-Ping den Mund aufgemacht. Und dann sprach er drohend weiter:

»Du hast das Leben, das Buddha dir schenkte, verachtet. Du hast Buddha beleidigt. Buddha muß gerächt werden. Erst im Angesicht des Todes wirst du erfassen, was diese Gunst, auf Erden sein zu dürfen, wirklich wert war, diese Gunst, die du so lange verachtet hast.«

Das alles verkündete Lao-Shen in einem Tone, auf den eine Antwort nicht mehr möglich war.

Hierauf gab er mit der Hand ein Zeichen. Noch ehe Kin-Fo einen Versuch machen konnte, sich zu verteidigen, war er schon gepackt, geknebelt und fortgerissen. Ein paar Augenblicke darauf befand er sich schon in einem kleinen verschlossenen Käfig, der wohl auch als Tragsessel gebraucht wurde. Aber aus diesem Käfig gab es kein Entrinnen. Er war eingeschlossen in stickiger Finsternis.

Dem unseligen Sun ging es kein Haar besser, obgleich er schrie und flehte.

»Das ist der Tod«, sagte sich Kin-Fo. »Nun denn, sei es so! Ein Mensch, der das Leben immer verachtet hat, verdient nichts Besseres, als zu sterben!« Doch sein Tod – auch wenn er ihm unausweichlich schien – war weniger nah, als er vermutete. Aber er wagte sich nicht auszumalen, welchen schrecklichen Folterungen der grausame Tai-Ping ihn vorher noch aussetzen würde.

Stunden vergingen. In seinem engen, finsteren Käfig hatte Kin-Fo deutlich gespürt, wie er aufgehoben und getragen, dann auf irgendeinem Gefährt transportiert wurde. Straßenlärm drang zu ihm herein, Pferdegetrappel, Waffengeklirr seiner Wächter, all das ließ keinen Zweifel zu: er wurde entführt. Wohin wohl? Es nützte nichts, sich den Kopf darüber zu zerbrechen.

Es mußten an die sieben oder acht Stunden seit Beginn der unfreiwilligen Reise vergangen sein, da fühlte Kin-Fo, wie er abgestellt wurde, fühlte, wie Männerarme die Kiste, in der er lag, aufhoben; und gleich darauf wurde er weniger unsanft, als es auf dem Transport vorhin geschehen, weitergefahren.

›Kann es sein, daß sie mich auf ein Schiff geladen haben?‹ rätselte er.

Kaum hatte er sich das gefragt, begann ein Schlingern und Stampfen, und das Gekreische einer Schiffsschraube bestätigte ihm, daß er sich auf einem Dampfer befand.

›Ach so, der Tod in den Wellen!‹ dachte er sogleich. ›Meinetwegen! Das erspart mir die Folter, und die wäre schlimmer! Dank dir, Lao-Shen!‹

Und dann vergingen wieder zweimal vierundzwanzig Stunden. Zweimal im Tag wurde ein kleines bißchen Nahrung durch eine kleine Klappe in sein enges Gefängnis geschoben, ohne daß der Gefangene auch nur die Hand sehen konnte, die ihm das Essen hereinschob, ohne daß ihm auf seine verzweifelten Fragen auch nur eine Antwort zuteil wurde.

So! Kin-Fo hatte doch damals, als er aus Langeweile aus jenem Leben scheiden wollte, das der Himmel ihm so herrlich üppig bereitet, erst noch etwas verspüren wollen, Freude oder Lust oder Schmerz oder Trauer! Er hatte damals nicht gewollt, daß sein Herz zu schlagen aufhöre, ohne wenigstens vorher noch einmal richtig Herzklopfen verspürt zu haben! Nun, sein Wunsch wurde ihm sattsam erfüllt! So genau hatte er es eigentlich gar nicht wissen wollen!

Und doch wäre Kin-Fo, wenn er schon sterben sollte, gerne bei Tageslicht und nicht in diesem finsteren Loch gestorben. Der Gedanke, in dieser Kiste einfach über Bord geworfen zu werden, war ihm nun doch recht schrecklich. Sterben müssen, ohne noch einmal, ein letztes Mal, das helle Licht, die arme Lé-U gesehen zu haben – ach, wie innig er an sie dachte! –, das war einfach unerträglich.

Endlich, nach einer entsetzlich langen Spanne Zeit, die er nicht mehr abzuschätzen vermochte, schien ihm, als habe die Seereise plötzlich aufgehört. Das Zittern, das die Schiffsschraube verursacht hatte, war verschwunden. Das Schiff lag still. Kin-Fo spürte, wie man ihn wieder aufhob.

Dieses Mal hatte sein letztes Stündlein aber sicher geschlagen, und der zum Tode Verurteilte mußte bloß noch um Vergebung bitten – für all die Fehler nämlich, die er in seinem Leben begangen ...

Ein paar Minuten vergingen – und es waren Jahre, Jahrhunderte für ihn!

Zu seiner großen Verwunderung spürte Kin-Fo, wie sein Gefängnis wieder auf festen Boden abgestellt wurde.

Und plötzlich ging das Gefängnis auf. Arme packten ihn, sofort wurde ihm eine breite Binde hart um die Augen gebunden, und er wurde unsanft aus seiner Kiste gezerrt. Mehr getragen als selber gehend, machte er einige Schritte. Dann befahlen ihm seine Wächter, stillzustehen.

»Wenn ich denn endlich sterben soll«, schrie er auf, »... und ich bitte euch nicht um mein Leben, mit dem ich nichts anzufangen wußte ... doch gestattet mir wenigstens, im Lichte zu sterben, wie ein Mann, der sich nicht davor fürchtet, dem Tode ins Auge zu blicken!«

»So sei es denn!« antwortete ihm eine ernste Stimme. »Es geschehe, wie der zum Tode Verurteilte es wünscht!«

Und plötzlich wurde die Binde von seinen Augen gerissen.

Kin-Fo warf einen hungrigen Blick um sich...

Narrte ihn ein Traumbild? Ein reichgedeckter Tisch stand da vor ihm, darum herum fünf Tischgenossen, die ihm zulächelten und nur darauf zu warten schienen, daß er sich zu ihnen setze, um das Festmahl zu beginnen. Zwei Plätze waren noch unbesetzt, als würden noch zwei weitere Gäste erwartet.

»Ihr! Ihr! Meine Freunde, meine lieben Freunde! Seid ihr's wirklich?« rief Kin-Fo mit vor Rührung erstickter Stimme.

Nein, wirklich! er täuschte sich nicht. Da saß Wang, der Philosoph! Da drüben Yin-Pang, Hual, Pao-Shen und Tim, alle seine Freunde aus Kanton, dieselben, die er vor zwei Monaten auf dem Blumenboot im Perlenfluß bewirtet hatte, seine Jugendfreunde, die Zeugen seines Abschieds vom Junggesellenleben!

»Wenn du leibhaftig Wang bist«, rief er aus, »wenn es nicht nur dein Schatten ist, dann sprich zu mir...«

»Ich bin's wirklich, Freund«, antwortete der

Philosoph. »Kannst du deinem alten Lehrer verzeihen, daß er dir eine letzte rauhe Unterrichtsstunde in Philosophie erteilen mußte?«

»Also, das ist doch ...! Du, Wang, du bist es!«

»Ich bin's«, versicherte Wang noch einmal. »Ich bin der Mann, der jene Aufgabe, dein Leben auszulöschen, nur deshalb auf sich nahm, damit kein anderer das täte! Ich habe schon vor dir gewußt, daß du nicht bankrott warst und daß ein Moment kommen würde, wo du dann plötzlich nicht mehr zu sterben begehrtest! Mein alter Kriegskamerad Lao-Shen, der sich gerade vor kurzem der Regierung unterworfen hat und bald deren treuester Diener und Schützer sein wird, hat sich damals einverstanden erklärt, mir zu helfen, damit wir dir beibringen konnten, was der Preis des Lebens ist. Darum ließen wir dich den Tod ahnen! Wenn ich dich also mitten in Todesängsten zurückgelassen habe – und, was schlimmer ist, dich habe um dein Leben laufen lassen –, so glaube mir, daß mein Herz sich vor Schmerz um dich zusammenzog, weil ich dich fast unmenschlich quälen mußte. Denn ich wußte, daß du eigentlich nach dem Glück jagtest, und ich war auch sicher, daß du es unterwegs finden würdest!«

Kin-Fo stürzte sich in Wangs Arme, die ihn fest umfingen.

»Mein armer Wang!« Kin-Fo war ganz gerührt. »Wenn ich wenigstens allein gelaufen wäre! Doch wie habe ich dir weh getan! Wie hast du selber rennen müssen! Und erst das Bad, das du von der Palikao-Brücke aus hast nehmen müssen!«

»Also das!« lachte nun der Philosoph. »Ich hatte für meine fünfundfünfzig Jahre ja schon ein wenig Angst. Und für meine Philosophie fürchtete ich obendrein! Mir war sehr, sehr warm – und das Wasser war kalt, sehr kalt! Doch das ist ja egal! Ich habe mich gut aus der Geschichte gezogen. Keiner läuft und schwimmt besser, als wenn er es für seinen Nächsten tut!«

»Für den Nächsten!« wiederholte Kin-Fo mit ernstem Gesicht. »Ja! für den Nächsten sollte man alles tun! Dort liegt der Schlüssel zum Glücklichsein!«

Da kam Sun herein: Er war totenblaß, denn schon wieder hatte er achtundvierzig Stunden seekrank sein müssen, achtundvierzig tödliche Stunden! Genau wie der Herr hatte auch der Diener die lange Reise in einer ähnlichen Kiste machen müssen. Und das als Seekranker! Was hatte er durchmachen müssen! Noch konnte man es an seinem Gesichtsausdruck ablesen.

Nachdem Kin-Fo seinen Freund Wang begrüßt hatte, wandte er sich nun den übrigen Freunden zu und drückte jedem die Hand.

»Also, wirklich! So gefällt mir das Leben besser! Welch ein Narr war ich bis heute!« ...

»Und nun magst du wieder ein Weiser werden!« warf der Philosoph ein.

»Ich will mir Mühe geben«, versprach Kin-Fo,

»und ich will gleich damit beginnen, Ordnung in mein Leben zu bringen. Ein kleines Stück Papier ist durch das Land geflattert, das für mich ein Grund zu übermäßigen Leiden geworden ist. Darum darf ich dieses Papierchen nicht vergessen. Was ist denn eigentlich aus dem verfluchten Brief geworden, den ich dir übergab, lieber Wang? Hast du ihn wirklich je aus der Hand gegeben? Ich wäre nicht gerade ungehalten, ihn wiederzusehen. Stell dir doch vor, wenn der wieder verlorenginge! Wenn Lao-Shen ihn noch hat, so legt er doch sicher keinen Wert mehr darauf, denn er kennt die Geschichte... und es wäre mir peinlich, wenn mein Brief in... eh... sagen wir: wenig delikate Hände fallen würde!«

Über diesen letzten Satz brachen alle in ein Gelächter aus.

»Liebe Freunde!« nahm Wang das Wort, »unser Kin-Fo ist durch sein Mißgeschick tatsächlich ein ordentlicher Mensch geworden! Unsern Gleichgültigen von ehemals gibt's nicht mehr! Er denkt wie ein pflichtbewußter Mann!«

»Damit habe ich aber meinen Brief noch nicht zurück«, reklamierte Kin-Fo, »meinen ausgefallenen Brief! Ich will gerne gestehen, daß ich keine Ruhe geben werde, bis das Ding verbrannt ist und ich die Asche in alle vier Winde verstreut habe!...«

»Ist es dir wirklich ernst? Willst du den Brief wiederhaben?« erkundigte sich Wang nochmals.

»Klar!« antwortete Kin-Fo. »Könntest du wirklich die Grausamkeit haben, ihn als eine Art Garantieschein gegen einen Rückfall meinerseits in die früheren Dummheiten für dich zu behalten?«

»Nein!«

»Also denn! Rück heraus damit!«

»Also denn, mein lieber Schüler, es gibt da ein kleines Hindernis für die Erfüllung deines heißen Wunsches, und leider habe ich mit diesem Hindernis nichts zu tun. Weder Lao-Shen noch ich haben deinen Brief ...«

»Ihr habt ihn nicht mehr ...«

»Nein.«

»Zerstört?«

»Nein. Leider, leider: nein!«

»Was? Ihr könntet unvorsichtig genug gewesen sein, ihn jemand anderem anzuvertrauen?«

»Eben, eben!«

»Wem? Wem denn, um Gottes willen? Wem?« Kin-Fos Geduld war am Reißen.

»Es hat ihn jemand, der besonderen Wert darauf legt, ihn dir persönlich zu übergeben!«

Und in diesem Augenblick trat die entzückende Lé-U ins Zimmer, die sich bis jetzt hinter einem Wandschirm verborgen hatte. Den vielumstrittenen Brief trug sie zwischen ihren reizenden Fingerspitzen und schwenkte ihn herausfordernd in der Luft herum.

Kin-Fo breitete seine Arme aus.

»O nein! Noch einen Augenblick Geduld,

bitte!« wehrte die liebenswürdige Frau ab. Sie tat, als wolle sie sich wieder hinter den Wandschirm flüchten. »Erst das Geschäftliche, mein weiser Gatte!«

Dann hielt sie ihm den Brief unter die Nase:

»Erkennt mein lieber kleiner Bruder sein Werk wieder?«

»Und ob ich es wiedererkenne! Kein Mensch auf der Welt außer mir würde je einen so dummen Brief verfassen!«

»Nun gut!« Lé-U sprach eindringlich. »So haben Sie denn Ihren sehnlichen Wunsch. Nehmen Sie den Brief, zerreißen Sie ihn, verbrennen Sie ihn, verwandeln Sie ihn zu Asche und Staub, diesen unvorsichtigen Brief! Und möge von jenem Kin-Fo, der ihn verfaßte, nichts mehr vorhanden sein!«

»So soll es sein!« Kin-Fo nahm den Brief und hielt das dünne Papier in die offene Flamme. »Und jetzt, teures Herz, erlauben Sie Ihrem Gatten, daß er Sie zärtlich umarme, und gestatten Sie ihm, seine Gattin zu ersuchen, dieses Freudenmahl mit Ihrer Gegenwart zu beglücken! Ich fühle mich eigentlich recht in der Stimmung, dem Mahle die nötige Ehre anzutun!«

»Wir auch!« riefen nun die fünf Tischgenossen im Chor. »Welch schrecklich großen Appetit gibt es doch, wenn man so schrecklich glücklich ist!«

Ein paar Tage später wurde das kaiserliche Verbot aufgehoben, und die Hochzeit fand statt.

Wie liebten sich die beiden Gatten! Und sie würden sich immer lieben! Tausend, ja zehntausend Freuden warteten ihrer im Leben!

Aber um so etwas zu sehen, muß man schon nach China gehen!

Jules Verne im Diogenes Verlag

Hauptwerke ungekürzt, originalgetreu, mit allen Illustrationen der französischen Erstausgabe in Diogenes Taschenbüchern

Reise um die Erde in achtzig Tagen
Roman. Aus dem Französischen von Erich Fivian. detebe 20126

Fünf Wochen im Ballon
Roman. Deutsch von Felix Gasbarra
detebe 20241

Von der Erde zum Mond
Roman. Deutsch von Ute Haffmans
detebe 20242

Reise um den Mond
Roman. Deutsch von Ute Haffmans
detebe 20243

Zwanzigtausend Meilen unter Meer
Roman in zwei Bänden. Deutsch von Peter Laneus und Peter G. Hubler
detebe 20244 + 20245

Reise zum Mittelpunkt der Erde
Roman. Deutsch von Hansjürgen Wille und Barbara Klau. detebe 20246

Der Kurier des Zaren
Roman in zwei Bänden. Deutsch von Karl Wittlinger. detebe 20401 + 20402

Die fünfhundert Millionen der Begum
Roman. Deutsch von Erich Fivian
detebe 20403

Die Kinder des Kapitäns Grant
Roman in zwei Bänden. Deutsch von Walter Gerull. detebe 20404 + 20405

Die Erfindung des Verderbens
Roman. Deutsch von Karl Wittlinger
detebe 20406

Die Leiden eines Chinesen in China
Roman. Deutsch von Erich Fivian
detebe 20407

Das Karpathenschloß
Roman. Deutsch von Hansjürgen Wille und Barbara Klau. detebe 20408

Die Gestrandeten
Roman in zwei Bänden. Deutsch von Karl Wittlinger. detebe 20409 + 20410

Robur der Eroberer
Roman. Deutsch von Peter Laneus
detebe 20412

Zwei Jahre Ferien
Roman. Deutsch von Erika Gebühr
detebe 20440

Das erstaunliche Abenteuer der Expedition Barsac
Roman. Deutsch von Eva Rechel-Mertens
detebe 21237

Die Insel der Milliardäre
Roman. Deutsch von Ute Haffmans
detebe 21243

Die Eissphinx
Roman. Deutsch von Hans-Jürgen Wille und Barbara Klau. detebe 21268

Die großen Seefahrer und Entdecker
Eine Geschichte der Entdeckung der Erde im 18. und 19. Jahrhundert. detebe 21401

Meistererzählungen
Deutsch von Erich Fivian. detebe 22416

Chinesisches Novellenbuch

Herausgegeben von Jan Tschichold
Aus dem Chinesischen von Eduard Grisebach
detebe 21177

Chinesische Novellen des 17. Jahrhunderts, die an Cervantes, Boccaccio und Tausendundeine Nacht erinnern.

»Das chinesische Originalwerk, dem die vorliegenden Novellen entnommen sind, ist *Kin-Ku-ki-kuan* (Neue und alte Mären) betitelt. Es ist von Mi Kan-tscha, einem pseudonymen Autor, unter der Ming-Dynastie herausgegeben worden. Es wurde von Samuel Birch als *die Tausendundeine Nacht der chinesischen Literatur* bezeichnet.« *Eduard Grisebach*

»Keine andere chinesische Novellensammlung hält dem Vergleich mit dieser stand.« *Samuel Birch*

Robert van Gulik im Diogenes Verlag

Der geschenkte Tag
Roman. Deutsch von Klaus Schomburg
detebe 21990

Kriminalfälle des Richters Di, alten chinesischen Originalquellen entnommen. Mit Illustrationen des Autors im chinesischen Holzschnittstil

Mord im Labyrinth
Roman. Aus dem Englischen von Roland Schacht. detebe 21381

Tod im Roten Pavillon
Roman. Deutsch von Gretel und Kurt Kuhn
detebe 21383

Wunder in Pu-yang?
Roman. Deutsch von Roland Schacht
detebe 21382

Halskette und Kalebasse
Roman. Deutsch von Klaus Schomburg
detebe 21519

Geisterspuk in Peng-lai
Roman. Deutsch von Irma Silzer. detebe 21622

Mord in Kanton
Roman. Deutsch von Klaus Schomburg
detebe 21623

Der Affe und der Tiger
Roman. Deutsch von Klaus Schomburg
detebe 21624

Poeten und Mörder
Roman. Deutsch von Ulrike Wasel und Klaus Timmermann. detebe 21666

Die Perle des Kaisers
Roman. Deutsch von Hans Stumpfeldt
detebe 21766

Mord nach Muster
Roman. Deutsch von Otto P. Wilck
detebe 21767

Das Phantom im Tempel
Roman. Deutsch von Klaus Schomburg
detebe 21768

Nächtlicher Spuk im Mönchskloster
Roman. Deutsch von Gretel und Karl Kuhn
detebe 21866

Der Wandschirm aus rotem Lack
Roman. Deutsch von Gretel und Karl Kuhn
detebe 21867

Der See von Han-yuan
Roman. Deutsch von Klaus Schomburg
detebe 21919

Nagelprobe in Pei-tscho
Roman. Deutsch von Klaus Schomburg
detebe 21920

Richter Di bei der Arbeit
Roman. Deutsch von Klaus Schomburg
detebe 21921

Außerdem liegt vor:

Janwillem van de Wetering
Robert van Gulik
Ein Leben mit Richter Di. Aus dem Amerikanischen von Klaus Schomburg. Mit vielen Illustrationen, Fotos, Werkverzeichnis und Chronologie. Leinen

● **Guy de Maupassant**
Meistererzählungen
Ausgewählt, übertragen und mit einem Nachwort von Walter Widmer. detebe 21897

● **George Orwell**
Meistererzählungen
Ausgewählt von Christian Strich. detebe 21935

● **Konstantin Paustowski**
Meistererzählungen
Aus dem Russischen von Rebecca Candreia und Hans Luchsinger. Eine Auswahl aus den Bänden ›Das Sternbild der Jagdhunde‹ und ›Die Windrose‹. detebe 21956

● **Luigi Pirandello**
Meistererzählungen
Auswahl und Nachwort von Lisa Rüdiger. Aus dem Italienischen von Percy Eckstein, Hans Hinterhäuser und Lisa Rüdiger. detebe 21527

● **Edgar Allan Poe**
Meistererzählungen
Aus dem Amerikanischen von Gisela Etzel. Auswahl und Vorwort von Mary Hottinger detebe 21721

● **Alexander S. Puschkin**
Meistererzählungen
Aus dem Russischen von André Villard. Mit einem Fragment »Über Puschkin« von Maxim Gorki. detebe 21526

● **Alan Sillitoe**
Meistererzählungen
detebe 22402

● **Georges Simenon**
Meistererzählungen
Aus dem Französischen von Wolfram Schäfer u.a. detebe 21620

● **Henry Slesar**
Meistererzählungen
Aus dem Amerikanischen von Thomas Schlück. detebe 21621

● **Adalbert Stifter**
Meistererzählungen
detebe 21609

● **Rodolphe Toepffer**
Meistererzählungen
Ausgewählt und aus dem Französischen von H. Graef. Mit einem Vorwort von Maurice Aubry. detebe 21505

● **Leo Tolstoi**
Meistererzählungen
Ausgewählt von Christian Strich. Aus dem Russischen von Arthur Luther, Erich Müller und August Scholz. detebe 21700

● **B. Traven**
Meistererzählungen
Ausgewählt von William Matheson detebe 21887

● **Iwan Turgenjew**
Meistererzählungen
Herausgegeben und aus dem Russischen von Johannes von Guenther. detebe 21051

● **Mark Twain**
Meistererzählungen
Mit einem Vorwort von N.O. Scarpi. Auswahl und Bearbeitung von Marie-Louise Bischof und Ruth Binde. detebe 21888

● **Jules Verne**
Meistererzählungen
Aus dem Französischen von Erich Fivian detebe 22416

Lesebücher im Diogenes Verlag

Das Diogenes Lesebuch amerikanischer Erzähler
Geschichten von Washington Irving bis Harold Brodkey. Bio-Bibliographie der Autoren und Literaturhinweise. Herausgegeben von Gerd Haffmans. detebe 20271

Das Diogenes Lesebuch englischer Erzähler
Geschichten von Wilkie Collins bis Alan Sillitoe. Bio-Bibliographie der Autoren und Literaturhinweise. Herausgegeben von Gerd Haffmans. detebe 20272

Das Diogenes Lesebuch irischer Erzähler
Geschichten von Joseph Sheridan Le Fanu bis Edna O'Brien. Bio-Bibliographie der Autoren und Literaturhinweise. Herausgegeben von Gerd Haffmans. detebe 20273

Das Diogenes Lesebuch russischer Erzähler
Von 1800 bis zur Gegenwart. Aus dem Russischen von Johannes von Guenther. Mit einem Nachwort von Heddy Pross-Weerth
detebe 21534

Das Günther Anders Lesebuch
Herausgegeben von Bernhard Lassahn
detebe 21232

Das Alfred Andersch Lesebuch
Herausgegeben von Gerd Haffmans. Mit Lebensdaten und einer Bibliographie
detebe 20695

Das Gottfried Benn Lesebuch
Ein Querschnitt durch das Prosawerk, herausgegeben von Max Niedermayer und Marguerite Schlüter. detebe 20982

Das Čechov Lesebuch
Herausgegeben, kommentiert und mit einem Vorwort von Peter Urban. detebe 21245

Das James Joyce Lesebuch
Auswahl aus ›Dubliner‹, ›Porträt des Künstlers‹ und ›Ulysses‹. Aus dem Englischen von Dieter E. Zimmer, Klaus Reichert und Hans Wollschläger. Mit Aufzeichnungen von Georges Borach und einer Betrachtung von Fritz Senn. detebe 20486

Das Erich Kästner Lesebuch
Herausgegeben von Christian Strich
detebe 20515

Das Hugo Loetscher Lesebuch
Herausgegeben von Georg Sütterlin
detebe 21207

Niklaus Meienberg
Heimsuchungen
Ein ausschweifendes Lesebuch. detebe 21355

Das Sean O'Casey Lesebuch
Herausgegeben von Urs Widmer. Mit einem Vorwort von Heinrich Böll und einem Nachwort von Klaus Völker. detebe 21126

Das George Orwell Lesebuch
Essays, Reportagen, Betrachtungen. Herausgegeben und mit einem Nachwort von Fritz Senn. Deutsch von Tina Richter.
detebe 20788

Das Ringelnatz Lesebuch
Herausgegeben von Daniel Keel. Mit einem Nachwort von Anton Kuh. detebe 21157

Das Georges Simenon Lesebuch
Herausgegeben von Daniel Keel
detebe 20500